老街记忆

丹菱◎著

老街记忆

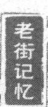

陕西新华出版
太白文艺出版社·西安

图书在版编目（CIP）数据

老街记忆/丹菱著. -- 西安：太白文艺出版社，
2025.5. -- ISBN 978-7-5513-3001-5
Ⅰ. I267
中国国家版本馆CIP数据核字第2025DA9515号

老街记忆
LAOJIE JIYI

作　　者	丹　菱
责任编辑	刘　乔
封面设计	书香力扬
版式设计	书香力扬
出版发行	太白文艺出版社
经　　销	新华书店
印　　刷	四川科德彩色数码科技有限公司
开　　本	880mm×1230mm　1/32
字　　数	227千字
印　　张	9.625
版　　次	2025年5月第1版
印　　次	2025年5月第1次印刷
书　　号	ISBN 978-7-5513-3001-5
定　　价	58.00元

版权所有　翻印必究
如有印装质量问题，可与四川科德彩色数码科技有限公司联系调换
联系电话：028-86965202
出版社地址：西安市曲江新区登高路1388号（邮编：710061）
营销中心电话：029-87277748　029-87217872

穿过我的名字回望

唐诗蕾

30多年前的初夏，栀子花盛开的5月，我出生在母亲书中的那条老街。据说母亲是大病初愈后执意生下我的。

我才出生几天，母亲便一厢情愿给我取了"一凡"的名字，为此和父亲家闹了矛盾。这是我长大后看了母亲的诗歌《名字的风波》才知晓的。为了赌气，母亲说要给我取一个中国最传统的名字。不久她的朋友、我现在的干妈夏叶前来探望。干妈手捧一束含苞待放的栀子花并将花一朵一朵插进大玻璃花瓶，花瓶放在高高的五斗柜上。初夏的太阳光透过窗户洒在绿叶白花上，土砖青瓦房瞬间活色生香。

我有了一个既传统又诗意的名字——唐诗蕾。

名字寄托着母亲对文学的无限期望。在我刚3个月时，母亲丢下我去北京参加诗歌笔会。在我3岁之前，她口和手脚并用，连说带比画把唐诗宋词化成肢体语言，填鸭式塞进我的小脑袋，我居然跟着摇头晃脑晃出20多首小诗词。可惜好景不长，我3岁时她南下打工，一去两年。我背的唐诗宋词统统还给了唐诗宋词。

母亲南下归来，声称要给我一个好的生活环境，于是边帮助外

公经营老仕清园,边和舅舅策划扩建饭店自主创业。两个下岗工人惺惺相惜,开始选址借钱购地建房。母亲接手仕清园不久,我和妹妹王夷婷就惨了,双双被送到眉山私立学校。小学毕业后我又被送到乐山外国语学校读初中。

失去父母和家人的陪伴,我天马行空,和母亲渐行渐远。记忆中她一天到晚都在忙,几乎没有辅导过我的作业,更别说带我外出旅游了。在乐山读初中时,放假去姑妈家,奶奶在姑妈家带表妹。去时奶奶总是欢天喜地为我准备好吃的。我就像姑妈的大女儿,一家其乐融融。我适应了有奶奶和姑妈陪伴的日子。

对母亲记忆深刻的是我生病住院。初一时,我突发阑尾炎,被学校老师送到母亲朋友雪儿阿姨的医院。她代母亲签了手术同意书,我便被推进了手术室。而此时,母亲丢下她的仕清园火急火燎赶到住院部,她泪眼婆娑地守护在我的病床边。妈妈。哎。妈妈。哎。就这样我在昏迷中一遍又一遍呼喊,母亲一遍又一遍流着泪回答。几个小时过去,我从昏迷中醒来,睁开眼睛母亲坐在床边,她握住我的手,泪眼里挂着笑容。一连10天,母亲不再是仕清园老板,她像一个最慈爱的妈妈寸步不离守护在我身边。不久,因手术后没有管住嘴,我肠粘连又住进乐山市医院。也是母亲丢下工作,日夜陪伴左右。没有正床,我们娘俩挤在一张低矮的钢丝床上,母亲怕影响我索性睡在床边的板凳上。床又软又凹陷,我睡够了就闹脾气,母亲不停帮我按腿捏脚,让我感到从未有过的幸福和安全感。有时我甚至希望自己多生病,这样就可以把母亲拴在身边。只可惜我的病好后,母亲又成了那个忙碌的母亲。

小学时爱我的爷爷突发脑出血走了,初二时奶奶重复爷爷的悲剧。记得那天母亲赶到学校,牵着我的手去医院等奶奶手术时,我出奇地冷静，极力掩藏内心的痛苦，祈求上天保佑奶奶！

医院虽然抢回奶奶一条命，却把慈祥、善良、能干的她变成了一个老小孩，生活不能自理。奶奶的病让一个曾经温暖的阳光灿烂的家陷入无尽的黑暗。我试图帮奶奶按摩，鼓励她站起来迈开步，但所有努力功亏一篑。她的眼泪总是牵扯我最敏感的神经，身心痛到极致却无可奈何。归宿假我宁愿在外游荡也不想跨进家门。

我哪里还有心思学习，每天梦里梦外都是奶奶被病痛折磨的样子。终于熬到初中毕业，我回丹棱读高中。初中欠下的学业债，任凭我怎么努力都偿还不了。母亲开始为我找补习老师，看到滴酒不沾的她为了我端起酒杯敬酒时，我听到自己内心撕裂的声音。既心疼母亲，又觉得她活该。高二下学期，我向母亲摊牌，以我目前的成绩考本科很难，现在只能曲线救国，学艺体。母亲出钱让我顺利到成都川师培训，半年后考过了专业本科线。回校后，在周老师的耐心辅导下，高考文化课居然也过了本科线。我顺利进入大学，毕业后留学泰国。

留学归来，几经创业波折，我最后决定传承家族企业，把百年仕清园发扬光大。在仕清园百岁生日时，我建议母亲把自己的一些小文集结成书，配合仕清园宣传。而我则自告奋勇写序。

母亲对文学有着深厚的感情。她从小身体不好，学习差，初中时甚至写不出一篇作文。她自卑又敏感，把自己归为差生，整天逃学。直到高中时遇到了一个好语文老师，一篇获奖作文成为她的文学启蒙之光。从此，她用笔记录生活。在母亲60多年的生命长河中，经历过重病、下岗、离婚。在人生至暗时刻，她用文字疗伤，在文字里生长阳光，照耀自己，把一手支离破碎的烂牌打成自己想

要的样子。

母亲在我童年和少女时代的陪伴缺失,让我们无法走进彼此的内心,更谈不上对她的理解。翻出她30多年前写给我的诗歌,那是一个年轻母亲爱的内心独白,深情而温柔。说实话,那时母亲的文字灵动跳跃。如果不是为生计所迫,下海创业经商,她在诗歌创作方面应该会有所建树。

只可惜我对母亲的爱视而不见,对她喜欢文学更是觉得好笑。我认为一个饭店老板,不学习业务知识、提高管理能力,反而经常去参加这笔会那分享会,完全是不务正业,到头来一样都没弄好。以前母亲去参加笔会或分享会总喜欢带上我,她说我对文字敏感,有可塑性。我明确告诉她,自己喜欢经商,不要当什么诗人、作家。我说话时态度坚决,母亲笑笑,眼里的光渐渐淡去。她不再对我有任何要求,我想做什么就做什么。当我写到这时,内心还在纠结,说我不喜欢文学是假的。家里几大柜书,从小耳濡目染,拜棱子为师,听贵全叔叔讲古诗词,朗诵歌尔阿姨的诗,等等。另外我为爷爷奶奶写的文字也曾感动无数人。可我就是讨厌母亲为我规划未来。心想,你喜欢的我偏不喜欢。报复的快感让我热血沸腾,我沉迷于这种快感之中,和母亲走得越来越远了。

一直认为母亲对她的父母家人,以及对仕清园的爱远远胜过我,我不喜欢母亲的泛爱。我从没有听到过母亲说朋友的不是,固执地认为是一种假象。我不相信所有人都是好人,就你假。我甩出这句话想刺穿她的伪装。母亲却说眼睛是用来发现世上最美的人和事的。

2015年,母亲失去了至爱双亲,一向坚强的她仿佛变成了另外一个人。疲倦、疼痛、哀伤让她口吐鲜血被送进医院。病好后,她躲在屋里用手机写下《父亲》。随后，一篇篇与老街，与父母，与她记忆中有关的人和事的文字陆续输出。文字再一次疗愈伤口。母亲的身体一天天好转。我翻看了她的一些文字后才意识到自己的自私。母亲的文字朴实自然，一如朴实的老街。那些或熟悉或陌生的老店、小人物活生生地从文字里走出来，如沧浪河水静静流淌，绵长而丰盈。

当我接手仕清园后对母亲有了更深的了解，懂得了她20多年的不易。她的兄弟、她的员工对她敬重有加，她为数不多的朋友对她珍惜不已。母亲创业20多年，每天埋头于仕清园，事无巨细亲力亲为，和舅舅一起共同经营从来没有红过脸。她喜欢文学却只是静下心来阅读和创作，为了不被文学丢弃，她接触的朋友几乎都是文字工作者或文学爱好者。是这些朋友的包容和关爱让母亲断断续续有了文字作品，是他们的鼓励让母亲一直坚持文学梦想。这些都让我不得不重新审视自己对母亲的态度。我第一次认真翻看了母亲的文字，从文字中感受到她深沉而包容的大爱，那些沉没在历史烟尘中的人和事，被一一打捞起来，让我欢喜、流泪、鼓舞。文章《仕清园》让我厘清了仕清园的前世今生，作为第四代传承人，我深知自己肩头的担子更重。唯有把仕清园经营得更好，才能慰藉仕清园的创业者们。

所幸现在母亲有大把的时间可以挥霍。她喜欢独处，一本书、一杯茶就是一下午。想写什么就在手机上不停地写。我希望她出书，不单纯是为了配合仕清园做宣传。书柜里有很多母亲朋友出的书：棱子、林雪儿、林歌尔、夏叶、刘馨忆、若若、春后雪、陈立、曾玉等，这些像花儿一样的名字在文学的百花园里绽放，花香四溢。我觉得母亲该有一朵属于自己的小花了。

　　说是给母亲的散文集《老街记忆》作序，其实是一些喃喃自语罢了。今天，穿过我的名字回望，我看到当年那个年轻的女子在栀子花香里为我取名字时的欢欣，阳光跳跃在她的脸上……

目 录
CONTENTS

小城老店

仕清园	002
工农兵食堂	012
弹纺社	015
铁器社	020
影剧院	024
小人书店	028
曹八孃的米豆腐	033
豆腐店	038
血旺汤	042
章大爷的钵钵鸡	047

小草春晖

我的后奶奶	052
父　亲	056
父亲与茶	066
父亲与冻粑	069
父亲的大头皮鞋	073
惠娘的一家子	076
母亲最后的日子	082
我的外婆	089
姑　婆	097
我和我的兄弟	103
大哥的知青生活	110
家有二宝	117
女儿唐诗蕾	123

小河流淌

打零工的日子	134
裙　子	141
偏　方	145
高考那年	148
摩的师傅小金	151

好梦难圆　　　　　　　　　　　156
消失的琴声　　　　　　　　　　158
旗　袍　　　　　　　　　　　　162
我的丹棱情结　　　　　　　　　166
心中的那条河　　　　　　　　　170
夏日午后　　　　　　　　　　　176
夜　钓　　　　　　　　　　　　180
与蛇说　　　　　　　　　　　　183
学画画　　　　　　　　　　　　186
借钱记　　　　　　　　　　　　190
走眉山　　　　　　　　　　　　195
那年那事　　　　　　　　　　　201

小树秋花

百岁老人的风雨人生　　　　　　208
花开小院　　　　　　　　　　　216
说说老年书画院的几位老人　　　219
王志杰老师　　　　　　　　　　223
彭孃孃　　　　　　　　　　　　225
街　邻　　　　　　　　　　　　230
我的语文老师　　　　　　　　　234
打工妹　　　　　　　　　　　　239

飘逝的"蝴蝶"	243
正午来客	246
邱学清老师	249
脊　梁	256
橘橙熟了	262
古村情缘	266
毛根朋友	270
等　待	275
毛路趣事	279
朋友夏姐	284
后　记	289

老街记忆

小城老店

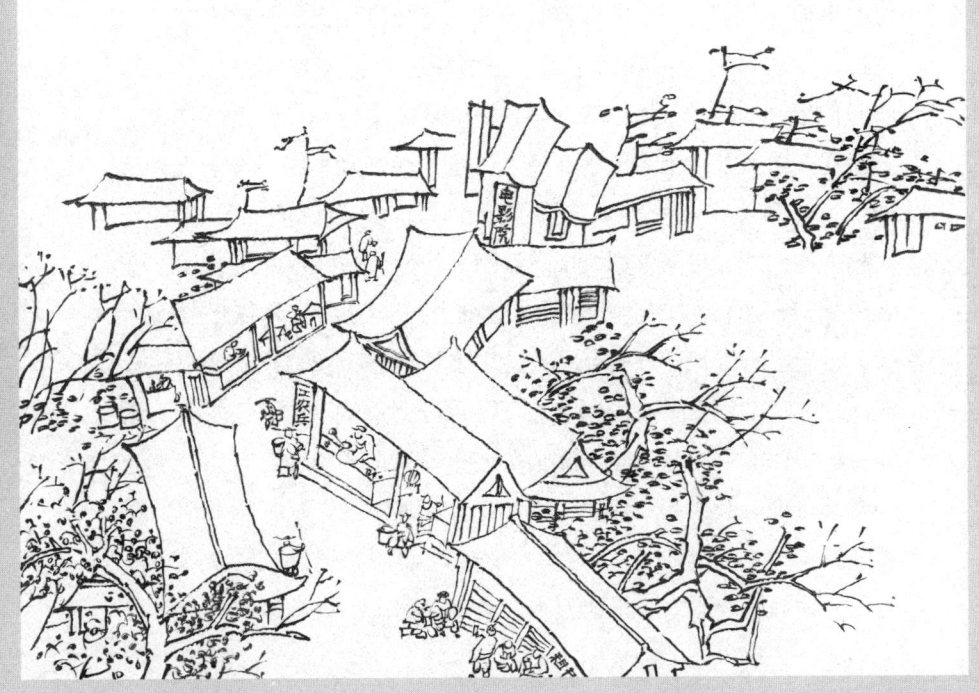

仕清园

　　1921年农历五月二十八,早上10点钟,小城响起噼里啪啦的鞭炮声。正街上热闹非凡,曾祖母的脸上笑开了花,她正在新开业的面馆外招呼前来捧场的亲朋好友、街坊邻居。爷爷在灶台上忙碌,案板上放了几十个放好调料的碗。他一改往日的沉默寡言,一边忙,一边热情地招呼着客人:张婶里屋坐,陈爸慢点,小心路滑。他激动的声音难掩志得意满。他做梦都没想到,自己会在这座城市的闹市区开面馆当掌柜。他抬头望见在外堂忙碌的母亲,想起10年前随母逃荒来丹棱投奔亲戚时的情景,不觉眼睛一酸。那个风雨交加的傍晚,母亲外出讨饭还没回来,他和妹妹躺在破庙里,身上裹着一床旧棉被。他虽然饿得奄奄一息,但也不敢离开破庙半步,怕自己一走,庙外的野狗扑进来咬妹妹。想起野狗,他使劲站起来,咕噜咕噜喝了半碗水,握紧随身携带的打狗棍。过了一会儿,他转头看到妹妹嘴吐白沫,两眼无神,直勾勾地盯着自己,这一幕吓得他大哭大叫:妈您在哪儿呢?妹妹快死了!听到哭声,庙外的野狗叫唤得更凶了。不知哭了多久,也不知道是饿晕了还是睡着了,他只知道醒来看见地上有一堆燃烧的火,火堆边有一碗热腾腾的菜叶汤,还有一个大馒头。母亲抱着妹妹,眼睛红肿,不停地笑:我的贵儿醒了,菩萨保佑贵儿醒了。他顾不上说话,抓起馒头就啃。那年他8岁,妹妹4岁。他已经记不清有多少个夜晚,母亲抱着妹妹,红着双眼望着自己。父亲帮人抬滑竿一去不回后,这是母亲第一次笑。今晚母亲这哀伤的笑,永远刻在了他心里。他握紧拳头,发誓今后要让母亲和妹妹过上好日子。这个小男孩仿佛一夜之间长大了。后来母亲给他说,当晚,把他和妹妹安顿好从破庙出来,她去河边捞菜叶,无意间捡了两个大鸭蛋,她把鸭蛋拿到伏龙街上,和好心人换了几个馒头。就是这几个馒头救了他和妹妹的命。一天后,他们逃荒到丹棱,被亲戚收留。

哥,你在想啥子?快下面,水开了。妹妹从后堂跑进来扯了扯他的围裙。他回过神来,往开水锅里加了两瓢冷水,又沉浸在回忆里。

刚到丹棱时,娘儿仨挤在一间小屋,他去亲戚家的面馆帮工,亲戚家的面馆是当时小城最有名的"熊大案",母亲则带着妹妹白天帮人缝缝洗洗,晚上熬更守夜纺线。日子在不经意间从指缝中滑过,10年的帮工生活他几乎没休过几天。他感激亲戚收留了他们,每天天不亮就上工,晚上12点才睡。他偷师学艺,从发面、和面到擀面处处都注意细节,10斤灰面加多少老面精确到钱。由于他肯吃苦,10年后学得一手好技艺。亲戚见他已能独当一面,劝他出门自谋生路。母亲听说后喜出望外,拿出全部积蓄,在县城十字路口租下了这间铺面。

他再次抬头望望母亲,这个坚强的女人总能克服一切困难。他笑了笑,随即抓起一大把面条轻轻撒入铁锅。边加冷水边用两尺竹筷在面锅里搅动。妹妹端了一大筲箕刚刚洗干净的豌豆尖。他把豌

豆尖倒入旁边的高汤锅焯水，不到1分钟就赶快捞出来均匀地放入调好料的碗里。随即他大喊一声：出锅了。只见他左手拿漏箕，右手握竹筷，夹一撮面往漏箕里一放，左手在空中翻抖两下，右手用竹筷轻轻挑起面放入案板上的碗里。十几个碗眨眼的工夫就盛满了面。妹妹赶紧往面碗里舀烹调好的脆笋臊子。

曾祖母端起两碗面说：大家尝尝味道，提提意见。今天贵儿的面馆开业，周二孃，您是开面馆的前辈，尝尝合不合您的口味。吃完后，大家纷纷赞美，味道不错，面软而不烂，筋道爽滑。臊子也好，吃得到肉香笋脆。

面馆在县城十字路口，地段好，味道也好，生意渐渐兴隆。只是苦了爷爷，他比以前帮工时更忙。每天起早贪黑地忙活，挑水劈柴样样离不开他。他心疼自己的母亲和妹妹，脏活累活不让她们做。由于人手不足，爷爷一人忙不过来，加上品种单一、房租高，一年下来也赚不了几个钱。

爷爷20岁那年，好运来了。爷爷一米七几，长得又帅，只是性格比较内向。曾祖母托人给他提了几门亲，都黄了。最近有个浓眉大眼、身材瘦高的女孩经常朝他的面馆跑，吃面时总问他一些奇奇怪怪的事情。一来二去，爷爷对这个姑娘有了好感。有天逢场，吃面的人很多，中午姑娘来了，吃完面不走。涌堂（方言，顾客挤满店堂）后，她突然问：王掌柜，现在卖啥子最赚钱？还没等爷爷开口，她就噼里啪啦说了一大堆，听得爷爷喜气洋洋。正在兴头上，她突然话锋一转：你这店一年赚不了几个钱，面是好吃，但品种单一、房租贵，还要缴税。她分析得头头是道，句句戳到爷爷心坎。爷爷开始盼望这个姑娘来面馆吃面，有时甚至盯着姑娘的背影发呆。一到晚上，姑娘那根又黑又粗的麻花辫还在他的梦里晃来晃去。他给母亲说娶媳妇就娶这样的姑娘。

这个姑娘就是我的奶奶，后来成了小城最受欢迎的肖掌柜。当时她18岁，由于人长得漂亮，又是县城有名的官厨之女，说媒提亲的人很多，可她一个都看不上，偏偏看上了十字路口开面馆的王掌柜。她喜欢王掌柜人长得精神，喜欢王掌柜的勤奋，更喜欢王掌柜看她时的那种眼神。那种眼神里除了喜欢还有崇拜。她给父亲肖大厨说嫁人就要嫁给王掌柜那样的小伙。

这个姑娘是她父亲的掌上明珠，肖大厨根本没有看上贫穷的王掌柜，他的女儿能干又漂亮，找个大户人家不成问题。可是女儿偏偏看上了人家，他也不好强行干涉。恰逢他50岁生日时，我的爷爷用面馆的烩面改做成了一碗香喷喷的长寿面。肖大厨吃后喜出望外，便默认了这门亲事。不久曾祖母托人说媒，两个年轻人终于走到了一起。

结婚那天小城热热闹闹，大红喜字贴满面馆和小屋。奶奶没带多少嫁妆，她豪气地说她自己就是最好的嫁妆。奶奶的确能干，爷爷娶了她就像娶了一个财神。她从小跟着父亲出入官府，知书达理。有时给父亲打打下手，切菜、炒肉，杀鸡剖鱼，样样会，16岁就能独自做几桌宴席。最主要的是她还有经商头脑，懂得如何赚钱养家。

结婚不久，她拿出私房钱和爷爷开面馆赚的钱，在当时的东街（现在的正街）中心买下一个铺面，把面馆迁了过去，取名"义兴园"。乔迁那天，人山人海，奶奶第一次以掌柜的身份站在灶房，爷爷望着门头上"义兴园"三个金光闪闪的大字感慨万千。他的母亲更是激动得泪眼婆娑，妹妹跑进跑出忙着笑着。曾祖母想，当初自己带着儿女逃荒来丹棱投奔亲戚时，想着有个落脚的地方，

有口饭吃就烧高香了,哪里还想过能有自己的店铺哦,更想不到儿子当了掌柜,女儿也出嫁了,都组建了幸福的家庭。

铺面只有一间,但纵深有三个房间,最里面一间是库房兼作坊,中间是客堂,前面那间是厨房兼客堂。街沿上还可以临时加几张小桌。

当时奶奶把全县大大小小的面馆和饭馆吃了个遍,最后得出结论:增加花样品种,凡是有人点的义兴园都要有。于是面、抄手、馒头、包子、豆浆、油条、汤圆、冻粑等应有尽有,橱窗被挤得满满的。俗话说,货卖堆山,货琳琅满目才能吸引顾客的眼球。当时顾客基本都是外来做生意的人,吃完后几乎都要带两份回去。如果有人要吃饭,奶奶还要露一手,给客人小炒一份。一时间食客如云。当时十字路口和东街、北街、南街都有小食店。客人们好像商量好一样使劲往义兴园挤。奶奶笑盈盈的,无论有多少客人,活有多忙,她都能轻松应对。爷爷笑呵呵地给她打下手。

说来奇怪,奶奶往灶台前一站,客人便将馆子围得水泄不通;奶奶一走,客人就跟着走。义兴园的面在当时是小城一绝,光面就有十几种,鳝鱼面、鸡丝面、煎蛋面、脆臊面、干拌面、烩面等应有尽有。

两年后,曾祖母在小南街尾上买了一幢房子。至此一家人在丹棱城终于有了自己的房子和铺子。奶奶20岁生下我的父亲。曾祖母喜笑颜开,逢人就说儿媳的好。18年间奶奶先后生下8个孩子,生完孩子后3天就上灶,她的身体越来越虚弱,其中几个孩子也先后夭折。那个人人喜欢的肖掌柜,我那两只眼睛会说话的年轻奶奶,终于丢下义兴园,丢下她的丈夫和孩子,丢下她的父母,丢下她的婆婆,丢下爱她的客人走了,年仅38岁。出殡那天,小城下了一天的雨，送殡的人挤满了小南街。小城人在一声声惋惜中以别样的方式隆重送别了肖掌柜。

失去了主心骨，义兴园的生意一路下滑。爷爷王永贵整天以泪洗面，无心打理生意。曾祖母更是唉声叹气，前些年在乡下购置的田产变卖了给儿媳治病，所剩无几，家里一时间又回到从前。刚满14岁的父亲带着新婚妻子接管了义兴园，正值1949年新中国成立。父亲和母亲把义兴园经营得有声有色，还新增了中餐。

1956年公私合营，父母成了国营食堂的职工。父亲到国营食堂上班后，找到了发挥才能的舞台，他努力好学，很快成为食堂主厨，先后被公司派到乐山和成都参加厨师培训，还获得全国三级厨师资质，成为共和国培养的第一批厨师。

时光如梭，一晃到了1991年，父亲退休了。退休后父亲就像丢了魂一样，他怀念灶台，怀念锅碗瓢盆，怀念那些银光闪闪的刀。有一天，二弟火急火燎地跑来找我说：姐，快回去劝劝老爸，他非要把小南街的住房拆了修饭店。回到家，只见父亲一改往日的慈祥，在里屋大声喊：哪个要来阻止，就别认我！爸，要修饭店可以，家里太窄，你到电影院附近去买地来修，何必要拆住房呢，拆了房子你和妈住哪里啊？我好言相劝，父亲执意不从，说：这是我奶奶买的房子，我就要在这儿修。为了缓和气氛，我想等两天再回去劝，谁知第二天父亲找来亲戚三下五除二就把房子拆了一半。他没有想到，小南街的房子有上百年历史，泥巴土砖木结构房屋一间连着一间，上上下下紧密相连。房子刚拆一半，隔壁余大娘的房子就倾斜过来，师傅们赶快找来10多根木棒撑着。我回家一看，心都凉透了。我问父亲修房要用多少钱，他说不出来；问他到底有多少钱，他半天才拿出存折，两万元。这在当初于我们家而言已经是

一个天文数字,但离修一栋三楼一底的房子还是要差两个天文数字。一边是拆了摆起的空地和倾斜要侧垮的邻居房子,一边是差大笔的钱。那真是急死人。没办法,只得先和余大娘家商量,把房子拆了一起建。

随后紧锣密鼓地开始修建。幸好当时买建材可以赊账,砖和水泥赊欠,钢材是表叔帮忙批发来的,建筑工钱先欠着亲戚老表。二舅来帮忙守工地。几个月后,一幢三楼一底的红砖灰瓦楼房硬是在老屋旧址拔地而起。这在当时清一色土砖木房的小南街成了另类。

开业那天,父亲激动得像个孩子,望着门头上"仕清园"三个大字,他想起自己14岁那年接管义兴园的情景,想起在奶奶和父亲面前发的誓。父亲点燃一炷香跪在地上告慰亲人在天之灵。

仕清园开业后我离职了。由于当初我心不在丹棱,一心想去大城市打拼,所以没有回家帮助父亲经营仕清园。1993年夏天我瞒着家人只身前往广东打工。

春节回家,听小弟说仕清园生意还好。我看父亲每天喜滋滋的,春节一过便匆匆走了。万万没想到,一年后再次回到家,父亲满头白发,一脸愁云。爸,你是不是生病了?父亲欲言又止,自言自语道:这修房子欠的钱啥时候还得完哦?原来父亲是被欠账压垮了。经营了几年的仕清园,除了开支没有多少结余。赊账的经销商们纷纷上门催讨债,父亲是个重脸面的人,整天愁得吃不下睡不着,短短两年老了许多。

我鼻子一酸,觉得是自己拖累了父亲。我前几年那场突如其来的疾病,让父母的身心备受摧残。如果我不生病,一辈子省吃俭用的父母存折上该多两万吧。想到这些,突然觉得自己好自私,为了圆所谓的梦,为了去大都市工作,我忘了自己父母年事已高,忘了女儿年纪还小。不久后因为女儿的一句话,我回广州递交了辞职报告,回绝所在单位的挽留。回来后,我和小弟全力协助父亲打理饭店,用在外打工挣的钱定做了 10 套高档桌椅,并学广州餐厅增加了桌茶、碗垫,还扯白布做了十几张桌布,请古建筑师傅把门头装修得古色古香。仕清园堂子焕然一新。此外,我还公开招聘了几个能干漂亮的服务员,统一身着工作服上班,员工整体素质大大提高。两年后,父亲把赊欠的材料款和修建款全部还清,手头还有了点结余。

1996 年底,县城有了私家小车的影子。开车来吃饭最大的问题是停车难。加上当初小南街是菜秧市场,逢场天背篼,扁担箩筐把本就窄小的小南街挤得更狭窄。特别是一到下雨天,整条街都是烂菜秧、湿泥巴;天晴出太阳,泥巴灰到处飞。

那天,我跟父亲说,现在的仕清园已经不能满足客人的需求,我和小弟要外出买地修饭店。父亲沉默了一会儿,笑着问我有多少钱。3 万。我脱口而出。父亲倒吸了一口凉气,3 万元买地都不够。你前几年两万元敢动工,今天我有 3 万元,怕啥?何况现在可以到银行贷款。父亲没有再说什么,但我明显感觉到他的担忧,担心我背上沉重的债务。

我开始跑银行贷款,万万没有想到,贷款那么艰难,跑了几家银行终因各种原因没有贷到款。最后用仕清园房产做抵押在建设银行贷款 15 万。有了钱开始选址,走了几个地方,觉得还是现在这个位置好,2 亩 6 分地不仅方正,又在十字路口。当时正在兴建园区,这里是城东开发区核心地段,且此地左邻政府办宿舍,右挨陈安平的饲料厂,有发展前景。卖方填了方打了围墙,省去很多麻烦。最终十几万元买下土地。亲戚姑爷为我们设计,汤老表答应全

额垫资修建，我则跑上跑下办手续缴费用。1996年底终于动工修建。谁知修到第二层楼，汤老表停工了，说是他其他工程完工后拿不到钱，没有钱为我垫付。无奈我只得到处借钱。记忆犹新的是，女儿生病住院，我守在她身边身无分文。父亲的朋友打电话说带我去仁美信用社贷款10万，听完后我失声痛哭。我拉着女儿的手说，别怕，妈妈有救了。有了钱，工地恢复修建，我也长舒了一口气，以为一切顺利了。想不到第三层楼预制板一上，汤老表又因钱停工。我和小弟八方借钱，该借的都开口借了。那年头，大家都穷，这个一万那个八千，少的几百。几十张借条下来还是不够，只得前往内江找六孃开口了。那是1997年的夏天，汤老表借了车找了司机送我去内江。一路上发生了无数怪事，甚至在成渝高速路上因逆行差点送了命。万般艰辛，结果没有借到一分钱。六孃说钱存在银行取不出来，当时姑爷在外。我高兴而去流泪而归，还不敢告诉父亲。后来姑爷听说后，立马把钱送过来了。

　　房子经过一波三折终于落成，因为差钱，只能简易装修。1997年12月仕清园隆重开业，前来捧场的亲朋好友把饭店挤得满满当当，鞭炮声震天响。站在十字路口望着门头上三个红色的大字——仕清园，我百感交集。我猜想很多年前曾祖母和爷爷望着"义兴园"三个字，几年前父亲望着"仕清园"三个字时应该和我现在的心情是一样的吧。突然有种莫名的感觉涌上心头，让我心存感激！感激我的曾祖母，那个我不曾见过面的女人，她不向苦难低头，关键时刻有可以扭转命运的精气神；感激我的爷爷，18岁在小城开店；更感激那个传说中的肖掌柜——我的亲奶奶，把义兴园经营成远近闻名的店。我还感激父亲，他不顾家人反对，毅然决然地在老屋旧址修建了仕清园，最后把这一脉香火传承到了我和兄弟的身上。我庆幸自己身上流着先人们的血。

春节到了，大年三十来催账的人很多。还完钱我身上只剩200元。不承想大门外还有人堵在那里，七八个民工在包工头的带领下，非要我付清坎地坝的工钱。我再三解释，请他们宽限几天，春节后付，可他们执意不肯，大有封门的架势。我知道他们也要拿钱回家过年，急得直哭。这时一朋友骑自行车来饭店办事，见我满脸是泪，说大年三十哭不吉利。听员工说了原因，他骑车就走，不一会儿拿来1万元。结清账，我和兄弟各攥着100元过了一个春节。

饭店是建好了，可是望着一摞借条，我和兄弟不敢有丝毫松懈，为了节约钱，经常半夜到成都进货。那时没有快递，抢东西的人多，稍不注意就被抢。在饭店经营中，我们牢记祖训，童叟无欺，质量第一，绝对做良心食品。冬去春来，几年过去了，仕清园顶着诸多压力，慢慢地有了好的口碑，生意也渐渐好起来。2007年，我们又改建厨房，扩建大厅和中厅。2012年，我们终于偿还清了全部债务。

2021年，在仕清园百岁生日之际，第四代传承人唐诗蕾、王夷婷接管了仕清园。她们斥巨资扩建仕清园新店。开业时，唐诗蕾望着闪亮的"仕清园"三个字，双手合十，喃喃自语……

我想起她读小学时带领同学赶庙会为班上挣班费的情景，想起她读大学时当主持人挣钱的情景，想起她在留学时带货经商的情景，不禁会心一笑，我这个从小喜欢美食并具有商业头脑的女儿，一定会把仕清园经营得更好。

工农兵食堂

　　工农兵食堂，一看店名就知道是"文化大革命"时期的产物。的确，工农兵食堂原名小南街食堂，"文化大革命"时期更名。

　　食堂坐落在小南街上段，木质结构，有雕花门窗，有天井，与整条小南街的建筑风格一致。

　　小时候，一到天黑，我就提起橘灯跟大哥去食堂外面玩耍。20世纪60年代中期，小城还没有街灯，小南街到处黑灯瞎火，但小南街的上段则灯火通明，几盏煤气灯把食堂内外照得如同白昼。

　　每天晚上，食堂外面就像赶场似的，街沿上坐满了人。哑巴孃孃是常客，晚饭后常常以最快的速度跑到食堂外抢占有利位置。她喜欢织毛衣，以织毛衣为生，和其他女人坐在街沿上，一边拉家常，一边借着灯光忙着手中的针线活。男人们围坐在食堂八仙桌旁，跷起二郎腿，二两老白干就着一盘椒盐花生米，喝高兴了眯起眼睛哼几句老川戏的调。小孩们在食堂外面玩耍，跳杠，看小人书。调皮点的小孩躲猫猫时跑急了就朝食堂桌子底下钻。杀鸭子的徐大爷抓根竹竿在地板上乱敲，喊着出去、出去。

　　那时候我还小，记不清食堂的全貌，不敢跑到食堂后面去。那是宰鸡杀鸭的地方，有棵粗大的树，有口古老的井。母亲不准我去，说杀气太重。但食堂里有许多好吃的，它们像磁铁一样牢牢吸引着我。

我一到食堂门外，就从丑小鸭变成了骄傲的小公主。人们刚从鬼门关闯过来，吃就成了生命中最重要的事。他们对掌勺的王师傅敬重有加，对我这个王师傅的小女儿也格外疼爱。

大哥牵着我刚走到食堂外，街沿上的嬢嬢们就给我让座：过来，过来，王师傅的小幺女。和我一起跳杠的小朋友跑过来，前呼后拥地把我拽到跳杠的地方去。大哥吹熄橘灯，守在我旁边看小人书。

跳累了，我就朝食堂内堂跑。切菜的叔叔，洗碗的大婶，这个亲我一口，那个抱我一下。我最喜欢煮面的奶奶，只要我过去，她总要趁人不注意夹一块肉送进我嘴里，总要重复那句话，长胖点乖。

父亲装作没看到我，继续在灶台上忙。我偏偏跑过去扯他的围腰：爸爸，我要吃鸭脚板（方言，鸭掌）。小祖宗，你一来就要吃，父亲一手拿着铲子一手端着锅不停地翻炒，快走开，小心烫到你。不嘛！我边撒娇，边使劲扯围腰。父亲拿我没法，大声喊：徐师爸，给小女拿两分钱的鸭脚板！这我最清楚，1分钱3根，两分钱6根。

小城人最喜欢吃卤菜，一到周末下午4点多钟，食堂外面就排起了等待抢卤菜的长队。几个条凳，两块案板，一杆秤。临时搭建的卤菜铺就开张了。热腾腾的卤鸭子和卤头肉刚出锅，那香味一下子飘满整条小南街。鸭脚板一般是不外卖的，用现在的话说是留着"走后门"。

 老街记忆

我拿着鸭脚板兴奋地跑出来，许多双眼睛齐刷刷盯着我手中的纸袋。大哥一根，我一根，正在分时，躲猫猫的刘二娃伸手抓一根就跑，大哥正要去追被我拦住。街沿上的张大娘破口大骂：刘二娃，你小兔崽子，又抢东西，不怕长大吃枪子?!

时间一晃而过，我上初中了，有天放学回家，见食堂和隔壁的照相馆，以及旅店被围起来准备拆了。一年多后，一幢一楼一底砖混结构的大房子建成了，这在小城成了爆炸新闻。人们三三两两跑到食堂参观。年龄大的说这房子气派、结实，不怕火灾。父亲得意扬扬地说：要不是我，这房子恐怕修不起来。他如数家珍，水泥是托乐山老表帮的忙，木材是峨边师兄搞定的，钢材来得更远……听了父亲的话，我心里五味杂陈。钢筋结构气派的大食堂仿佛是外来的入侵者，把小南街的原生态打破了。木质地板变成了水泥地，天井没有了，木门换成了卷帘门。最可怕的是那些摇着女儿梦的雕花门窗变成了坚硬的钢条。

不过，新建的食堂生意很好，可容纳几百人吃饭，逢场更是挤得水泄不通。中午，外端的人要排到食堂大门口。父亲更是早出晚归，夜深人静时，我常常趴在窗口向街上望，盼望听到父亲回家的脚步声。

不知从什么时候起，应该是改革开放后吧，个体户冒出来，小城开了许多小饭店、小食店。工农兵食堂生意每况愈下，父亲也从工农兵食堂调到另一个食堂任主厨。原来人山人海的食堂人去楼空，最终变成百货公司的仓库。随着经济体制的改革，工农兵食堂以及丹棱所有的国营食堂都不见了。

小城老店

弹纺社

大南街的下半段有一家弹纺社，与对面的铁器社遥相呼应，是全县居民弹棉絮买棉花的地方。这该是丹棱县的工业雏形。铁器社几经变迁最后成了机械厂，其齿轮工业还红极一时，让许多外地人因齿轮而知道川南有个丹棱县。直到现在，"丹齿"仍生机勃勃。弹纺社就没有那么幸运了，它在完成了自己的历史使命后销声匿迹。不晓得啥子原因它没有发展成纺织厂。

小时候并不喜欢弹纺社。有时去大南街办事，路过弹纺社时都要用手巾把鼻子捂着快步跑过去，生怕满街飘荡的棉花灰钻进鼻孔。母亲不然，她最喜欢弹纺社，经常在河边溜达，专门等倒垃圾的推车出来。在沧浪河边的斜坡上，在灰尘满天飞的垃圾堆里，母亲双手飞快地刨着，眼睛不放过任何线头线条。几个月下来，母亲把这些捡来的线头线条扯乱、洗净、泡涨、晒干，再纺成线，然后染成红色或者军绿色，最后一针一线织成线衣。现在想起来满是内疚和自责，当初我最讨厌穿这种线衣，觉得它刺皮肤，太硬。我根本没有考虑到母亲辛勤的付出和持家的辛酸。

后来六孃的同学雪兰孃孃住进我家，她是弹纺社的会计。和六

老街记忆

嬢的泼辣大胆正好相反,她温柔胆小,被欺负了只晓得哭鼻子。六嬢常常替她打抱不平。雪兰嬢嬢父母早逝,她和姐姐相依为命,后来姐姐远嫁眉山。六嬢怕她孤独寂寞,便让她来家里借宿。她和六嬢都很会讲故事,可惜六嬢在外工作,我们几姊妹就时常缠着雪兰嬢嬢讲,从《智取威虎山》讲到《一双绣花鞋》等,我们听得入迷。父母忙,托付她带我时,她就带我去弹纺社玩,刚开始我拒绝了两回,后来经不住故事的诱惑便去了。起初去弹纺社我还是用手巾紧紧捂着鼻子,不敢大口呼吸,后来干脆学那些工人戴个大大的口罩。弹纺社的大门处有一个收旧棉絮卖新棉花棉絮的铺面,我每次去都看见铺面外排了长长的队,有背旧棉絮抱旧棉花的,有买了新棉花脸上笑眯眯的。最喜欢寒冷的冬天晚上钻进新被窝的那种感觉,暖暖的,让人睡不醒。也喜欢春节穿上母亲一针一线缝制的新棉袄,喜庆的大红大绿让春节气氛更浓郁。大门左侧的临街面是个大大的操作间,四周堆满棉花,到处挂着棉丝网,看上去灰蒙蒙的,工人们个个头戴帽子,嘴巴上戴着纱布口罩,从头到脚也是灰蒙蒙的。中间有10多台织棉絮的机器在工作,记得是半机械化操作的。这里是不准闲人进去的,我也不敢进去,只是在门外踮着脚往里看。操作间的右侧有一个长方形的大坝子,是用来晒线和拉线的,和操作间相比,这里的空气好多了。雪兰嬢嬢去办公室做账时就把我丢在坝子里,让我和其他两个小朋友玩耍。爸爸的好朋友哑巴叔叔是弹纺社的职工,准确地说是坝子上的拉线工。哑巴叔叔手里提一个卷线的工具,拉着一根细细的线一瘸一拐地在坝子上来回穿梭。他头上顶着草帽,脚下穿双烂胶靴,从早到晚来回拉线。这是一门技术活,拉线得用力均匀,太轻太重都不行。有天哑巴叔叔见我一个人在坝子边上玩,突然停下手中的活,迅速在纸箱内抓起

一坨线，一瘸一拐地跑过来硬塞进我的衣服包里，然后咿咿呀呀比画着让我快走。怕被人发现，我从后门一口气跑回家。以为母亲会高兴，谁知却挨了一顿骂，母亲说：人穷志不短，不管什么时候都不能拿公家的东西。我委屈得流着泪又跑回去把线还给哑巴叔叔。之后，我便对哑巴叔叔有了好感。后来，父亲在小南街老屋开饭店，他隔三岔五去帮忙，烧火洗碗样样行。有时我给父亲买衣服，会顺便也给他买一件。送给他时，他急得脸涨得通红，扯着自己的衣服哇哇大叫，意思是说：我有，我有。父亲在一旁劝：你有是你的，这是小女的心意，你就收下吧。哑巴叔叔拿到衣服后一个劲地点头。

　　后来父亲生病，很多人他都不认得了，但始终认得哑巴叔叔。他时常来为父亲剪脚指甲，陪父亲摆龙门阵。我不知道患病的父亲为什么还能听懂哑语，有时还摆得哈哈大笑。哑巴叔叔有个女儿，很早就嫁到台湾，回来探亲时给他几百美元，还带他去了北京，在天安门前、在长城上拍了许多照片。哑巴叔叔拿着美金和照片在父亲面前炫耀了好久，这让好强的父亲心里特别别扭，多次在我面前夸哑巴叔叔的女儿孝顺。只可惜当时我没明白父亲的意思，直到最后父亲已经没有记忆我才带他圆了游北京之梦。父亲去世后，哑巴叔叔悲伤不已。隔年的春节我去探望时，他已经认不得我，坐在轮椅上，一脸木讷。他女儿在他面前比画了许久，我才在他眼里看到闪过的一丝亮光。不久，听说哑巴叔叔走了。

　　我家的斜对门，一间10多平方米的房子里住着一个妇人，大家喊她三孃。三孃也是弹纺社的员工，只是后来慢慢精神失常，大家便喊她疯子。三孃姓啥名谁没人知道，她是哪里人从哪里来也无人知晓。听父亲说，她是被人用滑竿抬进小南街的，男人是国民党军官。刚来小南街时，三嬢很是漂亮，搽了摩登粉，抹了胭脂，描了眉，涂了口红，着一身旗袍，小蛮腰在街上左摇右晃，能把小城的男人三魂勾走两魂。后来她男人随部队一去不返，丢下她独守空房，这一守就是一生。头几年她还能靠男人留下的几个钱过日子，时间久了变卖衣物首饰过活，到后来靠给别人帮工换点糊口的食物。新中国成立后，她进弹纺社当了一名女工。一晃20多年过去，三嬢慢慢变老，常常自言自语。都说寡妇门前是非多，想占便宜的人很多，不得已她把自己嫁给了占她家店铺的徐大哥。徐大哥是乡下人，靠编草把子、筲箕为生。徐大哥排行老三，大家喊他徐三哥，三嬢理所当然成了徐三嬢。三哥对三嬢还好，日子也过得平平淡淡，就是不晓得啥原因10多年都没有娃儿。后来徐三哥病死了，本来沉默寡言的三嬢更加郁郁寡欢，上班呆呆板板。有好事者恶作剧，以她男人的名义给她写了两封信。从此，小南街就多了一个疯疯癫癫的痴情女。她每天下班后就站在沧浪河边的黄桷树下，口里喊着她男人的名字。她开始不吃不喝，胡乱骂人。只有站在黄桷树下她才是安静的。无论春夏秋冬，无论刮风下雨，她总是按时站在那里，望着远方，望穿秋水！有调皮的小孩用菜头扔她，她也不动。有天下午我去河边洗衣服，看见她一动不动地站立着，忽然，一阵风吹乱了她的头发，她有些惊慌失措，赶紧掏出梳子不停梳头发，直到把头发梳得顺溜溜。我有些触动，不觉一阵心酸。

　　随着时间流逝，三嬢越来越疯，背越来越驼，身子弯成一张弓。母亲觉得她可怜，逢年过节蒸了冻粑炖了肉，总要拿几个冻粑舀一碗肉让我给她送过去。她精神状况好点的时候，也来家里帮帮忙，择择海椒，剥剥豆瓣。后来她退休了，再后来她死了。她死的时候我不在丹棱。听说死得有些悲惨，两天后才被人发现。她死了，我觉得反而是解脱，死对她来说是最好的归宿。在天堂或许她能找到她痴等了一生的男人。当我再次回到小南街时，望着那间低矮潮湿的小房子，那间三孃住了一辈子的小房子，眼前又浮现出她站在黄桷树下的身影。我慢慢走到沧浪河的石拱桥上，面对平静的流水，为这个曾经花朵一样绽放后来低到尘埃里的女人送了一朵小菊花。

1976年，雪兰孃孃结婚后搬出了我们家。她嫁给了一个钟情的男人，一个喜欢画画的老师，从此她的生活便成了一幅美丽的画卷。刚刚我和她通了电话，说起早逝的六孃，我们都心疼不已。

弹纺社不知不觉消失在大家的视野里，大街小巷开始有了许多弹花匠。街上还冒出了许多卖床上用品的商店，五花八门的被子摆满了大床小床，什么太空棉、纤维棉、蚕丝被等应有尽有。到弹纺社排队买棉絮的情境永远定格在了小城人的记忆里。

铁器社

铁器社,顾名思义就是打铁器的地方。20世纪70年代初,丹棱大南街的尾巴上有家铁器社,隔着一条公路就是沧浪河。那时候小城居民及农村农民用的工具,凡是与铁有关的几乎都出自铁器社。

我的家在小南街的尾巴上,隔两户人家和一条公路就是沧浪河。从地理位置看,我的家和铁器社是背对背的邻居。

我的家是小南街23号,穿过一条过道是天井和厨房,厨房后面是厕所,厕所后面是石头和土砖堆砌的围墙。围墙不高,翻过去就是铁器社。我的童年和少女时代是在铁器社咚咚咚的打铁声中度过的。

铁器社从大南街下段呈"L"形转到尾巴上,里面的炉具也是呈"L"形排列。火炉里有熊熊燃烧的火炭,火炉旁连接着一个拉杆风箱,风箱旁有个冷却用的水盆。

父亲的朋友方爸是铁器社的打铁师傅,打得一手好刀。仗着他和父亲的关系,我和两个弟弟放学后总要提着竹篮拿着火钳,远远地守着铁器社的大门口,有时甚至守在方爸打铁的火炉旁,看师傅们汗流浃背地打铁。无论春夏秋冬，方爸和打铁师傅们都赤裸着上身，脖子上挂条长围腰，右肩上搭条分辨不出颜色的毛巾。有一天，我心血来潮跑到正在打铁的方爸的右边，想近距离一探究竟。只见方爸左手从火炭中夹出一块红红的铁，右手高举铁锤，一锤一锤地砸下去，一时间铁块火星四溅。我惊出一身冷汗，怕火星溅到身上，丢了竹篮就往外跑，远远地躲在门外偷偷朝里张望。

　　一会儿，铁块有点形状了，方爸又把它送回火炉，再煅烧，再冷却，再打。如此反复，直到一块铁打成薄薄的刀样。在铁块送回炉子的间隙，方爸一边抽烟一边拉风箱，还不停喊：隔远点，隔远点，小心烫到你们。小弟最调皮，听到方爸的喊声不但不走，反而跑到方爸面前撒欢，攥着风箱杆就不松手，结果使出吃奶的劲还是拉不动。方爸扯下肩上的毛巾擦一把汗，迅速把小弟抱开，道：小子，你吃不了这碗饭哦。

　　从一块铁到一把刀的过程，是我们这些小孩无法想象的。它要经历怎样的千锤百炼？我们那时候只觉得好玩，又怎能体会到方爸和那些打铁师傅的艰辛呢？下班时，方爸和师傅们个个精疲力竭。有天我看见方爸的手在流血，惊恐地说：方爸，血，血。他抓把冷炭灰在血泡上抹抹说：没得事，明天就好了！快去河边，要滤炭渣了。

　　我和两个弟弟快步跑到河边。河边上已经等候了许多小孩。他们和我们一样左手提着竹篮，右手紧握火钳，等待着铁器社运出的炭渣车，仿佛随时准备冲向战场的战士。方爸把炭渣车推到我们面前时不倒，而是停下来把一些好的炭拣来甩到我的竹篮子里，直到把面上的好炭拣完再倒，让守在旁边的小孩们恨得牙痒痒，却敢怒不敢言。我的运气很好，经常在炭渣里捡到几块小铁巴。拿到土产

公司收购店,卖两三分钱,就兴奋得不得了。

那时家家户户都是烧柴,大人小孩都要拾柴捡炭,捡的柴火和炭渣要供全家人整个冬天烤火和烧水煮饭。我和两个弟弟捡的炭渣堆到厨房边像一座小山。过年时父亲总要奖励我和两个弟弟每人两元钱,说是我们解决了家里的炭火问题。其实我很清楚,解决我们家炭火问题的是方爸。

有一天晚上父亲哼着川剧的调调下班回家,手里抱着一团用围腰包好的东西,喜笑颜开,一改往日的疲惫神情。爸爸,啥子事这么开心哦?我问。父亲笑而不答,他一边把捆着的围腰放在桌子上,一边麻利地解开捆在围腰上的绳子。我们的眼睛齐刷刷地盯着父亲的手,以为又是卤鸭子或鸭脚板之类的好吃货。父亲小心翼翼的样子,让我们期待得直咽口水。绳子解开后,我们大失所望,原来是两把明晃晃的菜刀。父亲笑得合不拢嘴。又得两把好刀,你们方爸打的。父亲边说边手舞足蹈,两手各执一把刀,两刀刀背相击发出清脆的声音。刀在微弱的电灯光下发出明亮的银光,照亮了父亲的眼睛。刹那间,我的眼前全是方爸打铁的影子,耳朵里回响着咚咚咚的打铁声。从此,我对刀有了敬畏之心。

父亲当时是丹棱小南街食堂的主厨,墩子功夫了得,闭上眼睛都能切一大盘三丝,切的萝卜丝打在墙上不掉丝。这都得益于手中的刀。父亲时常说,刀就是战士手中的枪。这句话我在一年一度的饭店技能大赛中反复对厨师们说。现在,我外出购买厨具时,一定会为厨师选两把好刀。

铁器社最后成了机械厂,搬出了大南街。后来方爸走了,父亲走了!我不知道天堂有没有铁器社,有没有饭店;如果都有,方爸还打不打铁,父亲还当不当厨师?但我知道,他们的友谊天长地久！

　　前年去西门，无意间在三余桥附近看到了一家打铁铺。一样的火炉，一样的手拉风箱，一样的水盆。师傅赤裸上身，脖子上挂条长围腰，右肩上搭条毛巾。铺子前摆了几把刀和镰刀、锄头。瞬间，时光倒流，仿佛回到从前，方爸仿佛又活过来了。我蹲下身选了两把刀，笑着问师傅：现在打铁都机械化了，还有人买你打的铁器？师傅笑着回答：就是卖给你这种人的。

 老街记忆

影剧院

那年我刚满8岁，一天，正和家人在小城影剧院外排队，等待看电影《智取威虎山》。突然人群一阵混乱，后面的人疯狂朝前面挤，吓得我大声尖叫，挣扎着要出去。六孃一把抓住我，随即和大哥用胳膊肘把我架起来。我使劲把手吊在他们的肩膀上，生怕落下去被人踩死，就这样被他们半吊半抬地进入了剧场。

影剧院在小城南面，现在是唢呐广场。当初这个地方是丹棱县文化娱乐中心，有灯光球场，有影剧院，还有一个放坝坝电影的大坝子，坝子旁边是县委招待所。

从我家到影剧院，可以顺着小南街往上走，到丁字路口转进公园巷子，再顺着石板路走；也可以沿着沧浪河边坑坑洼洼的公路绕过去。捷径是走对面电影院的职工宿舍，但这里经常大门紧闭，运气好的话，轻轻推开两扇半掩的大门，几分钟就到影剧院了。

那时候没有电视，人们的娱乐方式是看电影、看打篮球。我对篮球不感兴趣，独喜电影。

影剧院其实是一个大礼堂。它肩负着许多使命，放电影、开大会、表演节目、演川戏等，我还看到过在台上开斗争大会。礼堂是

一座砖木混合结构的建筑，空间高大，中间没有柱子。礼堂前方有一个大舞台，平时被一道绿色的金丝绒帘子挡住。礼堂共有正门两扇，侧门四扇，侧门中间是木质方格大窗。

我喜欢看电影，可惜包包里没钱。两角钱一张的电影票，可以买很多东西了。我不敢向父母要，便想办法找钱存钱，割牛草、包糖果、卖冰棍、捡废品等我都干过。有天看到隔壁的大哥和两个小姐姐脸上笑开了花。一问，大哥说今天发财了，在电影院捡了两元钱，还有半包烟。说着抽出一支点燃，呛得连连咳嗽。不久电影《卖花姑娘》上映，一场接一场，外面依然人山人海，电影院的卫生便来不及打扫。看完第一场我就尾随大哥哥小姐姐们躲在角落里。刚刚散场，大门一关，我们就打着手电筒迅速钻到椅子下，寻找着地上的一纸一物。一分、两分、五分……惊喜连连，有时甚至是一角、两角。下场开始时，人一入场，我们又赶紧找角落躲起来。三五场下来，我们每个人要捡几角钱，还有钢笔、手帕等。我欣喜若狂，回家告诉两个小兄弟，说下回带他们去捡钱。几个月下来，我一共捡了几元钱，这对当时的我而言是一笔巨款。包包鼓了，想买什么就买什么。

可惜好景不长，捡钱的人越来越多，动静闹大了，加上有个小孩翻窗摔断腿，惊动了电影院的工作人员。电影一散场，他们打起手电筒挨排查看，台上台下的角角落落都不放过。母亲知道这件事后，非常生气，说我一个小女娃娃，跟着爬窗子，小心摔断腿。母亲哪里知道，每次翻窗我都是被抬进去的。我在喉咙里嘀咕道：想要一条新裙子，还得放几个月的鹅。

父亲喜欢川剧，但凡有川剧团来丹棱演出，特别是有父亲喜欢的角，他都要找几张好位置的票。演出当天，我们早早吃了晚饭便

赶到影剧院。我会换上好看的衣服，和父母坐在影剧院的前排。那时候我并不喜欢川剧，围鼓敲了半天，还不见人影。不过我喜欢那种欢天喜地的氛围，喜欢省城下来唱戏的人穿的衣服。我的第一件连衣裙就是仿照女角在台下穿的裙子做的，美翻了小城。父亲看戏看得津津有味，不时跟着哼唱几声。我是后来慢慢才对川剧有感觉的。

父亲上班的对面是王茶铺子。铺子前面是两间木屋铺面，后面一个小天井，天井旁边是十几个燃烧的火炉。小城人打开水几乎都去这里，逢场生意更是好得很。

那天傍晚，我提着两个暖水瓶去打水，茶铺子里外三层都是人。围鼓敲得震天响，几个人在中间咿咿呀呀，围观的人摇头晃脑跟着哼，我听得入迷，末了竟提着空水瓶往回走。后来，只要上成都，我都要去川剧院为父亲买几张川剧碟片。

又是一个星期天的晚上，我和父亲坐在影剧院。欧爸说：王师傅你女儿瘦高瘦高的，脸盘好看，唱戏扮相一定漂亮。父亲乐呵呵地回道，只可惜小女不喜欢唱戏哦。

此生我最自卑的就是缺少艺术细胞，唱歌不着调，跳舞身体不协调。二年级时，我被选进班上的宣传队，却因跳舞时总和大家不合拍，被淘汰了。这件事几乎摧毁了我的自尊心，之后凡是唱歌跳舞的活动我都躲得远远的。直到后来我爱上了文字，才慢慢释怀。

丹棱县宣传队经常在影剧院演出，我最喜欢那个弹扬琴的姐姐，优雅知性，让人过目不忘，只是许多时候都是样板戏。1977年之后，一大批优秀电影复映了，如越剧《红楼梦》《早春二月》等。人们从单调的样板戏中醒来，才知晓电影原来如此丰富多彩。

记不得什么时候影剧院拆迁了，搬到了对面，灯光球场也拆了,迁到县城北门。后来的后来,这一片成了小城商业地产中心。随着电视、互联网和手机的普及,影剧院人去楼空,那些人山人海的场景终成记忆。

  不久前的一天晚上,我和女儿坐在豪华的影视城看电影《我不是药神》。上百个座位只坐了 20 来人。当别人都在为故事流泪时,我却沉浸在过去的时光中,不能自拔。

小人书店

20世纪60年代末至70年代末，小南街中段的王茶铺子隔壁有一家不起眼的小人书店，没有店名，也不卖书。可就是这间毫不起眼的小人书店，不知道点燃了多少小城少男少女的英雄梦和文学梦。

书店是一间土砖墙，土地，木板铺的铺面；宽3米，长约6米，呈长方形；没有窗户，所有的光都来源于临街的铺面。店里横梁上前后挂着两个油灯似的电灯泡。店铺里三面靠墙的墙壁下依次排列着几个矮矮的长木凳，铺子入口左边有一个书柜，柜子里整齐地摆放着小人书。柜子前方的墙壁上钉满了纸壳，上面用毛笔字写着编号和书名。其余的墙壁上贴满了海报，最醒目的是《红灯记》中李铁梅高举红灯的照片，照片中的红灯似乎把暗暗的小屋照得亮堂起来。

令我百思不得其解的是，那个年代好书并不好买，为何小人书店有那么大的能耐，汇集了众多好书。后来，在一次饭局上，老同学陈张平告诉我，那个书店里的书原来是他大伯的，"文革"时被没收，最后转交给了居委会。我才知道老同学家以前是大户人家，他大伯有收集小人书的雅兴。我就是在这家小人书店里认识了《红楼梦》里的林黛玉，认识了大闹天宫的孙悟空，认识了《水浒传》里一百零八条好汉，认识了《三国演义》里众多风云人物，还认识了高玉宝，认识了其他许许多多的英雄。

去书店看书于当初的我们来说十分奢侈，除了要出钱以外，还要有时间。以前家家户户的小孩主业是家务，是拾柴火、捡废品、锤石头，读书是副业，看小人书更是不务正业。钱不是问题，是平时攒的，存钱猪猪肚子里早存满了，只是得找时间。

那年暑假，我在沧浪河河心坝放鹅，听捡石头的小伙伴说：三娃你晓得不？王茶铺子旁的娃娃书好看得很，几百本，啥子书都有。说着便说了一连串我听都没有听到过的书名。那个叫三娃的小孩边听边摇头。我好奇地听着，心里盘算晚饭后怎样才能去小人书店看书。

早早吃了晚饭，我借故把水瓶里的开水倒干，然后对母亲说我去打开水了。母亲声音里有明显的不信任：刚刚水瓶里还有半瓶水，你又去打？点燃炉子烧嘛。我不敢搭话，提着水瓶疾步出了家门，连走带小跑，到书店时已经气喘吁吁。一看里面黑压压的都是人。交了一分钱，在笑盈盈的老板手里拿到书后才发觉板凳上挤满了大大小小的屁股，连板凳前面的土地上也满是盘腿而坐的人，我根本插不进去，只得坐在书店的门槛外的街沿上看，打开水的事早丢到天边去了。一会儿书店老板找了块硬纸壳塞在我屁股下，说坐久了怕着凉。我笑笑掏出两分钱又要了两本书。我一口气看了三本书——《大闹天宫》《武松打虎》《哪吒闹海》，我不明白为什么小小的我对神和英雄是那么崇拜。

说来奇怪，书店隔壁的王茶铺子生意兴隆，仿佛小城的老人都

喜欢这里，木桌上几盏盖碗茶，光滑的竹椅嘎吱嘎吱地响着，时不时还有川戏票友哼几声。茶铺外面还有王爸爸的饼子铺，王爸爸的擀面杖在案板上当当当一敲，热腾腾的饼子从火炉上取出来，满街飘香。和茶铺的热闹相反，书店静得出奇，仿佛远离尘世，也闻不到饼子的香味，大家都埋头看书，惊讶和兴奋写在脸上。

记不清看了多久，觉得有人挡住了光线，用手去拂，人不动，抬头才看到是站着织毛衣的母亲。我赶紧站起来，怕母亲骂。谁知母亲温柔地笑笑：快看，快看，注意别把头埋凶了。说完收好毛线，弯腰提起门槛边的水瓶抬脚走进了王茶铺子。

母亲的笑温暖了我，一向怕母亲的我仿佛拿到了圣旨，那一年只要有空我就朝书店跑。看的小人书多了，随口可以摆很多故事，在家里也神气起来。两个弟弟吵着向父母要钱去看小人书。母亲总说，多读课本，少看那神啊鬼的。小弟嘴巴一撇：姐姐都去看，我们也要去。说完跑到里屋抱出我的存钱猪猪猛抖，突然抖出两分钱，他喜出望外，抓起钱和二弟就跑出去了。

那时的小人书非常精美，有素描版的，有国画版的，纸张也不错。这在那个年代该算奇迹了。我特别喜欢《红楼梦》一套十二本的小人书，依稀记得是彩色的，色彩丰富，人物形象婀娜多姿。我最喜欢黛玉葬花的情节，她忧郁的眼神时常让我莫名流泪。后来有人说，我的眼神里有林黛玉式的忧郁。1988年看电视连续剧《红楼梦》，惊讶陈晓旭把林黛玉演得活灵活现。后来陈晓旭病逝，我伤心了好久。

有一天逢场，中午家里来了几个乡下亲戚，我端两斤米去食堂换饭。远远看到小人书店外围了好多人，跑过去才晓得是小人书店惹了祸，有家长去城关镇告状，说小娃偷家里的钱去看红色书，一天到晚不落屋。派出所的几个民警把铺面堵住，里面有人清点。老板娘急得满脸通红，大声争辩：啥子叫红色书？毛主席他老人家都说可以看。为这事小人书店关了几天门，后来据说是居委会担保才又开了门的。这之后，凡是小娃娃去看书，一次最多只能看三本。当时我害怕得很，怕小人书店从此关门，又怕书店老板被抓走。幸好虚惊一场。

县城有一个新华书店，里面也有小人书卖，一毛多到两毛钱一本。那时很多人家吃饭都成问题，几毛钱是一家人一天的伙食费，去小人书店看书已经是最美的事了，哪里还敢奢望买书。不过我倒奢侈过几次。虽然小时候我身体不好，家务做得少，体育课上不了，可我特别会找钱存钱。这让我在同学之中还是有点小小的威信的，也让我在两个弟弟面前时常神气。有一次去新华书店，被《东郭先生》这本书的素描画吸引，翻了半天舍不得放手，咬牙买了一本，后来东借西借借丢了，为此我还心疼了好久。还有一次我一口气买了几本关于英雄的小人书，作为新年礼物送给两个弟弟。但是书店永远买不到在小人书店看到的某些书。20 世纪 70 年代末，街上陆续出现几家小人书店，可我慢慢长大，再难得去小人书店了。

我不知道自己爱好文字是不是和当年喜欢看小人书有关，但我知道我的同学和两个弟弟对英雄的崇拜肯定和看小人书有关。小弟工作后仍立志要去当兵，要保家卫国，最终和二弟双双去部队服役了几年。

什么时候小人书店关的门，那些小人书去了哪里？我不得而知。当小人书成了一个时代的记忆，收藏小人书成了雅集的时候，我在大街小巷寻找当初小人书店的主人。昨晚和家人走路时，无意中看到了寻找多时的郭孃孃，当年小人书店的主人。年近 80 岁的

 老街记忆

郭孃孃时尚优雅，身体健康，戴一顶酒红色帽子，围一条红色围巾，脸上的笑容依然如40多年前般灿烂。她说后来小城又开了几家小人书店，自家店生意不好就关门了。小人书放在她母亲家的门板下，10多年后竟然成了一堆纸灰。可惜了，可惜了，当时不懂。她一连说了几遍。望着郭孃孃的背影，回想她刚刚的话语，我的心里有种无法言说的滋味。

曹八孃的米豆腐

盛夏的傍晚，我走路时无意拐进土主街。站在曹八孃米豆腐店外，风从街上吹过，望着几扇紧闭的卷帘门，我的心陡然颤抖，感到彻骨的冷。

走上前，抚摸落满尘埃的卷帘门。闭上眼，卷帘门在记忆中缓缓打开。

那天，外地来了几个朋友，吵着说要吃曹八孃米豆腐。我笑道，你们不仗义哦，来丹棱不吃仕清园，让我这个老板情何以堪。朋友们哈哈大笑，走走走，中午吃米豆腐解解馋，下午吃仕清园。

我们到的时候，八孃和她的徒弟王丽正在灶头忙碌。食客络绎不绝，小店挤满了人，我们好不容易等到空桌。八孃，6个人，一人一碗冷凉粉和米豆腐。曹八孃抬起头见是我讲话，笑眯眯说好的好的。上桌的人走了，桌面还没收拾，到处是红油渍，地上丢满白色纸巾。快坐下，把座位占到。我一面招呼朋友，一面从包里掏出纸巾擦桌子。老李诧异地望着我，脱口而出：这么火爆，不枉此行，不枉此行！

店铺里的嘈杂声，小朋友的打闹声，客人的催促声，好像跟曹

八孃没有关系。再忙,她都不紧不慢地干着手中的活,米豆腐切得大小均匀,四面见方,煮得滚烫;冷凉粉切得粗细一致,长短相同;调味碟时更是一丝不苟,一样一样放,先放什么后放什么绝不含糊。

邻桌的两个女子等得不耐烦:八孃快点嘛,一会儿我们还要赶车去眉山。说着拿起筷子头杵桌子。咚咚,咚咚。声音越来越大。曹八孃抬起头来,甩出一句:我请你们来等的吗?不想等就走。几个朋友惊得张大嘴巴,面面相觑。老子不吃了。其中一女子涨红脸把筷子一摔,站起来要走,被另一女子使劲拽来坐下。算了算了,大家都晓得八孃是个怪人。

八孃的确是个怪人。有人说她是有情有义的怪人,有人说她是爱憎分明的怪人,还有人说她是六亲不认的怪人。在我心里她是有情有义的怪人。

有一年,八孃摔伤了,我和父亲去她家探望。八孃眼泪汪汪,反复唠叨:这怎么要得哦,王师傅那么忙还来看我。大年三十的早上,听到街边上有人大声喊:燕群,燕群。推开窗,八孃抱着一个大纸箱边喊边朝我家张望。我跑下楼,八孃送我一件阳坪奶粉,说是她儿子从洪雅带回来送给我的。

八孃是个苦命的女人,小时候出水痘,脸上落下痘印,又因为成分问题,长大找不到好工作。她坐过牢,拉过架子车,扛过水泥包,所有男人干的重活累活她都干过。她爱人是个斯文人,也因成分不好,活成了活在自己世界里的人。几岁的女儿不幸夭折,那天,八孃披头散发扑在女儿的火匣子前,撕心裂肺的哭喊声仿佛要把老街的油灯哭熄。幸好后来有了儿子,她视儿子为掌中宝,儿子也聪明懂事,长大后学成归来,在洪雅有了一份自己的事业。改革开放后，她学自己的母亲在门口搭了门板，卖米豆腐。炒米豆腐和凉粉是她母亲的绝活。她母亲开的米豆腐店曾是丹棱名小吃店。新中国成立后公私合营，她母亲同样因为成分问题没能进入国营企业。八孃在家排行老八，姓曹，她索性把店名取为曹八孃米豆腐。从此，开启了丹棱县曹八孃米豆腐时代。

  曹八孃的店，刚开始是在自家门口搭的门板。后来几经辗转，买了世代花园小区的几间铺面和住房，也就是现在的店。米豆腐和冷热凉粉，从5分钱一碗卖到后来几元钱一碗。几十年的麻辣酸甜不变，几十年的绵软细腻不变，几十年的老味道滋养了一代又一代丹棱人的味蕾。八孃和她的爱人起早贪黑，推磨、炒凉粉、碾海椒、擂花椒、买葱子及芫荽，最终把米豆腐店经营成四川老字号名小吃店。八孃是小城里第一个把小店注册了商标的人，听说后来将商标几十万卖给一个餐饮巨头，曹八孃米豆腐终于走进了北京和许多大城市。

  王丽先把米豆腐端给后面那桌，八孃指了指我们的方向。米豆腐一上桌，大家抢着吃。小叶夹了一块米豆腐在味碟里一滚，放进嘴里，一下跳起来，连说太烫了太烫了。大家开始小心翼翼，生怕重蹈小叶的覆辙。朋友中有两个是搞摄影的，赶紧举起相机，咔嚓咔嚓留下我们珍贵的吃相。吃完米豆腐，王丽又端来冷凉粉。刚刚的酸甜爽口马上变成凉凉的麻辣，这种爽只有吃的人才能感觉得到。八孃走过来，悄悄从围腰口袋里掏出一包纸巾递给我。这是八孃待客人的最高礼遇。小城人都知道，要吃曹八孃的米豆腐，必须自带纸巾，店里不备。

  有一次，我和女儿一起去吃米豆腐，八孃对我热情得很，又拿矿泉水又递纸巾。她仿佛不认识我的女儿。八婆婆，八婆婆！女儿

喊了两声,她爱搭不理。关键是女儿发现她碗中的米豆腐比我的少许多,气得牙痒痒,嘟起小嘴,指着我的碗说:哼,妈妈,你看,八婆婆太偏心你了。

几个朋友都好麻辣这口,三下五除二吃完冷凉粉,还不过瘾,又盯上了锅里的热凉粉。我是不敢再吃了,于是喊八孃再来五碗热凉粉。老李年龄偏大,起身去灶台给八孃说他那碗少放点花椒,还不时哈气道:太麻了,太麻了,麻得舌头打哆嗦。我一听,赶紧制止,他不知道八孃最忌讳"麻"字。已经迟了,八孃当即黑下脸:麻?花椒二三十元一斤,你怕麻就不要吃。我赶紧赔笑,把话题扯开。

朋友们吃完热凉粉,直呼过瘾。老李说好吃是好吃,就是老板娘性格太古怪。我说八孃还是有怕人的时候,她怕我六孃。六孃小时候是学校里的女王,吵架厉害得很。她总爱替班上的弱女子打抱不平。她去吃曹八孃的米豆腐,嫌味道不好,说不如她哥调的味道好吃,非要自己去调。八孃笑眯着眼,道:六妹,哪个敢跟你哥比哦,人家是大厨嘛。你来你来。说完两手一摊。

转过身来,我安慰老李:别介意哈,八孃心直口快。她表面这样,其实是个爱憎分明,不畏恶不欺弱,富有同情心,喜欢帮助别人的好人。我又讲了些八孃的奇闻逸事。比如说穿制服的人打了她的狗,就不要穿制服的人进她的店;比如不卖给那些看不起她的人吃。朋友们吃完意犹未尽。小叶说下次来,专门找八孃摆摆龙门阵,问问她米豆腐为什么这么软,是用新米还是陈米,冷凉粉为什么是黑色的……她是写小说的,或许八孃哪天会成为她小说里的人物。

天黑了,街上的商铺霓虹灯闪烁。睁开眼,卷帘门轻轻落下,关闭了曾经的热闹和烟火味，关闭了那些游子回来的期待。在霓虹灯的衬托下，三间紧闭的卷帘门更显落寞。我逃也似的跑出土主街。

前年，我在齐乐公园散步，看到了患阿尔茨海默病的八嬢。他爱人牵着她。燕群，明天早点来吃米豆腐哦。她瞬间认出了我，声音清脆，笑靥如花。我已成泪人，话卡在喉咙里说不出一个字来。后来听说她摔断腿长期躺在床上。名小吃的时代就这样终结了。

值得欣慰的是，曹八嬢的徒弟王丽把米豆腐店从土主街搬到了北街口。王丽是个极善良、极能干的女子，她不仅传承了八嬢的技艺，还增加了许多花样品种。那天棱子过来，她说午饭别管她，想和诗蕾去吃曹八嬢徒儿王丽的米豆腐，开开胃。

开开胃，多好的托词啊。今天，细雨纷飞，我在雨中走进王丽米豆腐店开开胃，吃着热气腾腾的米豆腐，和王丽拉着家常。她说去年夏天去看了八嬢，还拍了照。说着掏出手机喊我看。病中的八嬢依然笑着。

谢谢王丽，谢谢你的坚守，让小城人的记忆有了安放的地方。让曹八嬢米豆腐，那种独具特色的麻辣，混合着酸酸甜甜的味道，长久地留在人们的心底。

豆腐店

20世纪70年代初的一天,在小南街昏暗的街灯下,一群小孩正兴高采烈地玩着,突然听到一声喊叫:快救人哦!王二娃掉到豆腐店的水缸里了!大家急忙朝豆腐店跑。刚进豆腐店就看见王二娃已被大人从水缸里拖了出来。王大妈闻讯赶来扯着王二娃的耳朵就打:给你说过好多回了,豆腐店里有鬼,你就是不听,还偏偏往水缸里跳!湿漉漉的王二娃吓得哇哇大哭。母亲听到哭闹声,拨开人群,拉着我就走:燕子,你成天跟一群男孩耍疯了。快回家睡觉,明早起来排队打豆腐。想到明天有豆腐吃,我乖乖地跟母亲回家了。

那时,小南街是清一色的木屋,青石板铺就的街道上接北街,下连沧浪河。因为是木质房,所以邻里间几乎没有什么私密。逢年过节,蒸冻粑、推豆花,那冻粑的香和豆花的香弥漫在木屋的上空,久久不肯散去。邻里间今天我请你尝冻粑,明天你请我吃豆花,关系特别和睦。

小南街又分为上段和下段。上段从十字路口到公园巷子,下段从公园巷子到沧浪河边。上段依次有供销社综合店、杂货店、汤圆小吃店、糖酒店、工农兵食堂、王茶铺子等;下段有米糕店、抄手面店、豆腐店、肉市场、菜市场、中医院等。那时的小南街人气非常旺。

　　日前我走访了健在的以前住小南街的长辈，他们对小南街的历史也知之甚少，不知道小南街建于何年。我想，这些都不重要了，只要大家知道小南街作为丹棱曾经最重要的集市贸易街，为丹棱县的历史发展做出过重要贡献，这就够了。

　　我最喜欢吃麻婆豆腐。鲜嫩的豆腐在牛肉末里烹出来的那股香味至今还残留在我的梦境里，每每回味起来都要咽口水。

　　回家洗把脸就爬上床，耳朵竖起来听隔壁的动静。隔壁的余大娘今年已近90岁高龄。以前是豆腐店的职工，为了生计，每天天不亮就去豆腐店上班。每当余大娘家的木门吱呀吱呀一响，我就晓得大娘上班去了。

　　木门响过，我又睡着了，睡梦中听到母亲在喊：燕子，天快亮了，迟了打不到哦。于是我翻身起床冲出门，睡眼蒙眬中，只见街上热闹非凡。肉市场上排队买肉的，豆腐店外排队打豆腐的分左右两队，把小南街下段塞得满满的。

　　我排在打豆腐的队伍里，缓慢地往前移。突然，对面买肉的队伍炸开了锅。周师傅你个龟儿子，老娘排了半天队，轮到我你就说卖完了。后面排队的人听说肉卖完了，一窝蜂冲上前，那架势就像要打架一样。我赶紧踮着脚向前望，生怕轮到我时豆腐打完了。

　　豆腐店在小南街中下段，与我家仅10来个铺面相隔。临街是一个旧式庭院，中间有一个天井。天井的四周住了几户人，和我要好的朋友三姐就住在里面。穿过天井，后面有一个更大的庭院，庭院的中间也有一个天井。四周没有人住，而是依次排列着火灶、石磨、水缸等。这里就是供当初丹棱全县人民吃豆腐的作坊，人们喊它豆腐店。

 老街记忆

据说豆腐店原来是大户人家罗仲权、罗伯元兄弟的住房,土地改革时收为国家所有,公私合营把中院改建成了豆腐加工作坊。

店里有七八个工人,长年累月推磨、做豆腐。排队进入豆腐店中院时,我一直盯着做豆腐的工人。看他们把豆花从大锅里一瓢一瓢舀到绷了纱布的模板内,然后在模板上压一块大石头,两个工人用木杠穿过石头上的绳子,使劲地压。就像变魔术一样,不一会儿,豆花变成了热气腾腾的豆腐。我聚精会神地看,心里仍然有点害怕,想到昨天王大妈的话,眼睛时不时瞟一眼黑黑的后院,生怕有鬼出来,心都快跳到嗓子眼了。

燕子,打几个?徐大爷的话把害怕赶跑了。我赶紧递过两张豆腐票说打8个。徐大爷是专门收票和打豆腐的。20世纪70年代初,由于物资匮乏,买什么东西都要凭票。可能我爸是工农兵食堂名厨的缘故,每次轮到我打豆腐时,徐爷爷的刀儿都要向里偏一点,这样我打的豆腐总要比别人的大些。端着豆腐,我心里头那个欢喜劲啊,比捡了两分钱还爽。

从豆腐店出来,天已经放亮。整个街道被挤得水泄不通,买卖菜秧的、背背篼的、挑担的,你来我往,让本来就狭窄的小南街更加狭窄。

回家来问母亲:妈,昨天王大妈说豆腐店有鬼,是啥子鬼哦?母亲没好气地说:小孩家问来干啥。啥子鬼?饿死鬼、吊死鬼。那年头天天吃不饱,死的人多得很。

我心头一直有疑惑,跑去问住在豆腐店外的三姐:豆腐店后院有啥子鬼哦?三姐说:不晓得,后面阴森得很,妈不准我到后院去。某天,和三姐约了几个小孩去豆腐店后院探个究竟。穿过前院、中院,来到豆腐店的后院。后院被石头砌的围墙隔着,里面已

经衰败，横七竖八的木窗棂躺在地上，偌大的院子杂草丛生。几棵大树的树冠在凄风中摇晃，似在哭泣，这凄凉的声音，是否就是传说中那些鬼的哭声呢？我无法准确地找出一个词来形容看到后院时那种绝望的心境，仿佛天地间仅存一个"荒"字。然而我相信这"荒"字后面一定隐藏着许多我们不知道的故事。

前天，我去拜访了小南街的余爸。余爸今年84岁，耳聪目明，思路清晰。他说，豆腐店后院原来是花园式的林氏祠堂，和小南街当初最有名的骆家花园遥相对望。祠堂是育人读书的地方，怎么会遭到如此毁坏呢？

我想若干年前，这里一定住着喜欢山水、喜欢大自然的读书人，这里也曾是"燕子飞时，绿水人家绕"，也曾有琅琅读书声伴着鸟语花香。只是，时过境迁，这屋的主人也随燕去无踪影，空留下这残垣断壁，仿佛在向我们诉说一个家族的荣辱兴衰和前世今生。

进入21世纪，小南街迈入风烛残年，街道泥泞，老房子摇摇欲坠。那些曾经令小南街人引以为豪的拥有雕花门窗的木屋，随着旧城改造的机器声轰然坍塌。

我想留住些什么。在旧城改造之前，我和几个朋友行走在经历了漫长岁月的老街上，在深深的庭院外用镜头留下了许多珍贵的影像。

如今古老的小南街和豆腐店已经变成世代花园小区的高楼大厦，豆腐店后院那几棵大树在世代花园小区的花园里长得生机勃勃。但是，只要我回到小南街，闭上眼睛，它还是旧时的模样。总有熟悉的声音问：燕子，放学啦？那些石凳上坐着的还是摇着蒲扇的爷爷奶奶们。

此刻，我又行走在小南街上。恍惚中，在豆腐店某个角落里躲猫猫的小芳被我逮到了：哈哈，出来，看你往哪儿跑。

血旺汤

有近 48 年了吧，每次想起那锅血旺汤，我就忍不住咽口水。那又麻又辣、烫得舌头直打哆嗦的血旺汤就这样占据了我的味觉记忆。和无数好吃货，如父亲的鱼香肉丝、章大爷的钵钵鸡、曹八嬢的米豆腐、汪嬢嬢的抄手、熊爷爷的包子一样，给我的童年及少女时代留下了最深刻的记忆。

记得那是一个夏日中午，逢场。母亲正准备午饭，大哥从下放的知青点回来，母亲特意为他炒了回锅肉。回锅肉的香味在厨房里飘，我伸手抓了一块瘦肉送进嘴巴里。母亲道：就你嘴馋，快添饭，喊你弟他们上桌了。大家兴高采烈落座，我抓一把筷子使劲在桌上拄齐，递一双给大哥，说：快吃，妈专门给你做的回锅肉。突然，巷道里的门被推开，来了几个乡下远房亲戚。母亲丢下碗筷，赶紧起身邀请亲戚们桌上坐。她双手在围腰上擦擦，从衣服包里掏出崭新的 5 角钱。金福，快点去你爸食堂买点饭，顺便在周嬢铺子买几碗血旺回来。小女你去帮哥端一下。母亲边吩咐，边进厨房拿了两个铁耳锅。我极不情愿接了钱，跟着拿了耳锅的大哥往街上走。

逢场的小南街很挤，箩筐、背篼、扁担，你推我挤。我们在人群中左拥右拥，左挤右挤，好不容易走到土主街小巷口的血旺店，一看心凉了半截，只见小小的店铺里坐满了赶场的人，大家就着热腾腾的血旺下烈酒，个个吃得脸红脖子粗。街沿边还有些人甚至坐在倒放的背篼上吃。大哥赶紧说：我先去前面食堂打饭，你在这儿等。

说实话，我是不喜欢这个血旺店的，甚至有点讨厌。我总觉得店铺里黑乎乎又湿漉漉的，腥味重，血旺有点脏，加上几乎全是赶场的乡下人在里面吃，我有点心烦，不晓得母亲今天为啥非要喊我们来端血旺。

一会儿大哥端了一锅白花花的米饭交给我，我把耳锅递给他。接过耳锅，大哥高声喊：周嬢，家里来了亲戚，我妈专门喊我到你这儿端几碗血旺。

大哥有意把这句话拖得很长并加重了语气。正在灶台上忙碌的周嬢抬起笑容可掬的脸说：哦，王师傅家的啥时候想起吃我的血旺了？周嬢看上去40多岁，身体有点发福，两根辫子搭在肩上，走路做事慢条斯理，说话声音尖得有些刺耳。周嬢旁边有一位婆婆，60多岁，看上去有种大户人家的气质，头发盘在后面，发髻上别了一根银簪子。听说她是周嬢的母亲。与周嬢的慢条斯理形成对比，婆婆看上去精明能干，穿戴干净得体。婆婆白了周嬢一眼，接过大哥手中的耳锅和钱，在大锅里舀了几瓢带汤的血旺，之后在锅中间一个漂浮的小盆子里勾了一勺亮晶晶的油，随手在血旺上撒了一把葱花。婆婆动作麻利，眨眼的工夫又用纸包了海淑面调料。她递给大哥时，一再叮嘱别烫到人。

我端着米饭在前面开路，大声喊：快让开，快让开，烫到人不

负责！大哥用抹布垫着耳锅耳朵，小心地跟在我的后头，几十米的路程走得他汗流浃背。

　　大家都等着血旺汤。一见我们跨过门槛，母亲就扯了一大块硬纸壳垫在桌上。大哥几乎是扑上去把血旺放在纸壳上的。母亲小心翼翼地打开纸包，把配好的海椒面调料分别倒在几个小碟子里，然后用汤勺舀了点血旺汤盛在碟子里。我心头还有血旺脏的顾虑，迟迟不敢动筷子，只埋头吃回锅肉。不一会儿，看到两个兄弟吃得狼吞虎咽，边吃边辣得直跺脚，我好奇，拿汤勺连汤带血旺舀了一小碗，轻轻拣了一块血旺在调料碟子里一滚，然后放在嘴里。哇，那又嫩又烫又麻又辣的血旺让我直接从板凳上弹了起来，吞又不敢，吐又舍不得，就这样让血旺在嘴巴里跳了几个来回才吞下去。我们兄妹几个你一碗我一碗三下五除二把血旺抢了个精光。母亲又气又恼，当着亲戚面不好发火，晚上把我们狠狠训了一顿。她说了哥哥又说弟，轮到我时，母亲语重心长地说：小女你是女娃娃，吃起来却比哪个都凶，一点规矩都不懂。我眼皮直打架，任母亲一个劲地唠叨，倒在床上呼呼睡着了。

　　我一直有些疑惑，那天端血旺时，我明明看见大铁锅里的血旺没有大开，大哥还端了那么长的路，在桌上也放了一会儿，我还在味碟里滚了一下，为何到我嘴巴里还那么烫。后来请教父亲才知道，那是焖出来的技术活。焖，要有耐心和细心，一点都急不得。难怪那血旺软而不烂，里面没有孔洞。原来一锅小小的血旺，竟然有那么多讲究。

　　从此以后，路过血旺店时，我总要认真盯上几眼，深吸一口气，恨不得把那种独特的香味吸进肚子。什么黑啊，脏啊，腥味啊，统统没有了。血旺店在小南街的中段，土主庙巷子与小南街交集的小十字路口，是一间土墙砖瓦房，街沿上摆一个黄泥巴砌的大灶，大灶上放一口大铁锅。店铺的主人夏大叔在县屠场上班，杀猪卖肉。也许是近水楼台先得月，他们家开了血旺店，由夏大叔岳母和他媳妇经营。血旺店没有店名，就一间铺面，和当初小南街所有房屋一样，老得东倒西歪。房子街沿上屋檐下撑着一大方白油布雨篷。每天夜半三更，夏大叔把杀猪时接好的猪血送回家，周嬢和婆婆就忙开了，升火紧血旺，然后把紧好的血旺倒在龙骨熬的高汤里用小火焖，边焖边打沫子。焖血旺一般是婆婆的活，她守在灶台前，气定神闲，左手端碗右手握竹丝瓢，一点点沫子都逃不过她的眼睛。周嬢则搭案板，切葱花，碾海椒，舂花椒。早上7点多钟，血旺店开始营业。热腾腾的甑子饭和着热腾腾的血旺把赶场的生意人吃得满脸堆笑。听说煮血旺的大铁锅里有一个小铁网，是煮心肺和肥肠的。很多卖菜秧的农人卖完菜秧，扁担箩筐朝案板下一放，跨进门槛屁股还没挨到板凳就高声武气喊：老板娘来半斤老白干，一碗血旺，外加二两猪心肺！"猪心肺"三个字的音绝对是又高又长，生怕外面忙碌的人听不到。老板娘周嬢这时便笑嘻嘻道：大哥别急，搞不赢，一会儿来。周嬢把案板上切好的心肺抓一把往秤盘上一甩，尖声尖气道：大哥快看，旺秋秋的。随即倒在小盘里，用小勺舀点调好的料撒在心肺上面。客人一坐就是半天，那份得意扬扬的感觉，好像吃的是天下第一的美味。

　　之后，凡是家里来了亲戚，我都要去端两碗血旺。若大舅舅来，就要买半斤猪心肺。母亲说大舅舅心脏不好，吃心肺可以补心。

　　一晃我高中毕业了，去东风食堂做临时工，早上5点钟上班，走到血旺店，总能看到周嬢和婆婆借着公园巷依稀的街灯忙碌着的

身影。街沿上，大黄泥巴灶里红红的火焰，袅袅炊烟顺着木板朝着天空升腾，老街烟火味就浓了起来，也让行走在路上的人有了些许胆量。

　　春节放鞭炮，小南街下段余大娘的房子着火了。大哥和小南街的几个小伙子冒着生命危险爬上房顶救火，头发烧焦衣服烧烂，好不容易把火扑灭。我忽然担心起血旺店的安危。店铺外面街沿上是火灶，灶边就是木板，木板上面是木楼，木楼上面是木屋檐，如果燃起来一条街怕都要完蛋。我一面想着血旺的好吃一面又担心血旺店着火。

　　时间在纠结中悄然而逝，不久我离开了小南街，再不久小南街有了整齐的楼房。血旺店什么时候关门的？婆婆和周孃什么时候去的天国？夏家有几个子女？为什么没有人把好吃的血旺传承下来？我在心里反复问自己。

　　今夜，我再次回到小南街，走到唢呐广场，望着原来血旺店的位置，不自觉地放慢脚步，眼睛紧紧盯着房子，深吸一口气，就像当年那样。闭上眼睛，一切都回到了过去。

章大爷的钵钵鸡

"钵钵鸡喽,又麻又辣的钵钵鸡喽。"傍晚,一阵阵吆喝声穿过沧浪河,飘荡在小南街上空。

我和两个弟弟正在做作业。小弟说:姐快听,卖钵钵鸡的章大爷来了。我咽了咽口水说:快做作业,姐没钱,一会儿爸妈回来作业没做完要挨尺子。

小弟索性把笔一丢说:我就要吃,你猪猪肚子里有钱。二弟一听,立马进里屋抱着我那只塑料猪猪存钱罐出来。拿回去!我大声吼,这是我省吃俭用、割牛草、锤石头、捡废品积攒下来的,春节我还要指望它添件新衣。两个弟弟根本不理,轮番按着猪猪的肚子抖钱。其实我心也痒痒,便没再阻拦,章大爷钵钵鸡的肉香飘进木门诱惑着我。

1分、2分、3分,钱慢慢地从猪肚里挤出。够了,够了,3角钱了。二弟揣着钱,拿起碗飞快地跑出去追赶章大爷。我和小弟靠在门边,笑盈盈地等着。一会儿,一碗麻辣手撕鸡、几个鸡肠疙瘩跟着二弟气喘吁吁地回来了。顾不得洗手,我们抢着碗里的鸡肉和肠疙瘩,辣得满脸通红,汗珠子直往下掉。鸡肉吃完了,还用手指

蘸着汁水吃。那种好吃的味道，现在21世纪出生的人无法晓得其中滋味。

　　章大爷，60多岁，个子中等，身材微胖，以卖钵钵鸡为生。他常年穿行在小城的大街小巷，逢场就到集市上转，专挑5斤多的红鸡公。听说他有一绝活——一手准。他把鸡提起来一掂就能说出几斤几两。我父亲是丹棱名厨，也是"一手准"，在食堂杀鸡烹饪的比赛中，常常得第一。但一说起章大爷，他还是不得不服，章大爷的准是不差毫厘。

　　鸡买好后，章大爷从杀到煮最后剁成八大块，每一个步骤都要亲自动手。调汁是关键，海椒要二荆条，花椒得汉源好花椒，必须当天碾细当天用。除了这些，他的汁水里还放了什么，大家就不知道了，这该是他自家的秘密。

　　鸡剁成八大块后，要浸泡在钵钵汁水里半小时才端上街，他说这样才入味。上街卖钵钵鸡对章大爷来说是一件非常隆重的事。据他说的程序是：戴帽，换衣，系围腰，搭毛巾，净手。出门前，深深吸口气，然后气定神闲迈着八字步朝大街走去。他左手托着钵钵，钵钵上盖着一块干净的白纱布，吆喝声高亢辽远。那神情不像上街卖鸡肉，反倒有几分上台唱戏的感觉。

　　街上还有一个卖钵钵鸡的李大叔，因为他一脸严肃，所以我对他卖的钵钵鸡常常敬而远之。现在丹棱城有名的八大块手撕鸡就传承了他的手艺。

　　高中毕业后，父亲怕我到其他单位受气，硬要我到食堂上班。那时我才16岁，正值青春叛逆期，对父亲的安排非常反感，经常伙同食堂几个小姐妹调皮捣蛋。开会时，经理在台上讲得唾沫星子乱溅，我们几个坐在最后一排，偷偷轮流跑出去吃章大爷的钵钵鸡。章大爷晓得我们几个好吃，经常在食堂外面溜达。

最神奇的是钵钵鸡还能治晕车。记得小时候，出去玩回来时我坐的大客车摇摇晃晃，弄得我胃里翻江倒海，头晕乎乎的。一下车，我就满街寻找章大爷的吆喝声。几块麻辣鸡肉一下肚，马上神清气爽，头晕反胃的感觉消失得无影无踪。

随着岁月流逝，章大爷慢慢老去，吆喝声开始沙哑，气定神闲的八字步逐渐蹒跚。老人什么时候走的我不知道，但是小城知道。几十年的岁月，他的音容笑貌早已定格在小城的记忆中。可惜的是他的一手绝活后继无人，他唯一的儿子爱好文艺，不幸中年去世。

后来，个体经营如雨后春笋，遍地开花。丹棱大大小小的饭店应运而生，各家的招牌几乎都和鸡有关，而且专门卖鸡的就有几十家，大雅刘鸡肉、八大块手撕鸡、再回首烧鸡、柴火烧鸡、廖烧鸡、祖传干拌鸡等。而各大饭店用鸡做的菜更是层出不穷，花样翻新。这些鸡都有共同的特点：生态放养，并且传承了章大爷、李大叔鸡肉的精髓。

老街记忆

小草春晖

我的后奶奶

我有两个奶奶，一个亲奶奶，一个后奶奶。亲奶奶是小城有名的肖掌柜，可惜年仅38岁就病逝了。奶奶的死，让我们王家陷入绝望。曾祖母整天以泪洗面，唉声叹气，常常躲在屋里头纺线，不出门。爷爷更是痛不欲生，每天闷头睡觉，无心生意，有时戴顶草帽出去钓鱼，一早出去半夜回来。父亲在痛苦中提前懂事，14岁便挑起了家庭大梁，和新婚妻子一起打理生意，照顾弟妹。

为了缓解家里的沉闷，曾祖母托人给爷爷说媒。之后，后奶奶徐氏走进了王家。徐氏的前夫是城东一个地主，因徐氏没有生育能力，在家中受尽欺负。后来前夫讨了小，一家人更是对她拳脚相加，比用人还不如。新中国成立后，划分成分时，徐氏被划为地主。她找到工作组，一把鼻涕一把眼泪，哭诉自己在夫家的种种遭遇。工作组调查后将她的地主成分改为下中农，同时徐氏离开了夫家。

不晓得爷爷和后奶奶有没有爱情，他对亲奶奶的爱是否分了一勺给这个苦命的女人。第一次随父母去上坟，我念着纸钱上的名字，王肖氏、王徐氏，觉得奇怪，家里竟有两个奶奶。母亲一把把我拽过去让我跪下，说，给你后奶奶磕三个头，没有她就没有你，王家哪个都不欠就欠她的。记得当时我好像有点不情不愿。

　　说实话，我对后奶奶的唯一印象是她有一抽屉的绣花鞋。我心中的天平倾向亲奶奶，这个我一生都没见过的女人，被人传说成神一样的存在。她高挑的身材，美丽的脸庞，她的能干和经商头脑，让我时常陷入莫名的思念。

　　我几乎没有想到过后奶奶，也很少在文章中为她写一段文字。直到有一天我听了亲戚的话后才如梦初醒。那天，我去表奶奶家吃饭，饭桌上摆龙门阵。表老爷说：你奶奶真是王家的菩萨，要不是她生病花光了家里的地产，你们家肯定是地主，现在就惨了哦。你奶奶是拿命保了王家。我忙问一些关于亲奶奶的事，眼泪不知不觉间湿了衣裳。突然，表奶奶手一扬，说：燕子，你别天天念着你的亲奶奶，你最该感谢的是你的后奶奶。要不是她，你早就没了。我站起来，筷子一摔说：表奶奶你说啥子嘛，我妈生的我，为啥说要不是她我早就没了？表奶奶听我这一问，连连摆手说别往心里去。我不干，非要问个水落石出。表奶奶没办法，只得说：你晓得就是了，回去千万别问你爸妈。我丈二和尚摸不着头脑，啥事整得如此神秘。

　　表奶奶缓缓地说：你妈那天好不容易生下你，谁知你还不到3斤，全身长满苦毛子，冰冷的，不睁眼睛，不哭不闹，像是死婴。接生婆提着你的脚，在屁股上拍了几下说：这娃儿怕是活不了，就算出现奇迹也长不大，要拖累你们一辈子。你爸抱着你妈哭成泪人。你妈抱过接生婆手中的你，一会儿工夫就全身打冷战。正当一家人六神无主时，你后奶奶推门而入，从你妈手里抢过你就走，边走边说：她还有口气，死不了。你后奶奶紧紧把你抱到怀里，想用体温把你焐热，谁知一会儿她怀里的你就冰凉了。她赶紧用红布把你裹着，放在床上，用两个热烘炉围在旁边。隔几小时用布巾往你嘴巴里滴几滴米汤。两天过去了，大家都劝她放弃，她不干。就这样她在床前守了你3天。3天后你睁开眼睛，虚弱地哭出声来。表奶奶说完后如释重负，两手一摊，道我：你说是不是嘛。表奶奶还说：你后奶奶一直把你当亲孙女带，天天把你抱着背着，你穿的用的全是她亲手缝制的。至此，我才知道，为何以前上坟，母亲要让我给后奶奶磕头。的确，后奶奶对我恩重如山。

　　后奶奶岂止对我恩重如山，对我们整个王家都是恩重如山。后奶奶嫁给爷爷后，家里开始有了欢声笑语。她的温柔体贴让爷爷慢慢从失去妻子的痛苦中走出来。她一边照看孩子一边打草鞋贴补家用。曾祖母在弥留之际，拉着后奶奶的手，用尽全力说：我把永贵和王家交给你就放心了。后奶奶不仅心地善良，还吃苦耐劳，把家里收拾得干干净净。最关键的是她有一双巧手，做的绣花鞋及小孩虎头帽成了当时的抢手货，如果放到现在可以申请非遗。

　　大哥说起后奶奶时，总是眼湿湿的。他跟后奶奶感情最深，是后奶奶一手带大的。大哥3岁时曾祖母走了，4岁时爸爸在何场上班，妈妈在九里工作，后奶奶和爷爷带着他守家。当时，枫落寺上面有一个大型养猪场，后奶奶就在养猪场上班。她是养猪模范，得过无数表扬。她养的猪，肥头大耳，皮毛发亮，经常牵到大街上让人参观学习。后来她负责养老母猪，猪生产时，她必须昼夜守护在左右。没办法，她只得把大哥带在身边。她白天背着大哥煮猪食，喂猪，打扫卫生；晚上拿个大簸箕放在猪圈，簸箕里面放上被子枕头，上面罩顶蚊帐，大哥就睡在这簸箕床上。有天晚上，猪一口气生了6头小猪，后奶奶忙了一晚，她将小猪抱在怀里擦洗干净，然后选了头胖乎乎的小猪放到簸箕里给哥哥当玩伴。刚出生的小猪不但会走路，还会拱人。小猪用嘴拱哥哥的脚板心，惊醒了的大哥吓得哇哇大哭。大饥荒，后奶奶给生产后的母猪煮猪食时，总要偷偷藏点玉米小麦糠面面，然后用水调成面团加了碎菜叶在火里烤熟给大哥吃。大哥后来说，饥荒年代他就是靠吃猪食活下来的。说完他补了句，那味道还真香。

我很苦恼，我是后奶奶抱着背着长大的，她为我做了那么多，可我记忆里总找不到她的影子。大哥说：奶奶带了我8年，接下来才带你和二弟。言下之意是，带你时间短你没有记忆是可以理解的。

母亲从九里回来后，父亲也调回城里，一家人大团聚。不久爷爷走了，后来有了我和二弟，家里经济越来越困难，后奶奶一有时间就打草鞋，做绣花鞋，做毛巾，做小孩虎头帽。她在家门口摆了小摊以贴补家用，有时候还让大哥提到土主巷卖。

1966年，丹棱发大水。居委会动员大家撤离到丹棱中学体育场。后奶奶生病已久，自知时日不多，便不肯走，日日夜夜一针一线缝制绣花鞋。10多双大小不一的绣花鞋整整齐齐摆在抽屉里，足够我和二弟穿几年。

有一天我回家打不开门，坐在街沿上哭。对面郭奶奶说：你爸他们送你奶奶上山去了。年幼的我还不懂上山是怎么回事。当天晚上我在家里大哭大闹，吵着要父母去山上把奶奶接回来。这是后来母亲告诉我的。

父 亲

我牵着70多岁的父亲在华西二院的各个科室里穿梭。我们都很紧张，相握的手汗津津的。医生叫父亲报自己的姓名、住址，让他看图分辨颜色，画长方形，画圆圈。父亲一一回答正确，画得漂亮。可是一问今天早上吃了什么、从哪里来，他就答非所问了。我在一旁干着急，使劲捏父亲的手，提示他。医生用眼神制止了我，然后拿起CT报告轻描淡写地说：阿尔茨海默病。

前不久，我从外地返回丹棱。二十几天不见，父亲和以前判若两人，胡子拉碴，衣衫不整，穿着一双又脏又大的鞋子，裤子大得像随时会掉下去。女儿悄悄说：外公的眼睛直勾勾的，没神，怕是痴呆了。呸呸呸，乌鸦嘴。我赶紧打断女儿的话。谁知女儿一语成谶。

我对此病之前毫无认知。百度之后才知道，阿尔茨海默病是中枢神经退行性病变，临床表现有：记忆障碍，失语、失用、失认，视空间能力损害，抽象思维和计算力损害，人格和行为改变。最可怕的是，它无法治愈。

从此，"阿尔茨海默病"这6个字就像一颗炸弹引爆了平静的家。

尽管如此，我还是想和时间赛跑，想让父亲失能的脚步慢点，再慢点。我让父亲数数，他一口气从 1 数到 100；喊他背顺口溜，背得滚瓜烂熟；我经理陈九仇，他的思想有来头……我让他背家人的名字，他背得比我还快：我叫王仕清，家属李惠英，大儿王金福……我怀疑医生搞错了。可是，一旦回到生活中，他就显出病征，说哪个借了他的钱不还，邻居偷了他的衣服，吃饱了说没吃，等等。

我实在想不通，病魔为啥找到了父亲。父亲从小聪明伶俐，动手能力非常强，在长辈的宠爱中长大。本来是要读书当官的，不承想命运捉弄人，14 岁无奈辍学拿起瓢儿铲子，当上了小食店的掌柜。

后来公私合营，父亲成了新中国成立后的第一批厨师。在小城人的心目中，父亲与人为善，热情好客，厨艺精湛。

如今，父亲完完全全活在了他自己的世界，每天把蒸笼和擀面棒背在身上，满街找他的母亲。为了更好地照顾父亲，我把父母接到我现在的家。我以为我的孝心会感动上苍，以为父亲的病在我和兄弟的呵护下会好起来，以为医生只是和我开了个玩笑。

可是，这一切终成泡影。父亲又开始读小说《墓碑》。之前我去小南街看望父母，父亲总是捧着一本厚厚的小说边看边流泪。父亲一见到我，总要绘声绘色地给我讲书中的故事情节，听得我毛骨悚然。我觉得这本书老人不宜看，担心他在夜晚陷入负面情绪，精神受创。我把书藏起来，不晓得他啥时候又找了出来。他白天看书，晚上就把衣服、被子捆绑起来，挑在肩膀上吵着要回小南街。父亲已经分不清楚自己住在哪幢房子里，时常跑进小弟家赖在床上

老街记忆

不走，半夜三更对着门卫大喊大叫：开门，开门，我妈汤圆铺子忙，我要去帮忙！父亲以风一般的速度离我越来越远，我再也无法追赶上。

一向脾气温和的父亲变得异常暴躁，时常跑进屋里反锁住门，说武装队要拉他去枪毙。有一天，我和兄弟陪父亲去川医二院检查拿药，在回程的时候顺便进点货。我和父亲在天府广场冷饮店等进货的兄弟。突然，父亲推翻桌上的杯子，迅速跑出去，冲进附近一个建筑工地。父亲在前面跑，我在后面追。工地上到处都是砖和钢筋，我怕父亲摔倒受伤，大声哭喊：爸爸别跑，我怕！我的哭喊声惊动了工地上的工人，他们一起围成圆圈才把父亲送到我手里。谁知我牵着父亲刚走出工地，他一把推开我，说前面是小南街，随即跑进连绵不绝的车流。眼看父亲淹没在对面的人流中，被红灯逼停的我急得大哭。幸好弟弟及时赶到，开着车追到了父亲。弟弟使出浑身解数，父亲就是不上车。他拉着车门大声呼救：警察救命，警察救命！我气喘吁吁地跑到车前大声喊：王仕清快上车，武装队队长来了。父亲一听，才乖乖钻进了车子。

父亲年轻时当过武装队队员，特别敬重当时的队长，几十年如一日听他的话。只可惜他在父亲生病之前因病去世了。

在药物的调理下，父亲不再暴躁，变得异常安静，会与我拍手唱歌，早饭时还给我们读报纸。令人惊叹的是，父亲认得报纸上的许多字，大标题不但能顺着读，而且还能反着读。

记得小时候我们几姊妹围着火炉做作业的情景。母亲在旁边织毛衣，父亲边磨刀边说：你们要好好学习，要多识字，今后才不吃亏，去大城市走丢了才找得到回家的路。父亲心目中的大城市是他一生向往的北京。

突然想起之前他曾神神秘秘地拿过几张照片给我看，那是他的两个好朋友游北京的照片。爸，等我忙完这阵子也带你去北京逛逛。好，好。父亲笑着回答。小女，你哪天才忙得完呢？父亲又补了句。快了，快了。这敷衍父亲的回答，让我肠子悔青。我当初怎么就没听出来父亲问话里的失望呢？

　　我找出许多理由为自己辩解：母亲有心脏病不能坐飞机，生意忙走不开。但，理由再多，都无法抚慰我欲碎的心。终于有一天，我告诉兄弟们，要带父亲去北京。话一出口，家里就炸开了锅。小弟说：姐的心情我们理解，可爸去了打人怎么办？拉肚子又怎么办？我主意已定，谁都无法阻挡。

　　我们登上了去北京的飞机。感谢双流国际机场的工作人员把我和父亲调到了头等舱。父亲一上飞机，乖得像一个小孩，他左摸摸右看看，靠在椅背上，指着云彩说漂亮，眼睛都没眨一下。

　　初秋的北京气候宜人。我们推着父亲游天安门。站在广场中心，我指着挂在城楼上的毛主席像问父亲那是谁。父亲不假思索地说毛主席，说完赶紧理一理衣服。在北海公园、天坛公园、故宫，父亲都表现出极大的兴趣，还时不时哼唱几句京剧："苏三离了洪洞县，将身来在大街前……"唱的时候，他的手自然地打着拍子。更让我惊喜的是，父亲的味觉极好，吃什么都能说出个道道来。吃北京烤鸭，他说还没有自己家的卤鸭子好吃；吃面条，他说没味道，居然跑到厨房教人家调味。晚上从宾馆出来，漫步在附近的老胡同，父亲说有点像丹棱县土主街。一切好得出乎意料。我在心里默默祈祷，但愿北京之行能够让父亲找回点记忆。

　　该爬长城了。父亲之前拿给我看的照片，就是他的好朋友哑巴叔叔和子女在长城照的。到现在我都记得父亲当时那种羡慕的神

情,以及其中夹杂的几分嫉妒。排队等候上车的时候,父亲突然冲出去拉拽前面唱歌的小女孩,说:吵得心慌,紧到唱(方言,指唱个不停)。吓得我和大哥慌了神。我大吼一声糟了,早上忘了给父亲服药。大哥立即打的返回宾馆拿药。父亲吃了药,平静下来。我给父亲买了顶红五星帽子,他戴着帽子,穿件方格T恤衫,帅气十足。我们在长城上手挽手,一步一步往上爬。雄伟的长城人山人海,父亲在人群中不时发出开心的笑声。我们或站或坐摆造型拍照,发朋友圈,引来无数点赞。

从北京回来,父亲的病情不但没有好转,反而更加严重。我猜想:是不是他潜意识里养精蓄锐,就是为了圆北京之行这个梦呢?

父亲的记忆退到他结婚之前了。那时的父亲是个调皮娃,经常偷囤巴子(方言,指放钱的东西)里的钱去打弹珠,去逗漂亮的女孩子。一天,他神秘兮兮地说:小女,我耍女朋友了。说着小心翼翼地拿了张女明星的照片给我看。哼,郭老大喊我卖给他,说给我几百元钱。呸,想得美。我王仕清是卖女人的人吗?父亲越说越气愤,拐杖不停地在地板上乱敲。父亲不再和我玩跳棋,不再和我玩击掌游戏,他沉迷在恋爱之中。我怕父亲消耗精力,在给他换衣服时悄悄拿走了照片。第二天一早,父亲在院子里大吵大闹,说姓郭的抢了他的女人。父亲拿把刀气势汹汹地要去拼命。我冲下楼,拿出我的一张彩照,说:爸爸,你的女人没有被抢走,在这里。父亲认真看看,说:不漂亮,不是她。小妹红群赶紧拿出另一张印有明星的明信片给他,才平息了风波。

有一天早上,父亲迟迟不肯出来吃早饭。母亲不放心,拖着残疾的身体进房间叫他。仕清,吃早饭了。母亲说着去拉父亲的手。谁知父亲不耐烦地手一挥,让母亲走。母亲哭着喊:燕群快来,你爸连我都认不得了！我跑进屋去，父亲侧躺在床上，对着一个纸壳不停地嘟囔着什么，嘴巴翻得飞快。我仔细一看，原来那是印有美女的饮品纸箱。我哭笑不得：王仕清你有点花心哦，前不久才耍了个女朋友，这么快就换了一个？你家属李惠英站在这里，你不要她了？父亲听到"李惠英"三个字，望着母亲，眼睛亮了一下又熄了，变得一脸茫然。我问父亲爱上了谁。他说：李惠英。说着用食指按着嘴唇：嘘，小声点，别吵醒她。原来父亲把纸箱上的图片当成了他的家属李惠英。我拉着泪流满面的母亲对父亲说：爸，你好好看看，你家属李惠英就站在你的面前。父亲抬头看看母亲，使劲摇摇头说不是，然后吃力地起床把我和母亲赶出去。我知道父亲的记忆回到了他的新婚时候。那年他快 14 岁，母亲 18 岁。当时父亲的母亲也就是我的奶奶——小城最美的肖掌柜病入膏肓。为了冲喜，懵懂的父亲娶了大他近 5 岁的妻子。新婚之夜，父亲小小的身体在太师椅上瑟瑟发抖。他之前逗漂亮女孩的劲被声势浩大的婚礼吓没了，迟迟不敢去揭盖头。新娘等久了，忍不住拉起盖头一角，想看一看自己的丈夫是什么样子。自从母亲告诉她已经把她许配给了城里的王公子后，她就不断猜测王公子长什么样，高不高，帅不帅。可她冥思苦想，怎么都没想到，自己嫁的竟然是一个小男孩。母亲虽说是农村人，但从小到大家人把她当手心里的宝。外婆 40 多岁才有了她，两个哥哥大她十几岁，她就是家里的小公主。外婆不让她下田种地，让她学女红、读私塾。她出落得水灵灵，大大的眼睛，两根又黑又粗的辫子搭在胸前，人见人爱。前来说媒的人踏破门槛，外婆就是不同意。她的宝贝闺女是要嫁进城里的。

母亲一把扯下红盖头，哇的一声哭了，吵着要回娘家。父亲赶快从太师椅上跳下来，看着哭泣的新娘子手足无措。快 14 岁的父

亲一定是被眼前哭得梨花带雨三分羞的新娘迷着了，跑去拿鸽蛋米糕来哄新娘子。那一夜的情境就这样永远定格在了父亲的记忆中，成了他一生挥之不去的美好。在今后几十年的生活中，父亲总是让着母亲，宠着母亲。无论时光怎样流转，他对母亲的爱从未变过。母亲病重时他不离不弃，带着母亲上省城求医。我拥抱着泪流满面的母亲，颤声道：妈啊，你是世界上最最幸福的女人。

接下来，父亲不出门，整天躺在床上仰着头，嘴里反复念叨，没人明白他在说什么。他嘴巴说干了，嘴唇冒出白沫还在说。他舍不得吃鸡蛋、水果，统统放在他心中的惠英的图片前。

让我没有想到的是，病重的父亲心心念念的还是他的妻子李惠英。我知道长久下去不行，太耗元气。我的内心五味杂陈，最后忍泪强行把纸箱烧了。

父亲又开始看书读报了。记忆回到读私塾的年代。听父亲的朋友宋叔叔讲，父亲上课时的认真和下课后的调皮捣蛋形成鲜明对比，让老师又爱又恨。有次他破天荒逃课和几个小伙伴去掏鸟窝，从树上跳下来时把衣服挂烂了。他想糟了，今晚肯定要挨打，让伙伴们在他屁股上垫了一层冰铁皮。回到家，乖乖扑在凳子上，等着"吃竹竿"。

又一个夏天，父亲一大早起来翻箱倒柜找书。一闪而过的记忆让他想起了长篇小说《墓碑》。书中描写的不堪回首的往事，以及三年困难时期的惨状，让人不忍卒读。有很长一段时间，父亲吃饭时，总把好吃的往我和母亲的碗里拣，还一个劲催我们快吃。我想起了父亲以往给我念书的情景，也想起了父亲唉声叹气的无可奈何。父亲沉浸在三年困难时期的痛苦中，沉浸在《墓碑》的故事情节里，日益消瘦。我把书藏了起来，父亲找了半天没找到，拿起

《百坡》杂志一页一页认真读起来。他的举动让我相信了算命先生的话,这个男孩长大是要读书的。

1936年农历三月初三,小南街25号喜气洋洋,王家长子长孙,在曾祖母的叩头声中呱呱坠地。算命先生说,这娃娃头戴官帽而来,今后是读书当官的料。谁知世事难料,他早早辍学拿起了锅铲。几十年来,父亲凭着手中的刀和铁铲风光无限,成了小城响当当的人物。

我还相信那句话:上帝为你关了一扇门,就会为你打开一扇窗。只读过三年私塾的父亲,在患重病的时候,居然能读长篇小说,能读诗,还能为故事中人物的悲惨命运流泪,能对别人说:这首诗是我女儿写的。冥冥中感觉有种神奇的东西左右着父亲,出生在农历三月初三的父亲知不知道1600多年前的同一天,历史上有过一次文人盛会。在兰亭,一群文人把酒言欢,于是成就了千古名帖《兰亭集序》。只是我和父亲都不知道,我们这个家族跟王羲之到底有没有关联。

父亲的病开始严重起来,大小便失禁。一向讲卫生的他开始讨厌洗澡洗脚。一天,我抱着父亲的衣服,说:爸爸,走,洗澡喽。想不到他暴跳如雷,抢过衣服甩在地上,用脚狠狠地踩,狂吼道:要你洗,要你洗!这是我平生第一次遭到父亲的骂,我哭着摔门而出。在模糊的泪眼中我看到小时候父亲在天井边给我和两个弟弟洗澡,看到他背着生病的我在街上飞跑,看到他教我炒回锅肉,看到他喂母亲吃药,看到他在灶台上挥汗如雨……往事一幕幕如电影般在我眼前回放。父亲总是把爱给予他的家人,想不到还没有享受一点点回报,就重病缠身。我哭诉命运不公,我哭诉老天不睁眼。十几分钟后,我重新回到家,父亲已经把地上的衣服捡起来叠好,像

做了错事的孩子，双手搭在膝盖上，端端正正坐在床尾。我拥着父亲失声痛哭，连连说对不起。我牵着父亲走进浴室。父亲瘦得皮包骨头。那个英俊潇洒的父亲，那个小城响当当的人物被病魔折磨得不成人形了，像一个瘦弱的孩子。我把父亲的衣服脱下，第一次给父亲洗了澡。

　　父亲越来越小，安静的时候缠着我给他讲故事。我牵着他在小南街和北街来来往往，一边走，一边讲家里的过去。在小南街的老房子外，我给他讲30年前他执意拆房子建饭店的往事。有一天，二弟急匆匆地跑来找我：姐，快回去劝劝父亲，老房子拆不得，要修饭店去外面买地修嘛。我跑回家，苦口婆心地劝父亲，把拆房重建的种种不好说了个遍。父亲就是不听，趁家人不注意找人把房子拆了。最让人哭笑不得的是，父亲包包里仅仅只有两万元。为建房他背了近5万元的债。许是这债为父亲后来生病埋下了祸根，为了还债，他一年愁白了头。我用手指弹一下父亲的额头：王仕清你当初胆子太大了，包里装两万元钱就敢拆房子建楼房。父亲摸摸额头，痴痴地望望我，再望望楼房。他已经记不得他曾经在这里的点点滴滴。这幢三楼一底的红砖灰瓦楼房，曾经是小南街木板房子里的另类，也是父亲最后的骄傲。在这幢楼房里，他圆了祖辈开饭店的梦，圆了把厨艺传承下去的梦，也圆了广结善缘的梦。在这幢楼房里，他和母亲生活了10多年，照顾了母亲10多年。

　　父亲已经不受药物控制了，越来越狂躁，突然健步如飞，一天到晚要围着院子里的小塘转几十圈。他一圈圈从现在转回过去，最后转回他母亲的子宫。

　　2015年4月，陪伴了父亲65年的母亲因病去世，已经认不得任何人的父亲却能感受到失去爱人的痛苦。那天父亲一个人在院子里老泪纵横,手里居然拿着一本老相册。不久,父亲因摔跤骨折,手术后伤口恶化引发败血症。在父亲弥留之际,我哭着大声问:王仕清,你是不是想天堂里的李惠英了?如果想我就放手!父亲似乎听懂了我的话,伸出右手在空中画了一个圈。我知道,纵然我和兄弟们百般孝顺都无法阻止父亲奔赴母亲怀抱的脚步,他们的灵魂早已生生死死纠缠在一起。当晚,父亲平静地走了,享年 79 岁。

父亲与茶

　　下课铃声一响,我三下五除二把书包收拾好,扭头对后桌的兰兰说:帮我打扫卫生哦。还没等兰兰回话,我已经冲出教室,飞跑在回家的路上。顺着东风旅馆的围墙边一口气穿过公路,然后冲进公园巷再左拐进小南街。气喘吁吁的我刚跑到郑爸家门面,便闻到一股浓浓的茶香。

　　看来父亲等不及了,他已经开始烩茶。昨晚父亲喊我今天放学早点回家,帮他把把火(方言,泛指生火、添柴等)。我推开木门,心想:爸爸您慌啥子嘛,说好等我回来烧火的。小女快点,帮我递点柴。父亲一见我进门就在灶房里喊。走进堂屋,天哪,只见八仙桌上、板凳上、地上全是筲箕、簸箕、瓷盆、密筛,里面装满了还没有烩制的青茶。两个土陶坛洗干净倒放在天井边滴水。父亲一身白,白帽子、白口罩、白汗衫、白围腰,脖子上还搭了条白毛巾,正在灶台上忙碌。我放下书包,跑到灶前往灶膛里丢了点树丫。火别大了,不能有明火。听到父亲的声音,我赶紧拿根木棍在灶膛里乱打,然后用柴灰把燃烧的叶子盖着。正值清明时节,天气还有些凉,可父亲已经忙得大汗淋漓,他时不时用左手抓住毛巾擦把汗,右手在大铁锅里按顺时针方向旋转,一转就是几十分钟。锅里的青茶开始裹紧,慢慢由青绿转至浅灰色,就像茶叶上涂了一层薄薄的霜。茶味也越来越浓,顺着父亲的指尖缓缓升起,随风飘过天井,在小南街的上空飘荡。父亲说该起锅了。于是一锅两锅三锅后,堂屋里的筲箕里、簸箕里装满了热乎乎的茶叶。

  我在灶前早已累得手发软,心发慌。爸,你手烫伤没有?望着父亲变成绿色的手,我心疼地问,烩茶这样累,你为啥不请陈爸、魏爸帮忙?记得以前烩茶都是父亲这两个好朋友来帮忙的。父亲笑而不语,随手抓撮茶叶往大瓷盅里一甩,随即倒入开水冲泡。小女快尝尝爸爸烩的茶好不好喝,香不香。父亲说着把瓷盅递给我。我小心翼翼地喝,生怕烫到舌头。父亲教我端着瓷盅在空中轻轻摇晃,几分钟后茶叶沉底,上面是金黄色的茶水,咕噜咕噜喝下去,顿觉神清气爽。就这样,我在父亲的熏陶下习惯了用大盅喝茶,一盅下去豪气冲天。后来朋友请我喝工夫茶,一小杯一小杯着实有小情调。我一口气喝了5杯,还是不过瘾,直呼换大杯。朋友掩口而笑:你呀,喝茶的样子哪里有小女人的样子,十足一个"女汉子"。

  快6点了,兄弟们和母亲陆续回来。晚饭后茶叶冷了,二弟和小弟搬来坛子吼叫:装坛喽!父亲不要大家碰茶叶,说茶叶吸杂味能力强,一定要净手后才能用手抓。只见父亲在水缸里舀一盆水,将双手反复搓洗,随后用干毛巾擦干,再用毛巾擦坛子里面,直到擦得干干净净才开始装茶叶,装满后用大红色的布封坛。这两坛茶足够全家喝一年。父亲又把放在筲箕里最好的茶叶分成几份,用牛皮纸包好准备送给他的好朋友。

  年年清明时节,父亲逢场就在市场里转悠,他是小城出了名的茶客,一次要买几十斤,茶农们这个喊那个拉:王师傅,今春我的

茶叶安逸得很。王师傅，我的茶叶全是芽子。许多老熟人索性把茶叶直接送到家里。父亲呵呵笑着，不慌不忙地看着。父亲走到一家中意的茶叶摊子前，一看二闻三捏后说：我全部要。把那茶农高兴得连连说谢谢。父亲知道茶叶的好坏，也知道什么样的茶烩出来味好。我常常开玩笑说：父亲你改行当茶师算了。买回的茶叶要晾一晚上，晾的时候还要适当揉搓，拿行话说就是杀青后去涩。这样第二天烩出来的茶叶才能色香味形俱全。

父亲喜欢用大盅喝茶与他的职业有关。父亲是厨师，那时候食堂炒菜煮饭用烟煤，也没有抽油烟机。父亲长年累月吸油烟煤烟，患上支气管炎，经常咳嗽。茶正好有消炎、化痰、润肺等功效。父亲上班的灶头上随时放着一个大瓷盅，累了渴了端起来仰头就是一大口，那种感觉外人看起来都过瘾。小弟妹的姐姐红英曾说：去食堂端菜时看王爸爸喝茶的样子，我都要咽口水。

父亲烩茶的习惯保持了10多年，家里的木门木窗经过茶香的浸润，都有种淡淡的茶香味。后来，市场上卖茶的茶农越来越少，相反，商店里包装精美的茶叶越来越多，有数不清的牌子。对着琳琅满目的茶我就像拿不定主意的孩子，不知道该买哪种。望着茶，我的眼前始终是父亲烩茶时的情景，是他那专注的眼神和对茶叶敬畏的态度！后来父亲生病了，忘记了许多事情，但他始终没有忘记用瓷盅泡茶，大口喝茶，直到生命结束。

又一个清明节到了，距离第一次在父亲烩茶时为其烧火刚好40年。我和兄弟们买好花准备去墓地看望父母。临行前我带了两包明前茶，是我和朋友专程去洪雅山上采摘的，据说没有打过农药，也是朋友找人手工烩制的。我不知道父亲喝了后是什么感觉，会不会觉得女儿采摘的茶和他当年烩的茶一样好喝呢？

父亲与冻粑

"卖冻粑喽,卖冻粑喽,热乎乎的冻粑2分钱一个。"8岁的父亲端着装满冻粑的小筲箕,走街串巷叫卖。声音穿过汹涌的沧浪河,穿过小城的天空,穿过长长的老街。

父亲今年已经76岁了,前几年不幸患上阿尔茨海默病,在他逐渐空白的脑中,唯独对儿时的事记忆犹新。许多时候,我牵着父亲走在曾经生活过的小南街,边走边和他说:爸,这里原来是你工作过的工农兵食堂,对面是王茶铺子。你看这棵黄桷树已上百年了,是你的好友向爸家里的……父亲的神情似乎是在回忆,痴呆的双眼放出光来,也滔滔不绝地同我讲:我妈是小南街出了名的肖掌柜,蒸的冻粑白白胖胖、酥酥软软。我的叫卖声又大,街上没得哪个卖得赢我……和父亲一起长大的彭大娘说:你爸小时候机灵得很,街上很多人在卖冻粑,不管客人喊哪个人的名字,你爸总是一个箭步冲上去抢生意,常常惹得其他小孩哭鼻子。

我父亲的母亲我没见过,那个我该喊奶奶的人,在父亲十几岁时就离开了人世。奶奶蒸的冻粑香,伴随着父亲的叫卖声弥漫在小南街的木屋里,成为父亲永远忘不了的记忆。

老街记忆

  而我对冻粑的记忆是从 6 岁那年开始的。那年某天，我生病发烧，父亲背着我急匆匆地往医院跑。不知什么原因，打了针后我的腿脚就不听使唤了。母亲披头散发在医院的院坝里号啕大哭：赔我女儿哦，赔我女儿！接下来是住院抢救、打点滴。我躺在病床上，小小的身体任由医生摆布，以为自己要死了，或者要瘫了，所以整天不吃不喝。有天早上爸爸端来一个饭盒，打开盖子，热腾腾的香气便弥漫开来，掩盖了病房里浓浓的药味。母亲说：小女快吃，你爸昨天熬夜为你蒸的冻粑。望着父亲红肿的眼睛，我撕开玉米叶，狠狠地咬了一口。这是我记忆中吃到过的最好吃的冻粑。

  在我的记忆里，父亲是聪明的。他什么饭都会做，炒菜、捏包子、擀面、蒸冻粑等。而我最喜欢吃的就是父亲蒸的冻粑。那时候家里穷，天天吃冻粑是一种奢望，所以小人们就掰着指头数日子盼过年。胡萝卜蜜蜜甜，看到看到要过年……年就在我们的歌声里慢慢近了。

  快过年了，家家户户都忙起来，腌腊肉、灌香肠、蒸冻粑。父亲蒸的冻粑在老街是出了名的好吃。年前父亲就泡了一大缸米，晚上下班回家挑灯推磨。爸你休息吧，我来推。几岁的我搬了个小板凳在磨子旁喊。小女真乖，晓得体贴爸爸了，来试一下吧。我站在板凳上，纤纤小手紧握木柱却怎么也推不动。原来推磨是如此艰难。父亲爱怜地把我从板凳上抱下来，拍拍我的头说：小女快点长，长大了爸爸妈妈吃你蒸的冻粑。

  父亲的额头在冒汗，推磨的手起了泡，但他总是乐呵呵的。他把对病重妻子的爱，把对我们几姊妹的爱融进米中。流出的米浆，经过几天几夜的冷冻发酵，再一勺一勺地用玉米叶包好，然后开始上笼蒸。出笼的时候，是我们几姊妹最期盼的时光。热腾腾的冻粑

一出笼，浓香扑鼻而来。小女快尝尝甜不甜？哇，那种香甜、酥软的感觉一刹那惊艳了我的味觉。小女，快趁热给隔壁的余大妈及对门的郭奶奶端几个过去，让她们尝尝鲜。我端着小筲箕高兴地跑前跑后。郭奶奶一边撕玉米叶一边说：闻着都香，不晓得啥原因，一样的米，一样的井水，人家王师傅蒸的冻粑就是好吃，不粘牙、不发酸，吃起来满嘴香。

　　大年初一早上，我穿着新衣，兜里装满平时难得吃到的糖果和花生，和几个小伙伴去登白塔，累了回家总有烤得香脆的冻粑等着我。父亲大年初一是不出门的。他生起火盆，在火盆上架起一个钢丝网，然后把冻粑烤在上面，一边忙着备凉粉调料一边对我道：小女，你和朋友们先吃烤冻粑垫垫肚，一会儿吃凉粉。伙伴们边吃边七嘴八舌：王叔叔你做的冻粑好香甜哦，比我妈做的好吃。王叔叔你该蒸冻粑来卖，保证生意好。父亲又笑呵呵道：以后再说吧。此时，我仿佛是天底下最幸福的人。

　　不晓得是物质越来越丰富的缘故，还是父亲年纪越来越大的原因，冻粑在我的记忆里慢慢淡去。家里什么时候不蒸冻粑了我不知道，只知道老街已不再是过去的老街，青石板路成了水泥路，雕花木板房成了高楼大厦。小南街曾经的热闹与清静和那些飘散在老街角落的冻粑香一同重现在朋友的小说里，而我这个从那些雕花木窗里走出来的女人，竟有几分愁绪。

　　要好的朋友陆续离开了丹棱，血管里流着小南街血液的我，只想坚守在丹棱，想让朋友们回归故里时，可以有一个追忆、叙旧、品茗的地方。于是，我种了满院的红花绿树。

　　不知从什么时候起，大街小巷又开始飘荡起久违的冻粑香，冻粑作坊一夜间布满了丹棱的角角落落。冻粑带着人们对过去生活的

念想、对儿时的记忆，以一种别样的方式开启了全新的旅程。

下定决心把父亲引以为豪的冻粑做起来，请朋友设计了非常喜庆的包装箱。1998年深冬，仕清园冻粑终于走进了市场，走上了餐桌。我终于圆了长大后蒸冻粑给父亲吃的愿望，也圆了父亲蒸冻粑卖的愿望。

年年以花的名义邀请三朋四友来丹棱做客；年年又以冻粑作为礼物，送朋友一份念想。前几天蜡梅花开的时候，来了一帮朋友在院里赏花品茗。父亲激动得像个小孩，一个劲唠叨：小女，你朋友饿了，快蒸冻粑给他们吃。

小草春晖

父亲的大头皮鞋

星期六的晚上，在昏暗的灯光下，母亲埋头织着毛衣。我们兄妹四人围着桌子做作业，桌下有一盆快要熄灭的炭火，点点火星温暖着整个屋子。作业做完没？母亲轻声地问。还有几道数学题。明天是星期天，我怕母亲早早地赶我们上床睡觉，抢在兄弟之前回答。我做着作业，不时扭头看母亲，灯光下的母亲脸色苍白，神情有些倦意。母亲30多岁，身体略显单薄。她边织毛衣边抬头望天井，天空一片漆黑。母亲皱了皱眉自言自语道：这么晚了，你们爸怎么还没回来。二弟听到母亲的话，急匆匆地说他去接爸爸。接啥子接，快洗了睡觉，街上有"险道神"。母亲没等二弟说完就打断了他的话。"险道神"在我的记忆里是个素未谋面却令人闻风丧胆的存在，那时候大人常常用它来吓唬小孩。"险道神"常常出现在母亲的话里，变成一个影子潜入我的意识，在黑灯瞎火的晚上，一个影子越来越高，高过小南街的木板房，随即旋风般把人卷走。对了，隔壁余大娘还说真的卷走过大人。我做完作业躺在床上装睡，肚子饿得咕咕叫。耳朵一直听着街上的动静，试图搜寻父亲熟悉的皮鞋声。此时，小南街上的大多数人已经进入梦乡。顺着小南街往

 老街记忆

上走,过了公园巷就是父亲上班的地方——小南街工农兵食堂。这个食堂当时是丹棱县三大国营食堂之一,一楼一底砖混结构,在清一色木板房的小南街有些抢眼。食堂生意好得很,我每次放学回家都能看到父亲在灶前忙,铲子在锅里来回翻腾。排队端菜和吃饭的人把大堂挤得水泄不通,七嘴八舌:王师傅我要一份麻婆豆腐。王师傅我要一份水煮肉片。

父亲帅气十足,加上一身好手艺,30多岁便成了远近闻名的大厨。在那个积贫积弱的年代,吃饭是头等大事,掌勺的父亲更加受人敬仰。和父亲一起长大的余爸说:你爸年轻时长得精神,为人仗义,走到哪里后面都跟着一帮兄弟。有时候和母亲摆龙门阵,提起父亲年轻时候的事,80岁的母亲就像小女孩一样,得意十足地说:以前喜欢你爸的女人多得很,你爸偏偏就喜欢我。

丹棱历史上驻扎过一支部队,军民鱼水情,逢年过节父亲随领导去部队慰问官兵,煮饭烹菜就是父亲的拿手好戏。作为回报,部队首长送了父亲一双军用大头皮鞋。那时军用大头皮鞋是紧俏货,百货公司都买不到。军用大头皮鞋穿着暖和,不湿脚,不打滑,走起路来铿锵有力。记得有一天我和父亲去菜市场割肉,咚咚的皮鞋声吸引了很多人的目光,卖肉的刘师傅说:仕清,你在哪儿弄的这双鞋子?哪天也帮我整一双嘛。父亲笑呵呵地说:好,好。大头皮鞋是父亲年轻时最爱的宝贝。咚咚的皮鞋声踩在小南街经年的青石板路上,沉静的小南街便有了生气。皮鞋声也会吓跑传说中的"险道神"。父亲一般都是早出晚归,早上6点多钟咚咚的皮鞋声在我们的睡梦里出发,晚上咚咚的皮鞋声又在我们的睡梦里回家。

今天是星期六,晚饭时几兄妹心照不宣地胡乱吃了几口。水煮盐下的菜早把肚子里的几滴油水刮得干干净净。我们盼望着父亲的

皮鞋声，其实是盼着父亲端回的盅盅里的肉。咚咚的皮鞋声终于踏响了，伴随着父亲独特的咳嗽声由远及近。我们几兄妹仿佛听到了冲锋号，一骨碌翻身下床。饭还在锅里热着，就等着父亲端回的肉了。母亲听到父亲的敲门声，丢下手中的活计跑去开门，一扫先前的倦意，笑靥如花，仿佛瞬间成了娇羞的少妇。你们几个小滑头，装睡，心头就挂念你爸盅盅里的肉。母亲边说边拿碗盛饭。父亲夹了一块肉放到母亲的碗里，母亲舍不得吃又把肉悄悄夹回父亲的碗里。我们几兄妹哪管那么多，三下五除二就把碗里的肉抢个精光。

  时光飞逝，一晃几十年过去了，肉和皮鞋已不再是稀罕物，但吃腻了山珍海味，还是觉得当年父亲端回的肉最香。父亲换了几十双皮鞋，最怀念的还是那双军用大头皮鞋。

惠娘的一家子

明天就要搬新家了，80岁的惠娘躺在床上翻来覆去无法入睡，心情就和这4月的天气一样阴沉沉的。前几天该搬的衣物都先搬走了，女儿说：妈，就带点衣物，其他的什么都不要拿。惠娘啥都舍得，唯独舍不得这张睡了60多年的陪嫁床。

62年前，惠娘坐着花轿，顶着红盖头，在一大群迎亲客和送亲客的簇拥下，嫁入小南街王家时，娘家专门为她做了一张雕花大床。惠娘坐在花轿里，一路听见人们对这张床的赞叹，心里比吃了蜜还甜。这下自己在夫家长脸了。

惠娘的娘家在乡下，离县城10多里地，父亲早逝，母亲蒋氏将惠娘三兄妹拉扯大。蒋氏在方圆几十里是出了名的美人，三寸金莲，长相标致，身材匀称，有一双深邃得像古井一样的大眼睛。蒋氏能干，很会过日子。惠娘是幺女，上面有两个哥哥，大家喊她惠儿。惠儿是蒋氏的掌上明珠，长到10多岁从没干过农活，也不做家务，所有一切都由哥嫂操持。惠儿天天缠在娘的怀里撒娇，蒋氏却逼着她学做针线活和读书识字。在母亲的教导下，娇小聪敏的惠儿竟有几分大家闺秀的气质。十几岁时，提亲的人就踏破了她家的门槛。蒋氏一个也没有相中,她的宝贝女儿是要嫁进城里的。

惠儿的两个哥哥,都是老实巴交的人。大哥是务庄稼的一把好手;二哥是个木匠,大家喊他李师傅。李师傅手艺好,做家具修房都行,城里人也找他做活。一天,王家老祖母找到他说:李师傅,求求你,我家媳妇肖掌柜快不行了,帮我在乡下找个姑娘冲喜。算命先生说,要找一个大几岁、八字相合的才行。先前找了两个八字都相克。

李师傅大惠儿10岁,他最爱惠儿,应该说惠儿是趴在他身上长大的。10多岁时去走亲串户,进城赶场,他都要背着惠儿。他想,惠儿啥农活都不会做,嫁进城去应该是她喜欢的吧。

李师傅回到家对母亲说:王家在城里,家境还算殷实,虽不是大户人家,但在小南街开了两家小食店,生意很好,吃饭是不成问题的。王家待人和气,把惠儿嫁过去一定错不了。蒋氏知道王家厚道,她和肖掌柜也熟,进城赶场总要到她的店里吃两碗汤圆。但王家少爷才13岁多,不晓得惠儿肯不肯。李师傅说先把惠儿八字拿过去合一合,如果合适就瞒着惠儿吧。

王家不是土生土长的小南街人,老家在眉山韩家场。曾祖父被抓壮丁后,曾祖母拖着一双儿女到丹棱投奔亲戚。他们的儿子永贵在亲戚家学得一手擀面捏包子的手艺,开一家小食店,勉强维持生计。后来娶了小城官厨肖家的女儿,生意就渐渐地好起来了。这个儿媳,就像个聚宝盆。她不仅人长得漂亮而且特能干,做事风风火火。自从进了王家大门,她就成了名副其实的掌柜,许多食客都是冲着她来的,只要她往灶台一站,整个小店的生意就红火起来。肖掌柜,来一碗醪糟蛋。肖掌柜,来两碗肉汤圆。肖掌柜一边脆生生地应答来了来了,一边麻利地忙前忙后。生意做得越来越好,接着

又开了一家分店。

肖掌柜一口气生了8个孩子,活下来的只有大儿子仕清和排行老六的女儿惠君,这对肖掌柜来说是沉重的打击。好强的肖掌柜从没坐满过月子,生完孩子三五天便下床忙做生意,身体每况愈下,38岁时一病不起。在病床上,她还念念不忘家里的生意,怕自己一撒手,家里老小就要喝西北风了。

惠儿和仕清的八字合在一起放在神龛上三天三夜,家里没有一丝响动。王家像抓着一根救命稻草一样抓着惠儿不放,托人来回跑了几趟催着蒋氏办喜事,送的聘礼是别家的几倍,蒋氏这才依依不舍地把惠儿嫁了过去,陪嫁一样不差,还叫儿子赶做了一张雕花大床。

拜堂后,惠儿成了惠娘。入洞房时惠娘傻了眼,明明说嫁的郎君长相英俊,怎么就变成了一个还没醒事(方言,指懂事)的小少年。那年惠娘18岁,仕清马上14岁。惠娘哭闹着不依不饶,仕清像做错了事的孩子,想着法子逗惠娘开心。惠娘只得认命。

拜了堂,冲了喜,还是没能留住肖掌柜的生命。不久,王家又为早逝的媳妇举行了葬礼,出丧的人排满整个小南街。

肖掌柜走之后,小食店生意越来越差。永贵一直沉浸在丧妻的悲痛之中,生活的重担一下就落在了刚过门不久的惠娘身上。原以为嫁进城是享福的,没想到自己反而成了一家的主心骨。王家专程把蒋氏接进城帮衬惠娘,一家老小啥都依着惠娘,家里有啥好吃好喝的都先紧着她。认了命的惠娘开始学做家务,学做生意。她起早摸黑,硬是和小丈夫一起挑起了家庭的重担。

惠娘嫁进王家的第六个年头生了个胖小子,取名福。仕清的祖母说,希望他长大后成为有福之人。聪明的福在7岁时生病发高烧，最终落下口吃的毛病。

1956年公私合营，家里的两家小食店改制为国营，惠娘和丈夫便成了店里的职工。能说会写的惠娘很快成了单位的能人。小丈夫也长成了方圆百里英俊潇洒的美男子，作为新中国成立后第一批厨师，被送到省上培训，30岁便成了小城的名厨。惠娘越发美丽，两只会说话的眼睛闪动着灵光，两条又黑又粗的辫子跳动在腰背。娘家的亲戚都羡慕惠娘找了个好人家。

没想到三年困难时期把王家推进了深渊，祖母和公公先后离开了人世，惠娘只得把儿子福送到乡下母亲那里。

1959年，惠娘作为单位里的先进被派到洪雅李家山参加大炼钢铁，那里是一片原始森林。刚开始惠娘积极性很高，可没多久惠娘便心生不安。她看到成片成片的森林被砍伐，结果炼出来的只是一堆废铁时，心痛不已。惠娘在农村长大，对树有着特别深的感情。小时候，家门外那棵核桃树是她童年的玩伴。但这山里的核桃树无法逃脱被砍的命运，同志们每砍一棵树就像砍在惠娘的心尖上。她跑去找队里的领导：这样砍树要不得，怕要遭报应。队长赶快阻止她：乱说要当右派的。

机灵的惠娘越来越沉默。她想不明白本来好好的日子怎么会变成这样。砍树、吃大锅饭，最后吃树皮和野菜。冬天的夜漫长而难挨，惠娘时常被冻醒。吃不饱，加上超强度的劳动，惠娘终于病倒了，全身开始浮肿。仕清听说妻子病倒在山上，赶快托关系把惠娘接了回来。从此，惠娘落下了怕冷的病根。

1962年春天，沉寂了多年的王家热闹起来，惠娘快要生了。不料，生下的女儿不足3斤，浑身冰冷，只有一丝微弱的气息。惠娘抱着女儿号啕大哭。后奶奶徐氏赶紧抱过孙女说：不怕不怕，只要

有一口气,我就要救活她。接连几天,徐氏抱着婴儿在火盆边上取暖,用布巾蘸米汤湿润她的嘴唇。几天后,婴儿睁开了细小的眼睛,王家人在她微弱的哭声中如释重负。只听对门郭奶奶大声喊:仕清,仕清,一群燕子在你家上空飞来飞去不肯走。惠娘说:给女儿取名燕群吧。这个名叫燕群的女孩就是我。

后来,母亲又生了两个弟弟。她白天上班晚上织毛衣,我时常半夜醒来,看见母亲还在灯下劳作。一有空,母亲就带领我们兄妹在河边开荒、锤石头、割草。日子在艰难中慢慢流逝,母亲的身体越来越差。生了小弟后,母亲又流产住院。在李家山落下的病根一到冬天就发作。母亲常说,这骨头骨节怕要痛断哦。但我们都没想到,外婆的去世会把病中的母亲彻底击垮。

那个傍晚,乡下的亲戚匆匆进城告诉母亲,外婆不行了。母亲疯了一样边脱围裙边喊:仕清快带着娃儿走!父母在前面跑,我们兄妹在后面追。

外婆走后,仿佛把母亲的魂也带走了,母亲的病越来越重,整天躺在雕花大床上发呆,以泪洗面,家里常年弥漫着浓浓的中药味。从那时起,父亲几乎承担了家里的一切。

母亲50岁就病退了。有天她对我说:燕子,昨天我梦见你外婆了,她住在极乐寺,我要去看她。仿佛是神给了母亲希望,我看见母亲混浊的眼睛放出光来。从寺庙回来后,母亲开始吃斋念佛,常年穿行在各个庙宇,还带领信徒们为寺庙捐款。

30年来,母亲的身体时好时坏,住院抢救已成家常便饭,她一次又一次从死神手中逃脱。母亲已经骨瘦如柴,我给她洗脚时生怕一使劲就会捏断她的筋骨。医生都说母亲患风湿性心脏病几十年,又中风几年,能够活到现在已是奇迹。前几年,父亲患上阿尔茨海默病，躺在医院的母亲最牵挂的还是父亲。

　　下雨了，我起床关窗，看见母亲屋里的灯还亮着。她一直盯着雕花大床上的龙凤图案，我突然明白了她的心思，于是凑在母亲的耳边说：妈，都半夜了，快睡吧，明天把这张大床也搬过去。

　　天亮了，我推着母亲缓缓地走出了小南街。

老街记忆

母亲最后的日子

当我和弟媳从外地回来,一进屋李阿姨就说:阿弥陀佛,阿弥陀佛!幸好回来了,不然怕看不到你们妈了。母亲蜷缩在沙发上,双眼微闭。我丢掉行李冲过去抓住她骨瘦如柴的手:妈,你怎么了?李阿姨,才十几天,我妈怎么会变成这样?那天,我们走时她还笑眯眯地给我们招手道别啊。李阿姨一脸无奈,带着哭腔说:你们走后,大姐就不吃不喝,谁劝都没用。为啥不给我们打电话?弟媳哭着问。母亲微微睁开眼,抬起手拉弟媳的衣服,示意她别说阿姨。

儿行千里母担忧。我忘了父母在不远游的古训。我不但自己出去,还带了母亲最爱的儿媳和长孙女。我无法想象,她在我们走后的十几天里,是怎样牵挂和担忧。我伸出右手啪地给了自己一记耳光。

母亲生病多年,长期患风湿性心脏病,房颤引发中风,让她受尽折磨。后期她不能行走,不能说话,几乎是在轮椅上度过的。以前,母亲经常发病,川医和县医院下过多次病危通知书,母亲都扛过来了。她一生信佛,慈悲善良,多少次都化险为夷了。可这次,我有种预感，母亲真的累了，扛不住了。她想走，想去她心中的极乐世界。

我轻轻拂去母亲脸上的白发，埋头贴在她的耳边说了几句悄悄话。母亲睁开双眼，眼里闪过一丝亮光，含笑点了点头。

几天后，农历三月初三，父亲79岁，提前过80岁大寿。一早，我们全家乘车前往眉山湿地公园。在远景楼下的茶室里，母亲坐在椅子上，用她尚存的一丝力气，和我们一起为患病的父亲过生日。已经20天不进主食的她，在我们兄妹的央求下，喝了几勺米汤，吃下一小口蛋糕。父亲是母亲最后的牵挂，她拉着父亲的手，两只骨瘦如柴的手紧紧握在一起。

60多年前，一个18岁青春貌美的女子，握着一个不到14岁懵懂少年的小手。这一握，岁月开花结果。他们握着手走过人生的风风雨雨，握着手跨过生命的沟沟坎坎，从未放开。

母亲的病是在李家山落下的。李家山是藏在洪雅森林中的一座大山，因1958年大炼钢铁而闻名。我们兄妹是听着"李家山"这三个字长大的。母亲每每说到李家山，都会激动得两眼放光，随后补句"哪晓得是作孽哦"，眼中的光慢慢黯淡下来，渐渐转变成哀怨。

1959年，26岁的母亲怀着别样的心情，离夫别子，加入李家山大炼钢铁的队伍，在大山深处平地建炉，砍树搭帐篷，挖矿炼钢铁。母亲瘦弱的身体压着背矿的大背篼，排在长长的队伍里，爬行在用木头铺的木梯路上。超出身体承受能力的负重，肩膀上勒出的血印，浑身的汗水没有让母亲退缩。没有多少文化知识的她坚信中国的钢铁产量会超英赶美，她为自己能够参与到这场战斗中感到自豪。可是，随着时间的推移，母亲的心态发生改变，变得越来越沉

默,她弄不懂为什么要把那些参天大树被砍掉丢进火炉,炼出来一堆废铁。她找领队说这样下去,怕山要完了。领队两手一摊:你一个小女人操啥子心,你懂不懂这是国家大事。

下雪了,大雪覆盖了大山,覆盖了搭建的连体帐篷。有人开始逃跑。有的人被抓回来,惨叫声在山谷回荡;有的人在逃跑的路上走丢了。母亲躲在潮湿的帐篷里,咬着湿漉漉的被子哭。她和几个女人,被茫茫大雪吓得不敢逃跑。曾经的理想化为雪花,随风而去。

开春后,雪化了,大炼钢铁戛然而止。大山沉默不语,那些笔直的大树如今只剩下一个个树桩,树桩上的雪融化成水,像树流的泪。

母亲和没有逃跑的人,被安排到峨眉九里一家汽修厂。母亲思儿心切,要求返家,结果被告知自己要求回家的不转粮食关系。无奈,母亲穿上工装当了一名电焊工。三年困难时期,母亲担心家里人没有饭吃,怕儿子挨饿,便省吃俭用偷偷积攒粮票。

母亲一去三年。当初从李家山回来的老乡说起山上的事总是泪眼婆娑。父亲和家里人也不知道母亲在厂里的情况。在吃不饱的时候,父亲更是思念母亲,几岁的儿子饿得天天吵着要找妈妈。父亲母亲就这样隔着山水,望月思念着彼此。

一次,母亲在电焊时没有戴防护罩而伤了双眼。眼睛红肿见不得光,便托人告诉了父亲。心急如焚的父亲找自己的表姐,也就是我的表姑,假装去探望母亲,实则是要她去想办法带回母亲。

表姑看到病床上的表弟媳,心疼不已,她说明表弟喊她来的目的,两人抱头痛哭。接下来的时间,表姑表面上照顾表弟媳,实际上在暗中观察地形,存积干粮,策划逃跑时间和线路。和母亲同室的丹棱王阿姨，知道了母亲计划逃跑的秘密后，坚决要求同行。

一个星期天，天蒙蒙亮，表姑和王阿姨拿着介绍信，打着送母亲去镇医院看眼睛的幌子，大摇大摆地走出厂门，躲开厂保卫人员，迅速钻进厕所后面的烂棚子里，换上当地村民的衣服，包上村妇的头巾，背上偷偷藏起来的衣物和积攒的干粮、水，顺着墙根悄悄地溜走了。

表姑是和一群生意人去的九里，去时把逃跑的路线熟记于心。她和王阿姨扶着母亲走走跑跑，不时扭头看看来路，怕厂保卫人员追来。要是被抓回去就惨了，李家山凄凉的哭声似乎还在母亲耳边回响。母亲当即决定弃大路走小路。她们各人扯根竹竿当打狗棍，在弯弯曲曲的山路上朝着丹棱的方向走。从九里到丹棱本来10多个小时就可以到达，母亲害怕走大路被抓，走了10多个小时还在山里转。

天黑了，怕山里有野兽出没，母亲断定没有追兵后提议找个老乡家过夜。大路边上是不敢的，从山路拐进去，竹林深处有一破旧的土砖茅草房。咚咚、咚咚……随着敲门声，一个老实巴交的大爷打开门，见3个妇人要借宿，连忙要关门，道：家里没有多余的床，你们去找别家。母亲急忙拿出1斤粮票和几角钱塞进大爷的手，好说歹说大爷才同意让她们进屋。大爷烧火煮饭，一大碗土豆、几个苞谷，吃得母亲她们满嘴生香。一天的精疲力竭，一天的担惊受怕，被一盆热水冲洗掉了。几个女人脱下村民的衣服，解开缠在头上的头巾，长发飘飘，换上自己干净的衣服。当大爷看清她们是3个城市女人时，倒吸一口凉气，惊讶不已。母亲说了实情，大爷满心不解，喃喃道：当工人哪点不好？这年头回去怕只能挨饿哦。

　　大爷把家里唯一的大床收拾干净,让母亲她们挤着睡,自己在侧屋晒垫上睡。3个女人感动不已,纷纷说遇到了好人。不料,半夜母亲起来小便,被一种沙沙的声音惊呆了。声音很细很远,但这种声音太熟悉,那是她丈夫的磨刀声。她轻轻掀开厕所的竹篱笆,借着月光望过去,大爷正在山边石缸旁磨刀。这一望吓得母亲不敢小便。她想,是不是大爷要抢她们的钱财。她连忙踮着脚进屋摇醒两个女人,她们背起背篼从后门就开跑。后来母亲说起这件事还是有些后悔,她怕是自己的多疑辜负了大爷的一片好心。

　　当天傍晚,3个女人终于走进丹棱地界,拖着疲惫不堪的身体走向何场。

　　父亲当时在何场供销社当厨师。几天来,他天天傍晚站在场口张望,希望奇迹出现。天黑实了,父亲望了望天空,失望地往回走。突然,后面传来母亲微弱的声音:仕清,我们回来了。父亲转身冲过去,一把抱住母亲。两人喜极而泣,母亲哭着晕了过去。

　　去年我专程去找过李家山,我想去看看母亲曾经战斗过的大山。可惜在修路,车不能进。在七里坪走访了一个80多岁的老人,她当年也是大炼钢铁的一员。她说:都过去了,还提它干啥?是啊,都过去了。望着老人手指的方向,那座曾经光秃秃的大山,经过补栽和几十年的休养生息,如今已一片浓绿。我朝着大山三鞠躬,愿那些早逝的灵魂,化作神灵护佑这座曾经伤痕累累的大山。我也曾想去重走一下母亲之前逃跑时走过的山路,都因胆小而放弃了。

　　因为是逃跑回来,母亲的粮食关系没有转回。多了一张嘴,本就揭不开锅的家里更困难了。但在最困难的时候,母亲也不忘接济别人。有一天,父母下乡收榨油的桊子。在生产队的晒谷场,看见一对中年夫妻跪在地上磕头，嘴里不停说：饶了她吧，她还是个孩子。周围围着一大圈人，有人抹眼泪，有人说：小人遭罪哦。这么小就敢偷队里的东西，你们还好意思哭。台上一个男人声嘶力竭的声音吸引了母亲。穿过人群望过去，男人五大三粗，他旁边的木柱子上绑着一个七八岁的女孩。女孩没有哭，她倔强地抬头斜盯着男人，眼里充满了仇恨的怒火。母亲倒吸了一口凉气，心想：这女孩小小年纪，不知受了多大的委屈才会有这种眼神。母亲一问才知道，五大三粗的男人是生产队队长。今天下午女孩饿得不行，跑到生产队的地里拔了几根胡萝卜吃，不巧被队长发现。他恶狠狠地对女孩说：你个小丫头竟敢偷队里的胡萝卜，今天晚上不准吃饭。女孩一听不准她吃饭，撒腿就朝大食堂跑。大食堂的米糠饭刚刚出笼，女孩端起一碗，顾不得滚烫，三下五除二就扒拉进了嘴。队长追过来一看，更加气急败坏，命人把女孩绑了。

父亲认得队长，上前又是递烟又是说好话，女孩得救了。母亲走过去搀扶起女孩的父母，把他们拖到人群外，塞给女孩母亲5斤粮票。女孩父亲牵着女孩跑过来扑通一声给母亲跪下。父亲走过来拉着母亲的手说：惠英你做得好，家里再困难也比这里的人好很多。你放心，我少吃一口也不会饿着你和儿子。

1962年母亲生下我后，几年之内又生下我的两个弟弟。拖儿带女以及繁重的工作，让年轻的母亲越来越憔悴，加上在李家山落下的风湿性心脏病不时发作，最终一病多年，家里常年飘着中药味。

母亲退休后，吃斋念佛，捐资修桥补路。偶尔听周老先生说，最初的龙鹄院寺庙也是母亲发起修建的。她带领许多信徒到各寺院做义工，如此跋山涉水竟然让母亲的身体慢慢好转。有一天，她从农贸市场买菜回来路过杨柳街时，不幸被一辆三轮车撞倒。她让师

傅把自己扶到街边，并说：快走，一会儿我儿女来你就走不了了。当我们赶到时，母亲已经爬不起来了。之后，母亲的身体越来越差，73岁那年风湿性心脏病复发，房颤引起中风。从此又开始与病魔斗争。

从眉山回来后，母亲似乎变了样，还能喝点米汤。几天后，我们兄妹一行到双流参加表弟女儿的婚礼。晚上回程，导航居然导不上高速公路，车在双流城边来回转圈。突然，艳子来电：燕孃快回来，奶奶不上床睡觉，非要等你们回来。话音一落，车迅速拐上了黄甲站高速公路。

车狂奔回家后，小弟连忙把躺在沙发上的母亲抱上床。我又贴在母亲耳边说了几句悄悄话：谢谢妈妈的付出，谢谢你用最后的力气陪伴父亲过生日，等待我们参加完了表侄女的婚礼。

过了几天，母亲紧闭双唇，拒绝一切食物和水。正午，父亲走进房间，紧紧握住母亲的手说：走，惠英，我陪你去赶场。母亲的眼睛里流出几滴混浊的泪水。我知道对一对恩爱夫妻来说，生死离别是残忍的，赶紧让人把父亲哄了出去。妈妈，你放心走，我们几兄妹一定会照顾好父亲。我又轻轻贴在母亲耳边说。母亲感知到了我的话，嘴角上扬，露出一丝微笑。

母亲弥留之际，她喜欢的侄儿媳陪伴左右。4月28日中午，嫂子和弟媳打来热水给母亲擦身，换上素色衣服。二弟媳用棉签蘸水帮母亲掏出最后几粒干大便。小弟摘了一把栀子花放在床头柜上。母亲不再心慌，她在南无阿弥陀佛的佛乐声中，在栀子花香中，闭上眼睛。当晚凌晨两点，母亲安详地离开我们，驾鹤西去，享年84岁。

小草春晖

我的外婆

1973年夏天，83岁的外婆走了。她躺在乡下堂屋的棺材里，就像熟睡一样。棺材前燃着香烛，摆着供果。堂屋前的地坝上跪着外婆的子孙。母亲和大舅母及几个表姐表嫂披头散发，哭得死去活来。道士先生的锣鼓一阵接一阵，唱祭文的先生唱着外婆的生平。我似懂非懂，只觉得膝盖痛，身上开始冒冷汗，旁边的亲戚跑去抱来一捆干谷草说：快，跪在上面。一会儿，人群一阵骚动，原来母亲昏厥过去。那年我刚11岁，并不懂死亡的真实含义，也想不通母亲和亲戚们为何这样痛苦。直到几十年后，母亲去世时，我才真正感受到什么是生离死别，才懂得当初母亲悲痛的心情。

我记忆中的外婆是慈祥的，很有电影里大户人家奶奶的范儿。外婆姓蒋，1890年出生在眉山伏龙一个中等家庭里，从小到大学女红，缠小脚。她天生聪慧，又长得漂亮，深得父母和蒋氏家族人的喜欢，可惜还没出嫁时父母便离开了她。据说家族里一个表哥从小就喜欢她，因为种种原因最终有缘无分。这个表哥后来成为伏龙乡富甲一方的大财主。

外婆18岁便出落得如花似玉，嫁进了李子河坝的李家。李家

 老街记忆

当时还算是一个大家族，家族上上下下81口人，有15间大瓦房。外婆嫁过去还享了两年少奶奶的福。虽说丈夫不能干，脾气倔，说话急了会有点口吃，但家境好，万事有长辈撑着。两年后，外婆生下大舅舅。都说头难头难，生又难带又难。大舅舅天生是个病秧子，心肺功能差，出不赢气，外婆带着他四处寻医问药。丈夫和家里人开始有点嫌弃外婆和大舅舅，认为娘儿俩拖累了大家。外婆只得变卖兄嫂给的陪嫁给孩子医病。几年后家里闹分家，从长辈到子孙层层分，分到外公时，只分得1斗米、13根修房的檩子和几十块椽子。望着这些东西，外婆流干了泪。为儿看病花光了所有的积蓄，外公指桑骂槐，觉得是外婆和孩子让他受苦倒霉。

外婆不信命，抱着儿子回到娘家，在兄嫂的帮助下，去路边搭了个偏房。外公在家没有生存能力，只得跟着外婆走。一家三口有了落脚之地后，外婆开始盘算今后的日子怎样过，一家三口吃什么。

她找到以前喜欢过自己的表哥借钱。表哥家这时也是穷得叮当响，没有钱，就送了她一床自己父母逃荒时用过的8斤重的旧桑蚕丝被。外婆如获至宝，抱回家用剪刀剪开，把旧蚕丝掏出来洗干净，晒干，重新纺成丝线，拿到集市上卖；用卖得的钱买了米，再把米背到眉山集市上去卖；卖得的钱又买些针头麻线回乡下卖。一来二往，还真赚了些钱。外婆好像发现了赚钱的秘密，她晚上纺线，白天在乡下买大米，逢场赶集卖大米。到现在我都想不通，外婆三寸金莲，是怎样背着米一摇三晃，翻山越岭去讨生活的。要知道从伏龙到眉山城有几十里路啊！当时没有汽车，大部分家庭都是男人牵马挑担去做买卖。可外公当惯了少爷，沉浸在回忆中不能自拔，家里家外全靠外婆操持。外公肩不能挑手不能提，脾气还很暴

躁，醉酒后乱打人。外婆不知从什么地方打听到一个偏方，说吃胎盘可以治肺痨病，便到处托人找了两个胎盘，用水泡着冲洗，切成小块在砂锅里炖。外婆守在火边几个小时，外公回来一脚把砂锅踢翻。要死的人能吃得活吗？要死早点死算了。说罢醉醺醺进屋倒在床上呼呼大睡。外婆擦干泪，把散落在地上的胎盘一块块捡起来洗干净又炖。大舅舅在外婆的调理下，身体有所好转。有时，娘儿俩一起去赶眉山，八九岁的他懂得体谅母亲，也能帮母亲背几斤大米。卖完米，外婆总要带大舅去吃碗心肺血旺，说是吃啥补啥。他们一般早上4点出发，走到眉山集市刚好11点，这时买米的小商小贩多，加上外婆的米白净发亮，不愁不好卖，只愁没有人挑米送进城。

有天外婆牵着大舅刚进屋，醉酒的外公拿着扁担就朝外婆身上打，边打边骂：你个败家婆，你们在外头吃得安逸呢，卖点米钱没赚到就进馆子吃香喝辣，不晓得给老子端点回来。大舅见状，使劲抱着劈过来的扁担，喊：妈，快跑！外婆拔腿就跑。见母亲跑远了，大舅把扁担一推，跑了出去。当晚，母子俩在亲戚家哭了一晚上。外婆铁了心要带着儿子独自过。经过这件事，外公自知理亏，脾气有所收敛，也主动帮外婆挑米去眉山。外公不是做生意的料，第一次去卖米，就让别人骗去30斤。外婆不但没有怪罪，反而带他进馆子吃心肺血旺。外婆把心肺夹给大舅舅，把血旺一勺勺舀给外公，自己用血旺汤泡饭。不晓得是外婆的善良还是能干感动了外公，后来外公的脾气改了许多。

不久外婆有了二舅。与大舅不同，二舅长得虎头虎脑，吃饭做事都非常麻利。家里多了一个人，原来的偏房不够住，外婆找到自己那已经发达了的表哥出面调解，租了当地一个财主的四合院。新

中国成立后,房子分给了外婆。这就是我记忆中的外婆家,背山面坝,是块风水宝地。我和我的兄弟们在这里都有过幸福的记忆。

二舅长到10多岁时,长得高高大大,浑身有使不完的劲。他帮外婆背米,上山砍柴,样样都做。不久外婆的小女儿,也就是我的母亲出世了。当时外婆已经40多岁,老来得女,百般宠爱!她让女儿读书认字,教女儿织毛衣、绣花、纳鞋垫,就是不让女儿下地干农活。她有自己的盘算,将来女儿嫁进城,自己老了也有个伸脚的地方。大舅此时已经成家,娶了个老实巴交的女人,能干善良,是做农活的一把好手,之后生了3个儿子、1个女儿,不幸女儿出嫁后病死。

二舅长到18岁,一表人才,又拜隔壁蒋木匠为师,学得一手好木工。他成了家里的顶梁柱,白天外出帮工,晚上帮外婆碾米。他很懂事,孝敬父母,体谅大哥,爱护妹妹。二舅20岁那年娶了二舅母,二舅母是方圆百里的美女,人称"小白菜"。她不仅长得漂亮,还知书达理。二舅母的父母都是残疾人,她从小跟着自己舅舅长大。她舅舅是眉州县县长师爷,对她十分严格,既要她读书识字,又要她学会纺线织布。拿现在的话来说,二舅母是上得厅堂,下得厨房。外婆很喜欢这个二儿媳。县长师爷给的陪嫁,让二舅母在婆家长了脸,也让外婆在邻里之间长了脸。结婚几年她在方圆出了名,既能说会道,又聪明能干。更有一件事,让她芳名远播。

有年抓壮丁,二舅从外面帮工回来在路上被抓。外婆和二舅母站在门外的柿子树下等到天黑还不见二舅的影子,便喊大舅去寻找。突然,山背后赵大娘哭哭啼啼地跑来说:蒋大嫂,我家老大和你家老二被抓了壮丁。二舅母一听,什么都没说,转身进屋背起床上睡着的女儿就走,众人拦都拦不住。女儿刚刚1岁,二舅母背着她匆匆走在通往眉山的路上，顾不得夜黑风冷，只想着一定要赶在天亮前见到孩子她爹，不然的话可能一辈子都见不上了。早上7点她来到县团部，背着女儿给长官磕头，边磕边哭诉：家里上有老，下有小，大哥是肺痨病人做不得重活，家里就他一个顶梁柱。他去当兵了，怕家里人要饿死哦。二舅母边哭边解下孩子放在地上。看嘛，大老爷，孩子还小，她不能没有爹啊！要不我替丈夫去当兵，让他回来抱孩子去种地？躺在地上的孩子突然大哭起来。这时有个小兵神色慌张地跑进来凑到长官耳边说了几句话。长官点点头，大声吼道：紧到哭啥子（方言，一直哭什么）？清早八晨（方言，清晨）哭丧。来人，去去去，把她男人找出来，放他回去孝敬父母，带好娃儿。

二舅回来了，二舅母从此成了远近闻名的烈女。外婆更是对这个媳妇疼爱有加，好像找到了主心骨，啥事都要和她商量。

外公50多岁不幸病逝。对于外公我是没有记忆的，他的一切我都是从亲戚口中听来的，外婆和母亲从未提起过他。他死后埋在李子河坝祖坟墓群，外婆后来一再告诉后人，自己百年后单独埋，坚决不回李子河坝同外公共墓。外婆后来就埋在了后山李家自留地。

外公走了，外婆长长舒了一口气。她用柔弱的肩扛起了一个家，带领儿子儿媳妇们开启了李家最兴旺的时光，把家治理得井井有条，她俨然成了这个家的掌门人。后来二舅在邻队买地修房搬出去单过了；母亲随二舅过；大舅的3个儿子陆续成人，个个身强力壮，先后成家。李家好不热闹。1949年，外婆的小女儿，也就是我的母亲嫁进丹棱城王掌柜家，外婆更是觉得脸上生光，给的陪嫁排了一长队。陪嫁里有一个绿色的花瓶，那种绿是让你看一眼就喜欢

的绿，至今还被我珍藏在博古架上。

　　我母亲进了城，外婆隔三岔五去城里，什么好吃的都往我母亲那里拿。来的路上，背个背篼，沿路捡松果和柴火。粮食紧缺时，外婆冒着被抓起来批斗的风险，在房前屋后种了豌豆、胡豆、花生。拼命保下了门口的柿子树和橘子树，让一大家子渡过难关。有年外婆看到生产队的几个青年每天都要背一背篼豇豆回家。听人说是去山那边捡的，便喊大舅随他们一起去。谁知晚上回来，别人都背了一背篼，唯独大舅的背篼里只有几根。外婆一问，大舅红着眼说：他们哪里是去捡嘛，是去偷。我就捡了几根他们掉在地上的。外婆一听，忙走过去用衣袖擦干大舅的眼泪道：儿子你做得好，我们人穷志不短，就是饿死也不能去偷。

　　小时候我们几姊妹最盼望的就是外婆进城，她没有一点乡下老人的样子，干干净净，头发绾成发髻，别了一根好看的玉簪，看上去非常干练。她老了后进城都是乡下老表抬着滑竿送来的。老表们说起外婆都一脸敬佩。听他们讲外婆在家里的威望，讲每天早上全家人给她请安的过程，听得我们不相信是真的。外婆的孙儿，我喊二老表，有次我去乡下，他带我去放牛。他把我抱到牛背上，牵着牛鼻子慢悠悠地走在山边。突然，二老表嘿嘿一笑，丢开牵牛的绳子，然后甩了牛一鞭子，牛受惊后，四处奔跑，吓得我扑在牛背上大哭大叫。二老表见状，也吓得大吼大叫：快来人哦，牛跑了！快来人哦，牛跑了！山坡边有个挖地的大叔听到叫声，抓起锄头跑过来帮忙拦牛。二老表赶紧跑过来，把我从牛背上抱下来，一个劲地说：跟你开个玩笑，不晓得吓到你了，千万别给你外婆说。

　　老表们口中威严的外婆，对我们四兄妹却温柔至极，一年四季都给我们带好吃的来，如花生、黄豆、柿子、橘子等。那时候觉得外婆是变戏法的,她的口袋就是聚宝盆,什么好吃的都能变出来。最激动的是她经常带些花花绿绿的油纸糖。外婆家后面有一个秘密工厂,好像是应急电台。厂门口有解放军站岗。工厂附近有宽敞的公路,有一楼一底的宿舍楼,还有一个大大的百货商店。商店里的食品很多,有些我们城里都买不到。工厂还经常在生产队晒谷场放坝坝电影,还给家家户户安上了电灯。工厂里的工人来自全国四面八方,很多都是大城市来的。有些人过完年回来的时候,就给外婆送上一袋糖,外婆舍不得吃总给我们留着。外婆一来就给我们讲工厂那些稀奇事,听得我们满心向往,一到放假就吵着母亲要去外婆家耍。最喜欢的是外婆带着我们去坝上的水沟里撮鱼。我提个小笆笼,站在沟边;几个兄弟手提筼筜,裤脚都没来得及挽就朝水沟里跳。外婆站在沟坎上游拿根拐杖不停地搅水,小鱼小虾顺着水流慢慢游到兄弟们的筼筜里,不一会儿就撮了满满一笼。回家后,外婆把鱼虾洗干净,裹上面粉、蛋清,在油锅里一炸,香喷喷的鱼虾吃得我们满嘴流油。早晨6点钟,外婆把我们从睡梦中摇醒:走,捡麦穗和豌豆了。我们几个翻身下床,提着筼筜一前一后跟在外婆身边。天蒙蒙亮,田里没什么人,我们分成两队,从各自负责的田坎边捡起。一个假期下来,我们捡了一大簸箕麦穗和豌豆。外婆用手把麦粒搓下来晒干碾成麦面,我们几姊妹就剥豌豆。

外婆最后一次来家里好像是1973年春天。她常常坐在太师椅上打瞌睡,时时沉浸在自己的回忆中,有时笑笑,有时抹抹泪。有次她笑着对我说:小女呢,我梦见你表姥爷了,他又在行善好施,煮粥接济穷人。你外婆一生都欠他的。死了好啊,死了就去看看他!一会儿又说:小女别怕,你两个弟弟还小,外婆死不了。有天晚上,我听母亲对外婆说:别天天把死呀活的话挂在嘴巴上,吓到

小娃儿。你没病没痛的,要活100岁。

不久二舅母病逝。这个知书达理的漂亮女人,什么都好,就是身体单薄。生下三儿后,患上严重哮喘。才四十几岁就撇下丈夫和几个儿女走了。二舅难过得死去活来,从此没有再娶。怕外婆伤心,全家人瞒着她。那天逢场,外婆坐在屋外的椅子上晒太阳,突遇乡下邻居,那人闲话间说:蒋大娘,你媳妇好可惜哦,年纪轻轻就走了。外婆听得云里雾里,急忙问:哪个的媳妇走了?乡邻一见说漏了嘴,快步走了。外婆不放心,晚上问母亲前段时间去了哪里。母亲见纸包不住火,哇的一声大哭起来说:二嫂……二嫂走了!外婆一听,悲恸欲绝,竟口吐鲜血,随即晕厥过去。醒来后外婆坚决要回去,老表们第二天来把外婆抬了回去。她先去二舅母的坟墓前站了许久,自言自语说了很多。没有人知道她在说什么,也没有人知道她在想什么。回家后她便一病不起。

星期六的下午,父母带着我们兄妹几人匆匆忙忙地赶往外婆家。外婆已经昏迷不醒。不知啥子原因,在我们的哭声和呼唤声中,外婆慢慢睁开眼。大哥扑在外婆身上,大声喊:快起来外婆,带我去捡麦穗、捡豌豆!两个弟弟也喊:带我们去河沟撮鱼!外婆微笑,摸摸大哥的头,又拉拉小弟的手,说想吃大哥煮的荷包蛋。我躲在父亲身后,边哭边喊外婆快快好起来。大哥端来荷包蛋,把它捣烂,一小口一小口喂给外婆。一天滴水不进一直处于昏迷状态的外婆,断断续续吃完一个荷包蛋。大家长长舒了口气,都以为外婆闯过了鬼门关,谁知第二天外婆便走了。

姑 婆

唐河乡后侧面一片广袤的田野,竹林丛中有棵高高的梨树,树下是姑婆的家。梨树就像勾魂树,一到吃梨季节就吸引着我们兄妹朝姑婆家跑。那甜甜的、黄皮子的梨入口即化。

梨树的树龄有多大?苍老的容颜告诉我它比姑婆的年龄大。梨树原来结的是青皮梨,水分大,但口感粗糙,吃进嘴里总要嚼些梨渣。后来姑老爷将梨树嫁接了黄皮子梨。几年后梨树越长越高,越长越粗,枝繁叶茂。春季花开枝头,远远望去,如一把白色的巨伞撑在田野。

放暑假了。昨天姑婆从乡下带口信喊我们去钩梨吃。清晨,天蒙蒙亮,我和几个兄弟背着军用挎包就要出门。母亲叮嘱:金福带好弟妹,别忘了给姑婆问声好!大哥的挎包里,是父亲带给姑婆的卤鸭子,鸭肚皮里藏着卤脚卤翅。唐河乡离城只有几里路,我们火急火燎地边走边跑。天还早,路上却行人不断,有嘎吱嘎吱喘着粗气的鸡公车,有背菜的,有挑花生的。人们行色匆匆,吃力地朝城头走去。原来今天逢场。

走过唐河乡,从侧面基根道拐进田坎。田里稻子已经成熟,初

升的太阳照着稻田,一片金色。走过几道田坎,绕过一片竹林,便看见姑婆头戴草帽,手扶帽檐,踮着脚向田野张望。

姑婆!我放声高喊。兄弟们一起喊:我们来了,来了……声音在田野上回荡,姑婆听到声音,索性爬到一座土丘上,向我们挥舞草帽。姑婆穿了白底碎花衬衣,真好看。

走到树下,姑婆一下把我搂在怀里,撩起围腰边给我擦汗边说:金福你带弟弟进屋歇一会儿。小弟不干,非要先钩梨吃。姑婆拿出放在树边的"武器",一根长长的竹竿一头绑了一把锋利的镰刀。姑婆递过草帽说:金福拿着,我钩一个你接一个。先钩几个下来,让你们解解渴。

啃着梨走进四合院。四合院很漂亮,土砖青瓦房,一派干净整洁的样子。一扇柴门内别有洞天,地坝上晒了花生、玉米棒子。街沿上的竹竿上挂满衣物。姑婆,老姑爷和二表叔他们一家呢?老姑爷在屋里睡觉,二表叔一家赶场去了。大哥和姑婆一问一答。嘘,小声点,别吵着老姑爷。大哥说着带我们轻手轻脚地去看老姑爷。推开门,老姑爷背对我们蜷缩在木床上。二弟正要过去拉老姑爷起来,跟进门的姑婆拦着:走,别把老姑爷吵醒了。后来才知道,老姑爷醒了会惹很多麻烦。

一直以来,过年吃转转饭,大年三十在我家,初二去姑婆家,初三去外婆家。姑婆待我们几兄妹格外亲,好吃的都给我们留着。每次去姑婆家,回来总是大包小包塞满,什么花生、豆子、玉米、红薯、土鸡蛋等。她恨不得把家里所有能吃的统统让我们带走。有次八孃说:我妈偏心得很,家里的梨,还有其他好吃的东西她全部藏起来,逢场就背回娘家。

我一直好奇姑婆为啥对我们这么好。更小的时候去姑婆家,傍晚时我闹着要去升庵子小学找表妹睡。燕群，太晚了，天又冷，今晚和姑婆睡，明天送你过去，天黑了田坎上不好走。姑婆好说歹说我就是不听。最后，她只能无奈道：走嘛，我送你去。

和姑婆一前一后走着。升庵子小学离姑婆家有3里路程。我的表婶，也就是姑婆的大儿媳是学校校长。她漂亮，有点像电影明星。表妹、表弟在这所学校读书，随母亲住校。升庵子小学以前是庵庙。校园不大，三合院形式。三排土地土砖木门窗瓦房，两边两排是教室和宿舍，前排是办公室，右角是厨房，中间一个地坝。地坝里面可以打篮球、打乒乓球、跳绳。就这一个极简的乡村小学，于当时的我而言无疑是朝拜的圣地，一到星期天，就朝那里跑。表叔当时在重钢厂工作，表妹、表弟的吃穿用度，在一群乡下孩子中算奢侈的。他们的书包、文具盒及文具盒里五花八门的笔、橡皮擦，对我都极具诱惑。表妹小我1岁，生得眉目清秀，瘦高瘦高的，说话细声细语，温柔至极。我们从小就要好，见面有说不完的知心话。睡觉时，她总要给我唱《小星星》。表妹特别大方，什么都舍得送我。我小学时的文具很大一部分是她送的。我喜欢在教室里摆弄文具盒，想引来同学们的注意。哎呀，燕群你啥时候又换文具盒了？好漂亮！这让小小的我虚荣心得到极大的满足。

天黑了，姑婆点燃马灯，上前牵着我。田坎太窄牵着不好走，姑婆只得放手，紧张地跟在后面。小女呢，你要慢点走哦，两边是冬水田，你摔下去怎么得了？我咋跟你爸妈交代哦。她突然喊我小女，这个父母的专属词，从姑婆口中出来温暖了我。我转过身来，抱着姑婆的腰道：姑婆你又不是我亲奶奶，为啥要爱我呢？姑婆不回答我，催促：快走，一会儿我们摔进田里就惨了。

夜深人静时，我们到了升庵子小学。姑婆把我交给睡意蒙胧的

表婶转身要走。妈，太晚了，明天一早回去吧。表婶挽留。不，别冻着了，快带燕群进去和希希一床睡，明早事多。说着姑婆已经走出去几步远。

望着黑夜里姑婆渐渐远去的身影，我的心有点隐隐作痛，怪自己太任性。

姑婆60多岁，看上去比实际年龄年轻。她笑起来有个酒窝，对人极温柔，是方圆十里八村出了名的善人。我曾问表叔，才知道姑婆和我们家的关系。燕群，你爸爸的妹妹你喊啥？六孃。我脱口而出。今后你的孩子喊六孃啥？不晓得。喊姑婆嘛。表叔说着拿出纸笔，把我们两家的关系画给我看。至此，我才明白我为什么要喊姑婆为姑婆。为什么姑婆会像亲奶奶一样爱我。

当我慢慢长大，知道了我们家的家史后，我对姑婆除了爱还多了一份敬重。她就是我在文章里多次提到过的，和哥哥一起随母逃荒到丹棱，半路差点饿死的那个小女孩。当时小女孩才几岁，她躺在破庙里，饿得奄奄一息。我的爷爷，也就是小女孩的哥哥，手握打狗棍，守护在妹妹的身边。这个画面长久在我的脑海浮现，挥之不去。

小女孩和哥哥因了两个鸭蛋而活下来，她从此和哥哥及母亲相依为命。小女孩名叫王树兰，乖巧懂事，哥哥去当学徒，她和母亲在家纺线，帮人缝缝补补。哥哥学成归来自己开店，她成为哥哥的得力助手。

十几年后，王树兰出落得如花似玉，水汪汪的大眼睛，白里透红的脸蛋，两根又粗又黑的麻花辫垂到腰间。说媒的人高高兴兴来，嘟起嘴巴走。她的母亲，也就是我的曾祖母说天干三年，饿不死手艺人，还说土地是穷人的命根子。为此，曾祖母把我姑婆嫁给了乡下一个高大帅气的裁缝师傅,即我的老姑爷。陪嫁是一座四合院,外加七八亩良田。我无法想象当年结婚时的盛况,也无法还原当时王树兰的美丽,还有那个裁缝师傅的帅气。前不久,我问 88 岁的彭阿姨。她证实了姑婆年轻时的美丽:你姑婆漂亮得很,尤其是那双又黑又大的眼睛,呵呵,勾人哦。

我有记忆时,姑婆年近 60 岁。她把一头飘飘长发绾成发髻,发髻上别根青色玉簪,头上缠了长长的黑色纱布。这是那个时代乡下老人家的标配。她一生有 9 个儿女,4 个不幸先后夭折。很难想象,姑婆是怎样在痛苦中把几个儿女拉扯大的。大儿子、大女儿、小女儿先后考上大学和中专,走出了农村;二儿子和二女儿务农。姑婆没有读过书,不会识文断字,但她懂得读书的好处。一个有远见的母亲,竟然拿着鞭子硬逼着儿女进学堂。她凭着坚忍和能干,硬是把孩子们培养成才。表叔在我心里一直是神一样的人物。他一生足够传奇,17 岁考上飞行员,因在北方的冰天雪地训练时伤了眼睛被辞回,后考入重庆大学,分配到重钢工作。王仕清你一生最敬重谁?我曾问患重病的父亲。万丈云!没有任何记忆的父亲脱口而出。2015 年那个悲伤的秋天,父亲躺在殡仪馆的花丛中。年迈的表叔望着棺木里的父亲哭得几度背气,令人动容。

大孃和八孃一个读师范一个上卫校,毕业后大孃当老师,八孃当护士。后来两人都拥有了幸福的家庭,过上自己喜欢的日子。二孃过得也很好。二表叔虽在农村,却是一个有好手艺的泥水匠,日子也过得风生水起。

孩子们长大都出息了,他们分别在各自的工作岗位上忙碌着,老姑爷却病了。从此,姑婆几乎没有过过一天好日子。老姑爷不但做不了农活,还时常帮倒忙。早上晒的海椒,晚上端进屋,第二天

早上又回到地坝里；家里经常莫名丢东西。这些都是老姑爷生病惹的祸。当时不知道老姑爷患什么病，现在想来应该是阿尔茨海默病吧。后来老姑爷瘫痪在床，姑婆护理左右。老姑爷又高又大，姑婆给他翻身擦洗，喂饭喝水，端屎接尿，再苦再累也不吭声。长期的劳累，田间地头的奔波，照顾人的辛劳，让姑婆曾经挺拔的身姿变成一张弓，她仿佛越长越矮。老姑爷躺在床上10多年，身上没有褥疮，这在现在看起来简直是奇迹。1979年老姑爷因病去世。

老姑爷走后，姑婆去大表叔家享了几年的福。她对家庭的爱、对儿孙的好，她的善良和温柔，她的勤劳和智慧，影响了万氏家族和王氏家族两代人。大家都以姑婆为榜样，把各自的家庭经营得和和美美。

1996年姑婆安详地走了。

姑婆虽然走了，却一直活在我心中。在那棵高高的梨树下，她一边拿根长长的竹竿为我们兄妹钩梨一边说：燕群快躲开，小心梨掉下来打着你的头。

小草春晖

我和我的兄弟

今天冬至，我们几兄妹聚在一起吃羊肉。一家人大团聚，唯有我女儿迟迟未到，说在洪雅学校开会，让我们不用等她。

正吃得高兴，忽然大哥说起小时候吃羊肉的事。我说大哥你小时候联合两个弟弟把我欺负惨了。大哥笑弯了腰，掩饰不住的得意。小弟回击：哪个敢欺负你哦，老爸回来你一告状，我们就惨了，要吃笋子炒肉。

小时候最讨厌吃羊肉，老觉得有种怪味。父亲说我身体不好，手脚冰凉，应该多吃羊肉。当时是计划经济，羊肉是稀罕物。父亲想方设法搞来几斤羊肉，熬更守夜炖煮。第二天中午，我们放学进门就闻到一股浓浓的羊肉味道。大哥和两个弟弟一看到羊肉，书包朝桌上一甩，冲到火炉旁就开干。父亲用筷子敲大哥的筷子：给你妹妹炖的，她都没来你们就吃！她不吃羊肉，你打我哥干啥？小弟气呼呼地说。母亲白了父亲一眼，叫我：小女快点，大家都在等你。我躲在里屋，慢悠悠地出来，哼哼唧唧地说：我又不吃羊肉。母亲没好气道：你爸炖了一晚上，你喝两口汤要死人？我一直有点怕母亲，总觉得她对我的爱夹杂着一些复杂的东西。我端起羊肉汤

就像端着中药，脸一仰咕咚咕咚喝了下去。父亲爱怜道：慢慢喝，别烫到喉咙。眨眼的工夫，锅里的羊肉已被兄弟们抢得精光。我拈几片莲花白的叶子就算了事。最气人的是，我肚子还饿得咕咕叫，大哥带着两个弟弟哼着小曲就跑了，边跑边装瘸子。

晚上，二弟说今天吃惨（方言，形容食物非常好吃，美味到了极点）了，羊肉好吃。小弟说以后喊父亲再炖。别做梦了，燕群不吃，爸爸是不会炖的。大哥愤愤地说。小弟是个机灵鬼，说：你们傻呀，就说是姐姐要吃的不就好了。我在隔壁恨得牙痒痒，大声吼道：我就是不吃！

我从小怕黑，半夜三更起夜一定要父亲陪着。父亲把堂屋和厕所的灯打开，在天井边说话，我才敢进厕所。有一天，父母上夜班，几兄弟都不让我进他们的屋，非让我独自睡。冬天的晚上，风吹得木板门窗吱吱响。恍惚间，六孃故事里的吊死鬼在风中叫嚣，吓得我大哭大闹。几兄弟在隔壁偷偷笑。一听到父母的脚步声，小弟一个箭步冲到我床边，迅速钻进被窝警告道：姐，不准告状哈。我只得假装睡着。听到母亲轻声埋怨父亲：给你说过几次了，金福把弟弟妹妹照顾得好，你就是不信。我使劲把被子拉起盖着脸，怕父亲看到我哭红的眼睛。

金福是大哥，长我8岁，属马。后来算命的说，我和这个属相很合。哼，合个鬼，他经常背着父亲，伙同两个弟弟欺负我。暑假里，母亲让大哥带我和弟弟去外婆家玩几天。外婆家在眉山伏龙，离丹棱有20里路。出城不远有一个山洼，洼里有几座坟冢。以往和父母经过这里，我总要左手握紧拳头，右手拉着父亲的手，但背脊还是会发凉。现在，大哥带着两个弟弟在前面跑，我在后面追，追到洼前那户人家时，他们不见了。大哥，大哥，我怕！我带着哭

104

腔的声音传得老远，大哥他们躲在坟冢后就是不答应。这时一阵风吹过，坟头上的丝茅草发出嘶嘶声，我吓得掉头就往城里跑。

不知什么原因，父母为我找了个干爹。干爹姓罗，住在大南街上段。干爹是个瘸子，但心地善良，很爱我，干哥干姐也是很爱我，他们隔三岔五总要让我去家里住上一天。有一次，我带着干爹给的一袋核桃喜滋滋地回家，谁知大哥带着两个弟弟在门口一瘸一拐地唱：瘸子的女儿别回来了，你的妈把你送人了！气得我抓起核桃对他们一阵猛砸。

自从看到父亲打过两个弟弟后，我受了委屈也都不再告状。事情是这样的：有年发大水，洪水退了几天，河坝露了出来。晚饭时，找不到两个弟弟。对门邹大哥跟父亲说：王师傅，河坝头捉鱼的两个小孩有点像王平他们。父亲听了对我道：小女你去把两个弟弟找回来，今晚吃笋子炒肉。听说晚上有肉吃，我跑得飞快，站在南门桥上，扯开嗓子喊：王平，你们快回来，爸爸说今晚吃笋子炒肉。两个弟弟一个拿笆笼，一个提桶，全身湿漉漉的，脸上身上全是泥。桶里有许多小鱼小虾。走嘛姐姐，今晚好安逸，吃肉，还吃炸鱼。弟弟们很高兴。

谁知我们刚进门，父亲一把拖过二弟就打，手中的细鱼竿呼呼作响。父亲边打边说：不准你们去河坝头，你们偏要去，上游一下雨，涨水后把你们冲到外婆家去。二弟痛得哇哇大哭。我被这阵势吓得浑身发抖。父亲又拖过小弟，两竿子下去，小弟哭天喊地，冲到厕所把门反扣上，迅速翻墙躲到马奶奶家里。爸爸气得不行，又要打二弟。我扑通一声跪下来：爸爸别打了，弟弟身体不好！事后，我后悔得很，早晓得吃笋子炒肉是挨竿子，我才不会去喊他们的。

老街记忆

听说大哥是含着金钥匙投胎的,祖母为他取名金福,寓意大富大贵。8岁前他似乎享完了一生的福,曾祖母护着,爷爷奶奶宠着,父母爱着。作为王家的长子重孙,曾祖母希望他可以弥补孙子王仕清没能读书当官的遗憾;爷爷更是把大哥当宝贝疙瘩,几岁了还让后奶奶整天背着。大哥聪明得很,倚在后奶奶身上学顺口溜一学就会,而且能背诵:老爷娶了个后奶奶,脚又大来眼又歪,气得老爷打转转。少不更事的他整天不离口。老爷问谁教的,大哥跑到后奶奶身边,扯着她身上的围腰撒娇卖萌,把一家人逗得合不拢嘴。三年困难时期,饿死的人不计其数。家里人省吃俭用,仍然把大哥当宝贝供着。接下来曾祖母和爷爷去世,大哥7岁时发高烧患上口吃,接着我来报到,大哥的幸福生活戛然而止。

我身体不好,又是女儿,后奶奶和父亲的重心自然偏向我,后奶奶一天到晚抱着我不放。父母上班去了,大哥还要帮助后奶奶照顾我,这种转变让他有点不适应。但这是我的猜想,至于大哥当时是怎样想的,没有人知道。

不久母亲又先后生下二弟王强和小弟德明。二弟原来叫王平,班上同学取笑喊他栾平,那个《智取威虎山》里人见人恨的栾平,这让二弟大为恼火,跑去找班主任帮忙改名。曹老师大笔一挥,在白纸上写下:王强、王成、王刚。二弟查了《新华字典》后,偷了户口簿去派出所把名字改为王强。

二弟在叫王强之前,一直是个病秧子。母亲生下他3个月就没奶了。他经常在母亲怀里饿得哇哇大哭,没办法只得求助别人家,有生娃儿的,抱去吃两口。在我们家借地卖菜的刘大娘生了娃娃,奶水充足,二弟可以说是吃她的奶长大的。二弟还不到3岁,小弟来到了我们家。这时候后奶奶已经病重,家里乱成一锅粥。小弟还

小，二弟经常生病，父亲更是忙完饭店忙家里。让母亲感到欣慰的是，小弟长得白白胖胖、虎头虎脑。她把小弟交给后奶奶，背着二弟拖着我，上眉山，下洪雅，去乐山，到处给二弟寻医问药，加上二弟喜欢游泳、打乒乓球，八九岁时身体慢慢好了起来。

小弟古灵精怪，平时不哭不闹，好像颇懂得为忙碌的父亲和多病的母亲分担忧愁，在后奶奶怀里吃了睡睡了吃。小弟1岁多时，后奶奶已经病得下不了床。她使出浑身解数，用微弱的气力为我们几姊妹做了10多双绣花鞋后，撒手人寰。这个贤淑的女人，把一生的爱无怨无悔地给了王家。后来，每年清明节、春节，母亲带着我们给先辈烧纸磕头，纸钱总有一份是烧给后奶奶王徐氏的。母亲说没有后奶奶就没有我们几姊妹。我知道，母亲对我是内疚的，如果不是后奶奶把我抱走，她也许就听接生婆的话把我丢了。行完礼，磕完头，父亲说：我们王家欠她太多。

后奶奶走后，大哥的任务就更重了。父母上班忙，后来母亲病重住院，大哥给我们既当爹又当妈。他白天煮饭洗衣，晚上为我们烧水洗脚，为了我们他经常上学迟到，没少挨老师和父母的批评。大哥不服气，说凭他的成绩，如果不是我和弟弟的拖累，他肯定能考上大学。

日子越过越苦。大哥带着我们拾柴火、捡煤炭、割牛草、锤石头，贴补家用。当然，也没忘记为我们辅导作业。

二弟自从换了名字，处处都呈刚强之态，读书、干家务、当兵、工作，都一等一的强。小弟是家里的开心果，他嘴巴甜，会哄人，深得大家喜爱。当然，兄弟三人都是孝子，后来父母病重，大哥和小弟尽心尽力照顾父母。

1972年底，大哥上山下乡。在乡下，大哥是一把劳动好手，年

老街记忆

年不仅挣工分赚钱,每次回家不是扫地就是挑水,还跑去为母亲上班的旅店挑水。其时,我已经10岁多了,能够感受到大哥对我的爱。农闲时,大哥总要和几个同学去龙鹄山、杨湾捡柴,我和几个小妹妹下午背着饭菜去红石碑路口接他们。有一天,几乎所有捡柴的人都陆续回到红石碑,把背篼里的柴火分给接人的各家弟妹,吃完饭又过去许久了,我还不见大哥的身影。他的朋友水哥说大哥去砍农户的枞树,怕回不来了。我边哭边朝山上跑,什么坟呀鬼呀统统抛之脑后,跑了很远,突然看到前方路上拐弯处有个人在歇气,背后放了一大背篼柴火。我喜出望外,冲过去扑在大哥身上失声痛哭。大哥身体单薄,捡的柴又多,压得他的身体弯得像一张弓。吃完饭,我去拖背篼上的柴火,想拖点下来给大哥减轻一点负担,大哥打死都不同意。还有一次,看到大哥在厨房里忙,天井旁水缸里没有水了,我拿起扁担,挑起水桶,屁颠屁颠地朝甬道走。不准去,滚到水井里就惨了。你去灶膛里加点柴,我去挑水。大哥阻止道。我不服气,嚷道:人家隔壁显珍、树芳、志均都可以挑水,为什么就不准我挑水呢?别人是别人,你是你。大哥说罢,一把抢过我的扁担,挑起水桶就走。此时此刻,我才晓得大哥有多好。1975年大哥被招工去了成都,之后返回丹棱。

有一次,我去成都看他,帮他整理箱子时,发现一件叠好的衬衣,红梅牌,是我用存钱罐里的钱买来送给他的。想不到时隔8年大哥还保存着,我不由得泪流满面。

1982年前后,二弟、小弟分别去新疆和云南当兵,我也去了重庆读书,在学校最盼望的事就是收到兄弟们的信和明信片。突然有一天,我收到二弟的团长和小弟的参谋长的信,他们感谢我的父母为部队培养了好战士,希望我说服父母,同意把二弟、小弟留在部

队。我好生奇怪，这两位远隔千山万水的首长，信竟如出一辙，而且还同一天到。但最终，两个弟弟还是先后离开部队，回到了丹棱。

前几年，小弟当年的首长——现在的将军，亲自从北京前来丹棱看他。将军说了许多，在自己写的回忆录中还提到小弟。不久，二弟当年的首长也来了。他看到二弟生活得这么好，笑眯眯地说：放心了！放心了！

如果两个弟弟眼下还在部队，会是什么情况，我不得而知。

大哥的知青生活

大哥下放那会儿我即将 11 岁,在欢送仪式上,地坝上坐满了人,大哥和一批男女青年胸前戴着大红花。工作组的领导大声念:何场战斗四队,王金福、马永福、李开忠。两福一忠,定能福来满忠(盅)。

我记住了何场战斗四队,记住了和大哥同队的两个人的名字。其实他们我都熟悉。马永福是表奶奶的儿子,我喊表叔。他胖墩墩的,为人憨厚老实,不善言辞,一说话脸就红到脖子根。李开忠是母亲的同乡同事、好朋友苏孃孃的儿子。他瘦高帅气,透露出一股精灵劲,能歌善舞,是个十足的文青。

我有土地情结,牢记曾祖母的家训:土地是穷人的命根子。母亲来自农村,带领我们几兄妹在河边开荒种地。她小时候不懂农事,但为了生存,学着种菜。小小的一方地就像一个聚宝盆,冬瓜、南瓜、萝卜、芹菜、豇豆、茄子、海椒、番茄、大葱、蒜苗跟随季节轮番上桌。父亲在家做饭时,总要喊,小女快去地里摘点时鲜菜。我屁颠屁颠端着筲箕朝河边跑,摘菜时的喜悦至今忘不了。

每次去外婆家那几天,清早起床,我头不梳脸不洗,就跑去田边地角捡豌豆、胡豆、小麦穗。外婆说，庄稼人只要勤快就饿不死。

大哥特别勤快，他是家里的顶梁柱。有他在，我和两个弟弟就不会挨饿。父母工作忙，常常早出晚归。大哥除了上学以外，还要负责我们的一日三餐，带着我们做家务，侍弄自留地里的蔬菜。到了星期天，他还要和伙伴们去山上捡柴火。下乡前，他曾到县机砖厂打零工。月薪28元，给母亲25元。

我梦想能干的大哥在广阔天地大有作为，他会背回我喜欢吃的花生及甘蔗，从此家里有吃不完的新米及清油。谁知赶场那天，大哥回来时，又黑又瘦，身穿白色背心，肩膀上被勒出一道道红印，裤脚高挽，腿上沾满泥巴，脚穿一双军用胶鞋。我望着他，半天回不过神来。我擦了擦眼，才两个月不见，这还是我先前的大哥吗？大哥尴尬地笑了笑，用手摸摸我的头。没啥事，最近农忙。说着从天井的石缸里舀了几瓢水冲洗脚上的泥巴。我跑进里屋给他拿来凉鞋。梦想一瞬间化为泡影。

大哥洗完脚，拿起扫把扫地。我抢过扫把：大哥你歇息，我来扫。从那天起我开始懂事，懂得心疼大哥，也学会了洗衣做饭收拾屋子。总之，从那天起我变得越来越勤快，越来越能干。

饭桌上，大哥把乡下的情况大致说了下。全生产队共有一两百亩土地，全劳力80多个，每月出工27天。早上天不亮出早工，9点钟收工；上午10点出工，下午2点收工；4点出工，晚上8点收工。队里有人家里有老人煮好饭等着他们回去吃。我们就惨了，累得筋疲力尽，回来连口热饭都捞不上，大多时候是开水泡饭，油水都没有一滴。大哥说得轻描淡写，母亲听得眼泪汪汪。

大哥走时，母亲把好吃的装了一大包。后来母亲隔三岔五熬猪

油、炒肉臊子，我就成了名副其实的运输队员。何场战斗四队比我们学校的分校要远一点，离城有8里路程。从南门山去何场的半路上右拐进去，再穿过一溜密密的树林就到了。

星期天，母亲把准备好的东西放在帆布背包里，叮嘱我背好，路上注意安全。又侧头对站在旁边的严孃孃说：麻烦你带小女一程，她胆小。严孃孃搓着手说：不麻烦，不麻烦，顺路。我认得严孃孃，她住我们家斜对面，原是食堂职工，因为成分问题被下放到乡下农场，那个农场恰好在大哥生产队后面，昨天她进城办事，今天返回，母亲便托她带着我。

严孃孃和我一前一后走着。她高得有些离谱，高到我要仰起脸才能看到她的全身。她40多岁，身着阴丹蓝侧边扣上衣，盘起头发，缠上纱布，脸盘好看，像月亮一样白嫩。我有意与她拉开距离，心想：母亲多事，竟然找个地主婆给我带路。被朋友们看到，那还得了。

才爬上南门山缓缓的长脚坡，我已累得气喘吁吁，用手巾不停擦汗。严孃孃有意放慢脚步，待我走近时，她执意要帮我背背包：来，燕群把包给我，路还远。我拉着背包死活不肯，随即甩开她的手朝前面跑去。她手长脚长，三步并作两步地赶上我，拿出蒲扇给我打扇。燕群，慢慢走。她声音极细，温温柔柔，不管我喜不喜欢，不停地给我打扇，并介绍沿途的植物。电影里的地主婆不都是凶神恶煞的吗？她身上怎么连一点地主婆的影子都没有呢？走完大路，拐进小路，深深的、密密的树林让我倒吸一口凉气。我不敢快走，眼睛左瞄右瞄，看林边田坎上有没有头上长丝茅草的坟墓。刚转过身，脚下踩到不起眼的小坟，我吓得脸色铁青，心跳加速，手心冒汗，双脚打战。严孃孃上前抓住我的手：别怕，燕群，前面有户人家，我们过去坐坐。她轻轻地握着我的手，边走边讲生老病死的自然规律。我似懂非懂地抬头望望她，这个地主婆让我感到从未有过的亲切。她讲了很多，我记得有一句类似格言的话：平生不做亏心事，夜半不怕鬼敲门。她知书达理，温文尔雅，颠覆了我对地主婆的认知。听着她的话，不知不觉走过了树林。

严孃孃把我交到大哥手里时，正好是吃午饭的时候。她仿佛完成了一件神圣的使命，叮嘱大哥几句就匆忙而去。一间土砖茅草房住了3个大男人，方桌上摆了一盆白菜汤。我刚把一瓶肉臊子拿出来，开忠哥一下夺过玻璃瓶，拧开盖拿筷子一搅，一大坨肉臊子就跑到他碗里了。我急得直跺脚，正要去抓瓶子，老实巴交的永福表叔见状，竟也学着开忠哥的样子，抖了一大坨。完了完了，母亲在家辛苦了半天，满满一大瓶肉臊子就这样被他们分了一半。我急得直流眼泪，把剩下的赶紧朝大哥碗里倒。

我把猪油拿出来，示意大哥放在柜子里锁住。谁知大哥哈哈大笑说：挖个坑埋下，他们掘地三尺也能找到，还上锁？我嘟囔道：怕天天背来都不够他们抢。

后来母亲生病住院，熬猪油、炒肉臊子的事就落在了我头上。父亲把猪板油洗干净并切成小块，让我小火熬。我一个人又搭柴火又铲锅，手忙脚乱。不久锅里出了一大锅油。拐了（方言，糟了），是不是水哦。我赶紧把面上的舀了几瓢倒进天井，一会儿，天井里白花花一片，拿手一摸竟然是油。第一次熬油，就闹出了笑话。这笑话藏在我心里50年，今天终于让它见光了。剁肉是最辛苦的，父亲已经把肉切成薄片，但我依然使出吃奶的劲，才把薄片弄成肉末。我往碎肉里放了盐，倒完酱油搅拌均匀后放一边，再把芽菜洗净切碎备用。我烧辣锅（方言，将锅烧热），锅里放入清油，等清

油冒烟时，倒入肉末翻炒，肉香味越来越浓，再倒入碎芽菜翻炒均匀就大功告成了。芽菜和肉末是绝配，那种香味从厨房飘向天井慢慢升腾至天空。

记不清是第几次去看大哥了，严嬢嬢已经调回城里食堂，她再没有陪我走过那条路。不过，每次我走过树林时总会想起她的话。那天我又背着好吃货上路。刚走到机砖厂，见前面围了几个人，跑过去一看，公路上横着两条大蛇。大人们都不敢贸然前行，我直接吓得跑回家。母亲说：蛇不轻易咬人。大哥十几天没有见过油荤了，他盼着你呢！我抹了把眼泪再次上路。再到公路时，蛇已经消失得无影无踪，我跟在几个大人的身后飞快地走。

放暑假，我带着两个弟弟去看大哥。为了感谢我们不厌其烦地为他送吃的，大哥他们仨决定犒劳一下我们。开忠哥煞有介事地说：明天中午各人备一菜，金福晚上你带弟弟妹妹去逮黄鳝，永福负责抓青蛙，我嘛……嘿嘿，兄弟伙晓得的。大哥听罢，急得口吃：警……警告你别乱来哈。

两个弟弟听说要去逮黄鳝、抓青蛙，高兴得跳起来。我嘟着嘴说：不去不去，我负责洗切葱姜蒜。天一黑，他们拿着各自的"武器"出门，偌大的房子里剩我一人，煤油灯一闪一闪，风吹着房外高高的树，发出的声音有点瘆人。我冲出门大喊：等等我！

第二天午饭，大哥做的大蒜烧鳝鱼，色香味俱全；永福表叔的青豆米烧青蛙，油亮亮的；开忠哥端出的是一锅芋儿炖老母鸡，揭开锅盖，浓香扑鼻。大哥又急得口吃：这鸡……这鸡？开忠哥手一挥道：找老乡借的，不是偷的，放心吃，放心吃。说完又拿酒来。一杯白开水分成6份，里面洒了几滴白酒。大家你一杯，我一杯，喝过脸上红霞飞。6岁的小弟也喝得像模像样。后来大哥说，这是他三年知青生活吃得最开心的一顿饭。

永福表叔表面老实,其实肚子里有不少坏水,他看不惯开忠哥的霸道,说又说不赢,便恶作剧。一天他看见有座坟墓上的对联写得好,便抄下来,找人写来贴在开忠哥的房门上。上联是墓前秋月照;下联是岭上梅花香;横批是山清水秀。开忠哥早上起来一看,气得半死。永福表叔任他骂就是不还口,一个劲地笑。还有次永福表叔把大哥和开忠哥气得十几天没有和他说话。11月份甘蔗丰收,队里全劳力苦战几天,把甘蔗收割后送到糖厂,换来红糖,每人分了一斤半。那两天大哥和开忠哥外出有事耽搁,永福表叔就去领了3个人的。等两人回来,永福表叔居然把3个人的红糖吃得干干净净。大哥握紧拳头又松开,终究还是没有挥出去。开忠哥不干了,盼星星盼月亮,盼了一年的红糖说没就没了。他一拳抡出去,永福表叔抱着头哭得稀里哗啦。永福表叔自知理亏,一连十几天去大哥和开忠哥的自留地里帮助松土、锄草、浇水,这件事才了结。

和永福表叔相反,开忠哥精灵得很。他是大队宣传队的骨干,特别喜欢拉小提琴。每当夜深人静时,一曲小提琴拉得如泣如诉。这在当初城里都是奢侈,更别说是在偏僻的乡村。琴声悠扬,不知拨动了多少姑娘的心弦。难怪他总能找到姑娘借鸡吃。后来大队小学老师生病,他去当了三个月的代课老师。他想吃嫩豌豆尖,竟发动学生们去田坎边偷摘队里的。他天天做着艺术梦,根本不想到地里干活。他说当农民就是背着太阳包过山,这种日子他一天都不想过。自留地他也懒得种,他的外婆在不远处的农场,时常来帮忙种地。

两年后,大哥似乎适应了知青生活,用自己单薄的身体换来了丰收的喜悦。在生产队有很多倒找户的情况下,他靠挣工分换来了

100多元钱,这在整个生产队是奇迹。大哥的自留地种了玉米、海椒,一背篼一背篼往家里背。我捧着海椒感叹:大哥,这红海椒好巴适(方言,正宗地道)哦,可以拿来泡。大哥便说:走哇,地里还有很多,星期天去帮忙摘一下。

我背着小背篼站在海椒地里,太阳照在红红的海椒上,惹得我心痒痒的。戴了草帽,才摘了几行,全身就毛焦火辣。我心急火燎抓住海椒一阵乱扯,不料海椒浆迸到了眼里,辣得我大哭,这才知道当农民不易,要付出多少心血才能换回那些果实。

不久大哥迁到了何场街上的红旗一队。队长是残疾人,可脑子够用,懂得多种经营,为队里人谋了不少福利。大哥在这个队里住宿和伙食都好了许多,我再不用给他送吃的。不过他还是很怀念在战斗四队和两个队友的生活。

又过了一年,也就是当了三年知青后,大哥如愿招工到成都。开忠哥进了眉山车辆厂,后考上大学。永福表叔进了青神仪表厂。

写这篇文章时,大哥已年近七旬,两鬓斑白却精神抖擞。听说永福表叔前几年去了另一个世界;开忠哥大学毕业后当过老师,后经商成了一个大老板。

家有二宝

二宝是小弟的外孙，今年 5 岁。他是个喜欢运动、古灵精怪又心地善良的孩子。

寻　宝

那年二宝两岁，刚刚可以自己上下楼梯。某天上午他爬上二楼，跑到我家寻宝。

我家墙上挂着一些旅游纪念品，如项链、手串、石头吊坠等。他推门进来，抬起头眼睛直勾勾地盯着那面墙，嘴里一边说着姑婆家好多宝藏，一边伸手要抱。我弯腰抱起他，他抓住一个石头吊坠不放。喜欢吗？我问。妈妈喜欢！他答。呵呵，原来小家伙是来帮妈妈打劫的。

高跟鞋

侄女爱美，喜欢穿高跟鞋，有十几双。我年轻时也喜欢，现在

嘛,坡跟鞋更适合我。

一天我去小弟家,二宝正在摆弄自己的存钱罐。姑婆我有好多钱,你拿去买高跟鞋,足够你买3双。哈哈,姑婆老了不喜欢穿高跟鞋。我笑得前仰后合。小家伙有点不信,跑去把他妈的高跟鞋提给我试。姑婆穿嘛,穿了长高高。见我没动静,他又补一句:我还是觉得女生穿高跟鞋好看。

不能碰

二宝喜欢到我家串门,一进屋就翻箱倒柜,找他喜欢的东西。一天他拉开办公桌的抽屉,瞪大眼睛说:姑婆好多钱哦,我要买卡片。抽屉里正躺着几叠钞票,是刚刚取回来准备付的货款。我连忙说那是饭店货款,任何人都不能碰的。他赶紧缩回手关上抽屉,反复嘟囔:饭店的钱是任何人都不能碰的。

陷　阱

一天放学后,二宝在梅花树下鼓捣。他将一根竹竿放在树枝间,又在竹竿上绑了根长长的绳子,再把绳子这头绑在水塘边的紫薇树上。做好这一切,他跑到水塘前若无其事地打水枪,眼睛却一直往树那边张望。

我走出来,想去围着水塘石头路走上几圈。刚下门梯,二宝丢下水枪冲到我面前,食指往嘴巴上一按:嘘,姑婆走这边,那里有陷阱。我轻声问:你这陷阱在等谁?二宝狠狠地说:哪个凶我,陷阱就把他弹到天上去。

我 13 岁长大

一直没有机会单独带二宝。今年他妈妈带他姐姐去成都读书，他留在丹棱读幼儿园，由小弟两口子带。那天小弟他们去外地参加战友女儿的婚礼，二宝由我负责照看半天。

下午牵着二宝去饭店吃饭，他突然说：姑婆，我负责任地告诉你，等我长到 13 岁就长大了，可惜啊你老了。别怕，我养你哦。

晚上二宝要去玩轮滑，我背轮滑鞋，他背纸巾和水杯。刚走出院门，二宝冲到小黄车前说：姑婆我们骑小黄车去。呵呵，对不起，姑婆骑不来。很简单的，你用手机扫二维码就行。不是扫码的事，我骑不来电动车。来来来，我教你，他用手指着二维码说，先扫这个，坐上去，两只手握着把手，车就跑了。我扮个鬼脸说：姑婆老了，学不会学不会。二宝失望地望望我，双手叉腰，右脚往地上使劲一跺，一副恨铁不成钢的样子。你咋这么笨嘛。哎呀，算了算了，只有等我 13 岁长大搭你哦。

亲姑婆

吃饭时，我问二宝喜欢谁。他以往会脱口而出喜欢姑婆，我就会笑开花。今天他说了几个喜欢的人的名字，就是没有"姑婆"两字。我有些落寞，不甘地问：二宝你为啥不喜欢姑婆了呢？他歪着脑袋道：我喜欢亲姑婆。哎呀，我就是你亲姑婆啊！不，我做错事了，亲姑婆不会批评我，她还会包容我，给我买玩具。你会说我，又不给我买。

仗剑走天涯

二宝玩具太多,家里到处丢,弟妹天天收拾,疲惫不堪,所以大家都不再给他乱买玩具。一个星期天的下午,又是我单独带他。走,姑婆,我带你去九龙广场玩。小家伙鬼点子多,一定是有求于我了。

广场有很多卖玩具的,他假装东看看西瞧瞧,就是不说要的话。我也装作不知道,说:走喂,你奕姐姐回来了,我们去二爸店里看她。一听奕姐姐回来了,他立马抱着一个公主娃娃,说:给姐姐买这礼物吧。姐姐大了,这太小儿科,不买。他抱着娃娃不放。老板打帮腔,说不贵不贵。搞得我很尴尬,只得掏出手机准备扫码付钱。说时迟那时快,二宝丢下公主娃娃扑到水桶边拿起一把剑。姑婆,我要仗剑走天涯!说着右手抽出剑,左脚甩出去,做了个武术的动作。老板哈哈大笑,一个劲地夸这娃娃太帅了。我赶紧扫码付钱。

逛沧浪公园

今天下午两点大宝随妈妈回成都。小弟两口子有事,我闲着,自然带二宝。

自从二宝知道我不会骑电动车后,出门摸一摸身边的小黄车,便知趣地跟在我的后头走。沿新建的滨河路,我们边走边摆龙门阵。姑婆你看河对面公园好热闹哦。天气很好,冬日里阳光温暖,公园里大人拿着垫子在草坪上晒太阳,小孩索性在草坪上打滚。

走，二宝，我们去逛对面的公园。

二宝听说去逛公园，立马来了精神，走得雄赳赳气昂昂，时不时站到坎坎上往下跳。

从滨河路上来，一片菜地绿油油。二宝，这是豌豆，那是胡豆，那边还有青菜。他对菜不感兴趣，却被原来关羽庙东倒西歪的房子惊讶到了。姑婆，这么烂的房子有人住吗？他们是不是很穷，没钱修房子？他一连问了我几个问题。不，这里已经没有人住了，是别人放农具的房子。我解释了很久他才似信非信地点点头。

走上遂资眉高速大桥，他风一般朝沧浪公园跑去。慢点，慢点！我追着喊着。刚到公园门口，二宝在前面脸红脖子粗，又跺脚又甩手地说：姑婆你跑哪去了？我还以为你被坏人抓走了呢，你好好跟着我走嘛。

我们在公园里跑啊跳啊，在芦苇中躲猫猫、拍照，在草坪上打滚儿，玩古诗接龙。

耍够了，我们往回走。二宝是运动健将，跑得飞快，累得我气喘吁吁。慢点喂二宝。姑婆我口渴了，前面买水。他说着又朝前面冲锋。

追上去，二宝站在自动贩卖机前守候多时。他手握10元大钞，左看又瞧，不知该如何用钱换出水。姑婆快来扫二维码，机器不要钱。不行，这是冷水，你妈妈不准喝。准喝的，妈妈买过。我讲条件，只准一小口一小口喝。好好好，姑婆啰唆。二宝选了一瓶"六个柠檬"，扫码后，饮料落下来，二宝轻车熟路地取出。

三八节礼物

三八节到了,一早起来手机上收到无数祝福,还有红包。可我心里还是空落落的,鲜花呢、礼物呢?

傍晚,我在楼上看书。姑婆!姑婆!二宝在楼下大声呼喊。哎——我一边答应一边走过去开门,刚打开门,二宝手举一幅自己画的画站在门外。画上面是蓝色的星空,下面贴了蓝色的丝带。姑婆,节日快乐!还没等我反应过来,他竟单膝跪地,很绅士地把画递给我。

小草春晖

女儿唐诗蕾

那年去外地参加笔会,唱歌、跳舞、登山、游湖,回来后激动得想立马当个诗人,于是托朋友打听去鲁迅文学院进修之事。不巧,学潮刚过,鲁迅文学院当年停止招生;又不巧,发现自己怀孕。前几年疾病缠身,本想出去读两年书,一来增加点知识,二来让身体休养生息一段时间,谁知两个不巧碰到了一起。我有浅浅的担忧,怕之前生病吃的药对胎儿有影响;又有淡淡的喜悦,终于可以当母亲了。我在不安和喜悦之间徘徊,在要孩子还是不要孩子之间拿不定主意。最后,我决定生下孩子,无论他或她生下来是什么样子,起码圆了我当母亲的梦。

家里人听说我怀孕后自然高兴。在这之前,老街邻里们悄悄在传,燕子·骨瘦如柴的,风都要吹倒,生得出啥子娃娃哦。婆婆妈叮嘱我,千万别到处乱跑,别坐车,怕伤到肚子里的胎儿。

说来奇怪得很,自从怀孕以后,我的饭量是空前地好,每餐要吃一大碗饭和蔬菜;睡眠也是空前地好,倒床就呼呼入睡。也有感冒咳嗽的时候,一般不打针吃药,扛一扛就过去了。从来不吐不晕,有啥吃啥。后来看见其他人怀孕,吐得死去活来,要吃酸的辣

的，觉得不可思议。怀个孕有那么娇气吗？刚开始母亲还防着我，怕我私自去医院做傻事。妈放心喂，这个娃娃肯定是上天赐给我的礼物，不然的话我为什么怀得这么轻松？

当时也时兴胎教，我整天听磁带，听唐诗宋词。有时拿着一些喜欢的诗大声朗诵，心想这辈子我怕是当不成诗人了，寄希望于肚里的娃娃吧。

肚子越来越大，顺顺利利过了8个月，胃口逐渐不大好，心口顶得痛。那天婆婆妈跑来找我，说中医院来了个很厉害的女医生，非要我去检查一下。随婆婆妈来到医院，一看那个医生比我还年轻，不屑地道：就她？我极不情愿地躺在床上，年轻女医生拿着听诊器在我肚子上左听听右听听，之后用手在我肚子上又摸又按。我反感地说：别按到娃娃了。女医生笑而不答，扯下口罩，露出两排洁白的牙齿。你最近是不是觉得心口顶得痛，胃口不好，睡眠也不好？她一连问了我几个问题，个个都问到了点子上。哦，这个年轻女医生还有两把刷子。我连忙回答：就是，就是。语气温柔了许多。你怀的是立身子，胎儿的脑壳刚好顶到你的心口。啥叫立身子？我侧过头盯着她问，有危险吗？你早该来医院检查，前两个月做做操还可以倒过来，现在不行了。临产时要注意，有感觉了就去医院剖腹，顺产有生命危险。我听得手心冒汗，婆婆妈赔笑道：谢谢医生，剖腹就剖腹，别去做什么操，折断了胎儿手脚就麻烦了。

下床后认真打量了一下女医生，一头披肩发绾成一个圈，一身白大褂难掩她修长的身段，鼻子上架了副眼镜，知性里透着干练。她就是后来成了知名作家的林雪儿——我一生最好的朋友！当时她刚从卫校毕业分到丹棱中医院。

刚刚过了28岁生日，还有一个月就是预产期了。肖嬢提前来到家里，准备好胎儿的一切用品。万事皆备，只欠东风。可是，时间一天天过去，我的肚子一点临产的反应都没有，肚子大得像要爆炸，胎儿在里面拳打脚踢，时不时还脑壳向上一耸，就是不见有生产的迹象。走在大街小巷，逢人都在问：燕子啥时候"爆炸"？

5月8号是预产期，我在家人和朋友们的簇拥下前往人民医院。陈医生调侃道：王燕群你要生个公主还是王子？来了这么多人。医生检查了两次，都说还早，回家去等有感觉了再来。可是婆婆妈说今天是预产期，非要生，怕推迟会有危险。医生说打催胎针。针打了半天，肚子还是没有动静，只得剖宫产。

之前找了外科"一把刀"，后来的梅院长，他是个古道热肠、讲义气的人！当天，他在会场做学术交流报告，完了后立马跑到产房。梅院长知道我以前生病的事。不管什么情况，您都要让我见一见孩子，我央求道。下午4点45分，我在没有任何临产反应的情况下剖腹，产下女儿。当听到婴儿哇的一声啼哭时，我悬着的心终于放下了。梅院长检查完婴儿，道：恭喜燕群，是个女儿，一切正常。我用尽所有力气流着泪说了声谢谢。抬头望了一眼梅院长手里的女儿便昏迷过去。我是怎样被推出产房，亲人和朋友们是怎样的欢喜我不知道。后来听芳芳说，女儿生下来很漂亮，粉嘟嘟的脸、红润润的嘴唇和指甲。

公元1990年5月8日这一天是我人生中最重要的日子！

当我从昏迷中醒来已经是第二天了。麻药过后伤口钻心的痛让我一点都不能动。肚子饿得咕咕叫，嘴唇干裂，医生说要放了屁才能进食。熬到下午放了屁后却没有了食欲。第三天早上，女儿父亲端来一碗鱼圆子，我吃了两个就开始吐。可吃不下就没有奶。一会儿肖嬢抱着女儿来，同我道：燕群，给女儿吸下奶，再不吸怕奶回

了就麻烦了。女儿吸了半天没吸到两口,痛得我全身冒冷汗。女儿吃奶时,我仔细看着她,突然惊叫起来:肖孃你是不是抱错了,我女儿为啥长这个样子?芳芳不是说很漂亮吗?婆婆妈一下子打断我:别乱说,我们这两天一步都没离开过她。

回家后,伤口慢慢愈合,依然吃不得,一次只能吃两个蛋花,还要少油。那时候市场上好像还没有什么奶粉,没有奶水只能给女儿吃婴儿米粉。床边的五斗柜上摆满了瓶子,全是各种水,什么萝卜水、麦冬水等,半夜女儿哼两声,肖孃立即起床,舀几勺米粉在奶瓶里,用开水冲化再加上萝卜水、麦冬水。3分钟后女儿准哭,必须赶在3分钟内调好。女儿一天一个样,可还是虚弱得很,头上的囟门还没长拢。医生说女儿迟几天出来身体会好许多。

女儿还没有名字,之前在医院里取的名字唐一凡,女儿的爷爷不同意,说我崇洋媚外,还取了个"洋名字"。其实经历过生死之后,我希望女儿的生活能一帆风顺,本想叫"一凡",想不到喊出口就成了"依凡",就有了一点外国味。为这事我还专门写了一首诗《名字的风波》。5月中旬,小城栀子花开得满城香,有一天夏叶来看我,捧了一束栀子花苞,插在花瓶里,说等它慢慢开放。望着花苞我突然灵光一闪,女儿就叫诗蕾吧。唐诗蕾,既朗朗上口,又寄托了我的梦想,希望她今后成长为一朵诗歌奇葩。

这个名字得到所有人的赞美!后来我在《星星》诗刊开设的诗歌研修函授班学习,指导老师还夸我女儿的名字起得好,说比他孙女的名字有意蕴。他的孙女叫刘诗常,在美国读书。

女儿3个月了,虽然没有我想象中漂亮,但越来越可爱。生她之前我接到北京一家杂志社的邀请函,去参加诗歌笔会。那时候诗歌于我而言就是生的动力,自然不想放弃。女儿虽说一天只吃几口奶，毕竟没有断奶。我内心左右摇摆，最终还是丢下女儿，登上了去北京的列车。

15天后，我风尘仆仆地从北京回来，顾不得旅途疲劳、满身尘埃，一口气爬上七楼。推开门，看到女儿熟睡的样子，我双脚一软，倒在女儿旁边睡了好几个小时。

女儿开始牙牙学语，说的第一个字是买。她7个多月时，我抱着她去正街上吴叔摊子买过山楂片，谁知隔了十几天再抱她上街，走到吴叔摊子时，她挥舞着冻得发红的小手，一个劲指着前方喊：买，买！不久她姑妈结婚，成都奶奶抓了把糖，小蕾蕾吃糖，10个月的女儿在奶奶手里乱抓，不小心掉了两颗，她在我身上挣扎着下去，嘴里不停地喊：捡，捡。我心里咯噔一下。女儿开口的第一、第二个字都与吃有关，估计长大是个好吃嘴。

女儿果然喜欢吃，1岁多就吵着要钱去摊子上买东西，她奶奶爱得很，只要女儿开口，就掏包包。女儿喜欢吃脑壳里的脑花，家里逢年过节，桌上的鸡鸭鱼几乎都没有脑壳。

女儿两岁多的时候已经会背一些唐诗宋词。我把诗歌编成肢体语言，一字一句教。她聪明得很，教几遍就记得了，时不时会冒出几句你意想不到的句子。一次推着她去街上耍，坐在小推车里，她手里拿了本《星星》诗刊，煞有介事地吟着。诗蕾你这么小就会读诗啦？她骄傲地回一句：床床明月光，疑是地上霜。蕾儿，是床前明月光，不是床床。她把头摇成拨浪鼓。

女儿3岁时，用钱的地方越来越多，我那一点点工资远远不够，我决定南下打工。这是我人生的重大转折，也是让我肠子悔青的一个决定。如果没有外出，我打不开思维格局，不可能有自己后来的创业梦想。但出去了两年，缺失了对女儿人生中最重要阶段的

陪伴。尽管我在佛山给女儿写信、寄明信片、通电话，我却感到女儿对我情感依赖越来越少。一天，女儿给我下了最后通牒，电话里一改往日奶声奶气的声音，严肃得像个小大人：妈妈，妹妹袜子有个洞，你要回来就马上回来，不回来就永远别回来。我马不停蹄地递交辞职信，拒绝公司的挽留，回到了女儿身边。时隔两年，女儿变化太大，她不再喜欢唐诗宋词，满嘴皆是世俗味；而且和我生分得很，背后喊我王老虎。后来，我经常给员工讲，陪伴孩子比挣钱更重要，我就是例子。

女儿已经"无法无天"，想干啥子就要干啥子。她在家里俨然一个小霸王，万事都由着性子来。爷爷奶奶百般宠爱：读书或跳舞，奶奶端着饮料等在铁门外；到老师家补课，奶奶提前去占位子；时鲜水果每天不断。爷爷奶奶对女儿是有求必应。我知道这样下去会毁了女儿，却一点办法都没有。有天早上电话铃响，女儿奶奶在电话那头边哭边说："你快来，诗蕾大冷天不穿秋衣。我拿枕巾轻轻拂她一下，她就躺在床上不起来，说我把她打痛了。眼看上课快迟到了，我硬是拿她没法哦。"

我快步跑过去，登上4楼。女儿一见我，立马翻身下床，我在给她穿秋衣时，她背过身，把核桃给我剥出来。奶奶仿佛接到圣旨，核桃锤得叮当响。

不久我和丈夫分手，天天为生计奔波，很少陪伴她。"生计"这个词又成了没有陪伴女儿的借口。那时候，私立学校如雨后春笋般涌现，我顶着巨大的压力把女儿送到了眉山映天学校。

第一次送女儿去映天学校，校园环境优美，教室明亮，住宿条件也好，她兴奋得手舞足蹈。妈妈你们回去吧，我喜欢这里。说着她笑眯眯地挥手告别。谁知隔几天去看她时，她郁郁寡欢，带着哭腔说：妈妈带我回家。新鲜劲过去，她开始强烈反抗，整天哭闹着要找爷爷奶奶。我们去看她时，更是又哭又跳，每次都要惊动班主任，我们连说带哄，她才哭着走进教室。为了方便经常去看女儿，我索性在学校附近开了仕清园分店。

多亏了好朋友棱子，她家在眉山，她几乎每个星期都要去看女儿。给女儿带吃的，鼓励女儿写作，帮助女儿改稿并在报刊上发表文章。后来女儿自作主张拜棱子为师。这个老师亦师亦母，以独特的方式陪伴在女儿左右，帮助她穿越人生无数风雨。

女儿慢慢地适应了校园生活。她成了班上的开心果，大家都喜欢她。放假时，我去接她，看她书包里装满了字典、圆珠笔、本子等学习用品。蕾儿，你买这么多，用得完吗？不是买的，全是赚的。她得意地讲她在班上组织抽奖活动的过程，完全是空手套白狼，把同学们哄得团团转。你这鬼丫头，点子多。难怪我去接她时，大家对我热情得很，原来是沾了女儿的光。

两年后，女儿在学校如鱼得水，过得优哉游哉。月度假她总要从家里带许多零食，饼干、糖果应有尽有。少带点零食，你吃饱了还吃啥饭哦。女儿诡异一笑，妈妈你不懂。有一天，大侄女说：诗蕾写信喊我给她多带点零食，我买了十几种，装了一大袋，哪个晓得东馆堵车，我没去成。啥子呢，她走时带了那么多，又喊你带？后来女儿和大侄女的对话让我笑弯了腰。哎呀妈呀，你堵车没来，害得我少赚了好多钱哦。你下次来多带点，赚了钱我们平分。都是有钱人家，不赚白不赚。你又不早说，你要啥子就写信嘛。我如梦初醒，原来女儿把零食带进学校，以高价转卖给馋嘴的同学。

女儿将经商的潜能发挥到极致。她赚了人家的钱，还要人家帮她数钱。后来学校里开展各种活动，她只逛庙会，为班上挣班费。

放假了,我去接她,同学们叽里呱啦:阿姨,诗蕾可精灵了,给我们班挣了好多钱。她还让我们抽奖,安逸得很……面对表扬她的同学,诗蕾挥挥手,云淡风轻的样子真的很洒脱。

女儿小学毕业后,我又做出一个愚蠢的决定,送她到乐山外国语学校。初中正是孩子青春叛逆期,作为母亲我没有陪伴左右,反而把她送得更远。和小学不一样,初中学业更加繁重。她开始厌学,开始攀比,早恋,甚至不要我穿花衣服去接她。喂,你大小是个老板嘛,别穿得像个东北大妈。

送女儿去乐山外国语学校,是我望女成凤的私心在作祟。然而,不但没有成凤,差点成灾。初二时,女儿的奶奶突发脑出血,经过全力抢救保住了性命。之前女儿爷爷也是突发此病去世的。当时才几岁的女儿哭得死去活来,她边哭边诉:爷爷你走了,再也没有人帮我削水果了;你走了,再也没有人帮我划甘蔗了……

她奶奶躺在抢救室,我紧紧握着女儿的手,想给她力量。女儿红肿的眼睛里没有胆怯,她说:没有了爷爷不可以再失去奶奶。自从她奶奶瘫痪,姑妈家的氛围就令人很窒息。放假回去再听不到奶奶嘘寒问暖的声音。后来,女儿说那些日子,她如同一个木偶,行尸走肉般活着。当初,我为什么就没想到把她接回来呢?

后来女儿做主,返回丹棱读高中。在外面读了几年书,她最大的收获就是独立生活能力强。年年开学前,她去超市把生活用品、学习用品全部准备好,装箱的速度一流。想起她上小学时,有天我们在三苏广场附近闲逛,遭遇大雨。我们顶着油纸袋边走边跑,狼狈地逃到宿舍,她焦急地说:妈快吹吹头发,你身体不好,别感冒了。初中时我去看望她奶奶。哈哈,今天晚上可以和妈一起睡了哦。说着她打来一大盆热水,拿毛巾把凉席擦了又擦。还帮我调整浴室水龙头，生怕我弄不巴适。我时常有种莫名其妙的感觉，总觉得我们的角色整反了，她是妈我是女儿。

依然是女儿自己做主。妈妈我尽力了，初中三年荒废的学业补不回来，按我现在的成绩考不上本科，我去学艺体，曲线救国。她分析得头头是道，最后甩出一句，我尽力，你出钱。

她边读书边培训，最后干脆停学跑到成都川师大参加专业培训。功夫不负有心人，她的专业课成绩居然过了本科线，高考时分数也过了本科线。

女儿拿到大学录取通知书时，我哭了。这是女儿用她的方式，第一次掌握自己的人生轨迹。大学期间，她经商的潜能不断显现。

大学毕业后，她留学泰国学国际贸易。在双流机场，望着远去的飞机，我的心空荡荡的。女儿曾是我掌心的一只小鸟，如今成长为一只大雁。那就飞吧，辽阔的天空等着你展翅翱翔。

那年夏天我去香港开会。喂，蕾儿过来耍几天。我没有去参会，而是把自己交给了女儿。我们手牵手逛尖沙咀，去住最便宜的旅馆，吃大排档。游迪士尼，我们坐海盗船，打游戏，坐翻滚烈车。当我被吓得半死惊叫时，女儿握着我的手，悄悄在我耳边说：妈妈别怕，有我在。在海洋公园，女儿秒变解说员。在海边，我们无忧无虑地疯跑。每天女儿乐得笑开花，我却时不时陷入沉思。香港之行，仿佛是在弥补女儿童年的缺失。因为忙于创业，我几乎没有单独陪她远行过。

她在泰国读书时，我去过两次，我们还一起去新加坡和马来西亚。无论到哪里，她都充当我的保护神。

一晃女儿毕业了，我再不敢在她人生最重要的时刻缺席，和兄妹一起飞泰国参加她的毕业典礼。

回丹棱后,她先后创业"骄傲的小鸟""花话筒语言培训"。2021年饭店百年生日时,她和侄女接管仕清园饭店,成为仕清园饭店第四代传承人。她们锐意改革,扩大规模,不断学习进取,推陈出新。如今,仕清园饭店在她和侄女的带领下,无论菜品还是服务都得到极大的提升。未来的路还长,但愿女儿人如其名,继续盛开绽放。

只是我仍然心有不甘,女儿对文字和诗歌并非毫无兴趣。她小学时自己拜棱子为师,在棱子的辅导下,先后在《眉山日报》《彭山日报》发表文章。棱子填补了她生命中缺失的母爱。在女儿人生的每个重要时刻,她都陪伴左右。我希望女儿和她的老师一样,在文学上有所成就。祈愿女儿能理解我的心情,做一个喜欢文学的餐饮人,让我的梦想有所寄托。

老街记忆

小河流淌

打零工的日子

1978年的冬天，天还没亮，小南街冷冷清清，街上仅有的两盏路灯像油灯一样忽明忽暗，让老街显得更加阴森。

父亲和我一前一后走在这寂静的老街，父亲的大头皮鞋在青石板上踏出咚咚的声音。风刮在脸上有一种刺痛的感觉，我紧了紧身上的花棉袄，尽量把脖子缩到棉袄领子里。父亲走走停停，不时扭过头来催我走快点。我气哼哼道：半夜三更喊我去上班，亏你想得出来。父亲听了后，转过身来牵我的手，我赌气把双手抄进袖筒里，站着不动。我昨天就说过不想去上班，每天半夜起床，我爬不起来，这街上黑灯瞎火的，我害怕。说起害怕，我的心抽了一下，赶快看看四周有没有什么鬼啊人的。父亲一脸无奈：你妈说你不能老闲在家里，两个弟弟还在上学，去食堂上班，我是求了人的。想起昨天上午父亲把我带到熊孃孃面前的情景，不觉心里一阵酸楚。我擦了一把眼泪，随即拔腿就跑，父亲在后面追。我一口气从小南街跑到正街，再从正街跑到东风食堂。

东风食堂是丹棱当时国营饮食服务公司旗下的三大食堂之一，负责人熊孃孃50来岁，白白胖胖，一双会说话的眼睛，笑起来有两个酒窝。我一直觉得熊孃孃漂亮又温柔，可在后来的工作中我才真正领略到了她的干练和认真。主厨魏云久师傅，又高又瘦，背微驼。他天生慢性子，切菜上灶慢条斯理，腰弯得很深，就像一张拉满的弓。

我一口气跑进食堂，父亲气喘吁吁地跟进来。堂内与街上的冷清和黑暗形成鲜明的对比，热闹得很，几盏白炽灯把大堂照得通亮。推磨豆浆、煮早饭的师傅在后堂忙碌，蒸包子和炸油条的师傅在大堂左侧摆开了架势，服务员正在打扫卫生。大家一见父亲，都热情得不得了。父亲一边点头，一边感谢大家。突然间，我的心里感觉很温暖！

蒸包子的师傅是我的亲戚，我喊他爷爷。爷爷高高胖胖，坐起来就像一尊佛。他满腹经纶，见多识广，出口成章。新中国成立前他是大户人家的长子，家里开了几家绸布庄和小食店，生意遍布成都。新中国成立后，公私合营，爷爷到国营食堂当了一名白案大师。爷爷蒸的馒头、包子和他的人一样白白胖胖。我在食堂上班的几个月，最开心的就是听他讲故事，讲我祖母带着儿女逃到丹棱投奔他家的事。他说话和走路都有大少爷的派头，哪怕是捏包子、蒸馒头都与众不同，讲究仪式感。

炸油条的姐姐是爷爷的徒弟，名字很好听，叫盛果还是胜果。我觉得这两个名字都不错，寓意丰收。她和爷爷反差很大，长得矮矮胖胖，师徒俩站在一起，就像说相声的一样。姐姐心地善良，做事极麻利，炸的油条酥酥软软。原来我不喜欢吃油条，因了姐姐的关系，我对油条有了情感。前不久去日本旅游，早餐居然有胖胖的油条，我喜出望外，吃了好几根。

姐姐住在小南街肉市场边，离我家几十步远。之后的几个月，

很多时候，我都和她一起上班。早上4点半，姐姐准时在我家门外喊一声：上班喽！和姐姐一起走我心里踏实。有时怕迟到，走到公园巷子时想抄近道，姐姐一把拉着我说小巷子不安全，还说幺姑娘最重要的就是安全。

有次就惨了，那天打雷下暴雨，父亲出差，姐姐休息。我在雷声中惊醒，迟迟不敢出门。快6点了，天空依然轰隆隆作响，雨一直不停息，我急得在堂屋里哭。上班几个月了，第一次独自去，又遇上打雷下暴雨。天已经麻麻亮，我撑把伞冲进雨里，深一脚浅一脚地疯跑。老街上已经人来人往，打伞的、戴斗笠的、打豆腐的、割肉的、卖菜的等等，可我还是怕得要命，总觉得背后有人跟踪。一口气跑到食堂，泪水夹杂着雨水流下来，浑身湿透，感冒发烧了几天。为这件事，姐姐还内疚了许久。

东风食堂是土墙木架结构，分前堂和后堂。前堂是顾客吃饭的地方，后堂是杀鸡宰鸭、切菜炒菜、煮饭洗碗的地方。前堂有一双扇木门，门的左边是玻璃橱窗，右边是木格玻璃窗，堂内有两个收银柜，左后侧是爷爷和姐姐蒸早点、炸油条的地方。后堂空中用木板搭建了一个阁楼，用作食堂守店员的宿舍兼保管室。大堂内有十几张木方桌及几十个木条凳。当时是烧烟煤，烟灰到处飞。负责人熊孃孃要求整个食堂一尘不染。那时公司每个月要进行卫生检查，几个食堂排名次。食堂一共3个服务员，惠均姐、泽群和我。每次打扫卫生我们都要使出浑身解数，让大堂保持窗明几净。

最难的是擦橱窗。下雨的时候，汽车一过泥水四溅，橱窗和玻璃窗上到处都是湿泥浆。橱窗是食堂的脸面，我们不但要时常更换里面的摆设，还要随时保持玻璃干净无痕迹。记得有一个下雨天，我抬个板凳站在上面擦玻璃，结果溅了一身的泥。

一想到当初擦玻璃的情景,我的双腿就发软。玻璃先用水洗干净擦干后,我和泽群用嘴对着玻璃里外同时哈气,然后用废报纸在气雾上使劲擦,直到擦得透亮照得出人影。每次擦完玻璃,我和泽群都累得出不赢气,双腿打战。擦玻璃累,洗桌子、筷子一样不容易。早上买包子馒头、吃油条豆浆的人很多。涌堂过后,我们开始打扫卫生。大堂桌子板凳都是实木的,地是泥巴地。烫洗桌子讲究得很,既要把桌子烫洗干净又不能把地打湿。水烧开后放几把纯碱,用汤瓢舀一瓢开水洒在桌面,之后用刷子用力刷,桌子缝、桌子边缘、桌子脚,角角落落都不能放过。刷完后用清水冲洗干净,桌子边放一个盆子,水必须冲刷到盆里,洗完的桌子闻不到一点油腻味。接下来洗筷子,我最怕洗筷子,稍不注意,手就要烫起泡。洗完桌子锅里还剩半锅开水,惠均姐把一大筲箕筷子倒入锅中,随即两只手握着一根长长的竹竿在锅里不停翻搅,煮过的筷子再捞出来放进另一个大水盆,然后用手使劲地搓,直到升腾起来的是木质清香,筷子才算洗干净。

每个月公司检查卫生,几个经理和熊嬢嬢戴着白手套,分别在玻璃上、门框上、桌子上、灶台上、菜板上左看看右摸摸。雪白的手套摸过依然雪白,领导个个都露出满意的笑容。有一次,王经理突然抓起一把筷子来闻,吓得我刚刚放松下来的神经又绷紧了。惠均姐倒是轻松得很,她底气十足地朝我笑笑。只见王经理闻着筷子深吸一口气说,这才是洗干净的筷子,她喊其他食堂的服务员来看看。哇,我们连续3个月得了卫生第1名。随即响起热烈的掌声。

为了完成公司下达的营业额,每逢场,食堂还在对面空地上搭个简易棚卖烩抄、卤菜和老白干。刘大嬢的烩抄是丹棱小吃一绝,2角钱一碗的烩抄吃得人满嘴生香。小摊前的人常常排一长串。昨

老街记忆

天午饭时，不晓得哪个说到我父亲做的烩抄好吃，我说你如果吃过刘大孃的烩抄恐怕就要改变观念了哦。父亲的烩抄是很好吃，但太油腻。刘大孃的烩抄看上去清爽宜人，吃起来软而不烂，口感层次丰富。卤头肉和卤猪肝也行俏，一个人或几个人往四方桌旁一坐，来1斤老白干，切半斤卤头肉，抓一把花生米，一坐就是几个小时，来时清醒至极，走时东倒西歪。

食堂对面是国营照相馆。那时觉得照相很神秘，站着或者坐着，对着镜头一脸灿烂，咔嚓一声，几天后照片出来，欢喜的心情可想而知。照相馆里有两个孃孃和一个年轻男子。年轻男子是卖钵钵鸡章大爷的独生子，很有文艺范，可惜年纪轻轻就病逝了。两个孃孃一个笑容可掬，一个高冷十足。笑容可掬的孃孃是个残疾人，走路一瘸一拐的，人极好，手艺也好。有天早上，她来食堂吃豆浆油条，坐下来就说：燕群一会儿你来照相馆，我帮你拍张仙女照。一下班我就朝照相馆跑，在一个仙女模板的后面，我把脸伸进挖了洞的仙女头里，孃孃大声说别眨眼，笑一笑！只听咔嚓一声，4天后一张仙女下凡的照片就放在了照相馆的橱窗里。后来，总有些顾客说我眼熟，听得我一头雾水，对方却拍了一下额头：想起来了，对门橱窗里见过，仙女！

食堂的苏孃孃是母亲的好朋友，她的儿子在成都上班，有艺术家的派头，很是吸引年轻女孩的眼球。想起来了，他就是跟我哥哥一起下放生产队的开忠哥。有一天，他从成都回来请我们3个服务员去城外拍照片，说自己刚买了个相机，喜得我们几个心潮澎湃。下班后欢欢喜喜地跟在他后面，在沧浪河边，在石拱桥上，在黄桷树的树根弯弯里，在油菜花海前留下了我们美丽的倩影。我的青春定格在了那些黑白照片上。我一直对开忠哥心存感激，是他激发了

我心中对美的向往，对艺术的热爱！

我慢慢地习惯了食堂工作，也从食堂工作吸取了许多教训。一天逢场，食堂生意特别好，中午外带和堂食的人很多。我们几个服务员一边卖牌子一边收拾碗筷。突然来了一个中年男子，手里晃着一张崭新的10元钱，傲慢地在我面前一摔：要一份鱼香肉丝。那时来饭店吃饭的人，大多数捏的都是皱巴巴的角票，也有一两元的。看到一张10元大钞，我赶紧找补。数了又数，才数了9.5元，男人接了钱后一脸嫌弃。下午两点钟左右，那个男人行色匆匆地冲进食堂，非说我只找补了他4.5元。我急得直哆嗦，眼泪长流。我明明找你9.5元，你非要说是4.5元！我大声争辩。男人哪里肯听，也不顾我的哭声。我一把扯下军用挎包翻过来，钱和牌子撒了一桌。投账（方言，算账），你看我少补你没有？男人振振有词：你投不投账关我屁事？你必须补我5元，不然我去服务公司告你。我一下子大哭大闹，赌咒发誓。惠均姐赶紧帮我投账，分文不差。大家说男人有意讹诈。许多顾客也纷纷指责他：怪只怪你自己，你先前在搞啥子？饭都吃完了才来闹。可男人就是不干。这时爷爷掏出5元钱塞进男人手里：走走走，今后做人要厚道。男人拿了钱后想溜，我一步冲上前，指着他鼻子吼：你吃了要爆肠爆肚！爷爷使劲把我拉开：燕群呢，5元钱买个教训。你还年轻，今后遇到的事还很多，沟沟坎坎的，啥时候你都要笑着跨过去。这件事让我知道了人性的复杂，警醒了我一生。

农忙季节时，公司要求食堂下乡送温暖。把饭菜和包子、馒头送到田间地头。食堂分成几组，3个人一组。我和谢大爷、徐大哥一组。谢大爷和徐大哥左边挑着各种卤肉、酥肉、花生米、老白干、皮蛋、盐蛋，右边挑着两蒸笼的包子、馒头；我则挎个军用

包,背着杆秤。我们沿着东门新桥、红卫、杨湾一带转。田间地头、人户(方言,指人家)外面到处吆喝:热腾腾的包子、馒头,酥脆脆的酥肉,香喷喷的卤肉!我的声音最大,生怕东西卖不完,完不成任务。我们头顶草帽,一走就是10多里,热得大汗淋漓,累得眼冒金星。有一天东转西转,居然转到了伏龙群英村、我妈妈的娘家。大舅舅听到吆喝声跑出来一看。燕群女呢,咋个是你哦,你咋吃得了这个苦哦?说罢跑进屋给我们煮了几碗荷包蛋。还有一天去水库渡槽工地送货,回程时天色已晚,谢大爷和徐大哥执意要搭工地上的拖拉机回城,没有办法我只得随从。拖拉机在暮色的山路上狂奔,在坑坑洼洼的土路上左拐右拐,仿佛要把人掀下车去。我吓得哇哇大叫,随即翻身扑倒在车上,泥巴和着泪水把我变成了泥人。20多天下来我又黑又瘦,塑料凉鞋走烂两双。

最令人向往和高兴的是发工资。发工资时要开总结会,什么营业计划、下乡外卖啊我统统听不进去,和泽群躲在食堂后面,眼睛不时向门外张望。卖钵钵鸡的章大爷就"潜伏"在食堂附近,他知道我们今天发工资,好吃嘴要吃几块麻辣鸡肉来解馋。我和泽群猫着腰悄悄溜出去,章大爷立马从墙边迎过来,一吃就是七八角,麻辣香俱全,直到吃过瘾才罢休。

不觉快一年了,1979年9月我接到通知去党校学习,一个月后我成了国营饮食服务公司的一名正式职工。

裙　子

去服装店看中了一条古铜色的长纱裙，价格不菲。女儿不屑：太艳了，跟你年龄不搭。我说喜欢，换上后在大镜子前左转右旋，不觉转回50年前。

50年前，我马上7岁，上一年级。六一儿童节前一天，我吵着母亲要穿裙子和白衬衣。母亲嘴上说好，眼睛里却掠过一丝不易察觉的忧伤和无奈。小小的我不知道母亲为什么会这样。儿童节那天，我早晨醒来睁开眼，看到母亲提着一条大红大绿的裙子站在床前。小女，快来试试好不好看。我高兴得手舞足蹈，跳下床抓起裙子，连声说好看。母亲哀伤的眼神变成了喜悦，仿佛完成了一件神圣的事情。试过裙子，回头一望，才发觉母亲床上的被子没有了被面，原来这条裙子是母亲在我熟睡的时候，用她的被面一针一线缝制的。

穿着白衬衣和花裙子，手里拿着花环，走在庆祝六一儿童节的游行队伍里，在同学们羡慕的眼神里，我却感受不到丝毫快乐，心里一直在为母亲今晚盖什么而担忧。从此，任何时候我都不再主动伸手向母亲要东西。

 老街记忆

过了几年,街上陆陆续续有了许多穿裙子的女孩。看到同学们穿着裙子美美的样子,我心痒痒,但还是不敢开口。母亲似乎看穿了我的心事,问:小女你想不想穿裙子?想啊!想穿裙子放学后就去放鹅,鹅长大下蛋卖了钱给你做条新裙子。只要有新裙子穿,放就放。

于是,1972年的春天,人们总会看到一个小女孩,每天下午放学后手握细长竹竿,背着小背篼,赶着几只小鹅从小南街尾出发,穿过沧浪河的石墩桥,沿着过街子的石板路前往郭山碥沙田坝。小鹅们一见绿油油的草地,就像寻找到自己的美食天地,扑腾腾满坝乱跑。我挥着竹竿左追右赶,才把小家伙们聚在一个水草丰美的地方。小鹅们安静下来,争着戏水吃草。我仍不敢掉以轻心,眼睛紧盯天空,怕盘旋在高空的老鹰趁人不注意俯冲下来叼起小鹅就飞。坝子里还有几个和我一样放鹅割草的小伙伴。有一天我迟去一会儿,见有个妹妹眼睛哭红了,她说天上的老鹰凶得很,她刚钻进油菜地里割了几把草出来,小鹅就被老鹰叼走一只,快得如同闪电。我听得手心里直冒冷汗,手中的竹竿甩得呼呼作响。小鹅们闹够了,吃饱后静下来围在一起,毛茸茸的身体相互挨着。趁它们休息时,我赶紧把手巾拴在竹竿尖上,然后把竹竿插在地上,旋即冲进菜地三抓两扯,嫩绿的小草一会儿就填满了小背篼。

两个月后,小鹅逐渐长大,走路雄赳赳气昂昂的,翅膀硬朗有力,黄黄的嘴壳坚硬如铁。它们已经不满足沙田坝的浅水和嫩草,而渴望到河里去搏击风浪!一到河边,它们齐刷刷地冲进河水,在水中高歌,红色的脚掌使劲地划着。眼前的情景让我想起那首小诗:"鹅,鹅,鹅,曲项向天歌。白毛浮绿水,红掌拨清波。"

细竹竿已经换成了粗竹竿,我不再怕天上的老鹰,如果它胆敢

冲下来，鹅们会奋起自卫，鹿死谁手还不一定呢。我常挂着竹竿，顺着河边的黄桷树根爬下河坎，踩着大石头跑到河心岛。河心岛坑坑洼洼，水草丰盛，鹅们游累了会自己跑来岛上找吃的。地上的脚板筋草更适合大鹅们的口味。我则四处寻找，在草堆里找鸭蛋鹅蛋。有一次，我捡到两个大鸭蛋，兴奋得一夜睡不着。

鹅长得更大了，每天晚上家里来了生人，鹅们你唱我和，嘎嘎地叫个不停。捡蛋是我最开心的事，早上起来第一时间就冲到鹅笼里去摸，将带着温度的蛋小心翼翼地装进篮子里。蛋已经堆成了山，还不见母亲提裙子的事。妈，鹅长这么大了，蛋下了好多，啥时候卖哦？快了，快了！逢场那天，放学回家，家里出奇地安静，笼子里的鹅没有了，篮子里的蛋也没有了，饭桌上多了一盆黑豆腐烧鹅和青椒煎鹅蛋。我知道鹅和蛋去了它们该去的地方，心里不但不高兴反而有种莫名的失落。

晚上躺在床上，翻来覆去睡不着。听母亲在房间里对父亲唉声叹气抱怨：咋个办哦，卖的鹅和蛋钱只能够他们几姊妹交学费，小女的裙子拿啥子去买呢？

隔两天，家里仿佛被祥云笼罩，母亲高兴得很，下班后就在厨房里鼓捣。小女快来看，你喜欢啥颜色？红色、黑色、蓝色、军绿色？有一天，我一进门，还在过道上，母亲就急匆匆地问。饭桌上的几个碗里放着各种颜色的染料。母亲说要染布为我做条新裙子。当时，由于敬重军人，军绿色最招人喜欢，我自然也不例外。

几天后，一条军绿色的百褶长裙放在我的床前。丝一样柔软，草一样丰盈，穿在身上可以旋转成一朵盛开的太阳花。多年后，才知道这条心仪的裙子是父亲托人找的两个装化肥的尼龙袋子做的，不觉泪流满面。父亲是怎样一个骄傲的人啊，为了女儿的一个愿望

 老街记忆

居然去求人。母亲又是怎样熬更守夜一针一线缝制的呢？我至今都不明白，母亲是怎么把尼龙面料做成百褶裙的。

　　转眼间回到了现实，我还陶醉在纱裙的飞舞里。家里的衣柜里挂满了各种裙子，有长有短，有花有素，有薄有厚。大街小巷老老少少把裙子穿成了时尚，穿成了回忆！我对裙子的热爱已然融入血液。就如棱子在《穿冬裙的女人》那篇小说里写的，燕群是为旗袍和裙子而生的。

偏 方

第一次站在川医肿瘤科门外等待放疗，跟着长长的队伍艰难地往前移。每个人的脸上都写着绝望，仿佛慢慢走向的不是放疗室，而是死亡之门。我想不通省城怎么会有这么多癌症患者，老老少少，男男女女。队伍里有的病人站着，有的坐在轮椅上被人推着，还有些小孩被父母抱着。

62号，快点。放疗的医生大声喊着我的号码，陪在身边的母亲拍了拍我的肩：燕子，该你了，别怕，妈妈等着你！我迈着沉重的步伐走进放疗室，心一下子跌入冰窟，躺在放疗床上被推进放疗仪时，一种莫名的恐惧涌上心头。几分钟恍若隔世，我感觉自己掉进了万丈深渊。

一连几天，我天天做噩梦，梦见自己在地狱里苦苦挣扎。放疗的队伍里，随时都有人走，今天走个老的，明天走个小的，这些人的生命好像是泥巴捏的，风一吹就没了。死亡伴随左右，不知道哪一天会轮到我。第11天的时候，我刚走到肿瘤科门外就听到呼天抢地的哭声，病友们有的在抹泪，有的在叹息，有的在骂：啥子放疗哦，昨天还好好的，今天说走就走了。才几岁的小娃儿，太可怜

了。这些哭声和叹息声掺杂着骂声将我求生的希望撕得粉碎。反正都是死，何必还要受放疗的罪？我开始拒绝进食，拒绝放疗，我怕自己撑不过一个疗程，没有病死就已经被吓死了。

放疗的医生看穿了我的心事。他说：小王，你现在唯一的希望就是吃和配合治疗，不吃就死，放疗时，你要分散注意力，平时多想点愉快的事。母亲在一旁哭泣：燕子，你要想开点，你走了，我们一家还有啥活头哦。看到医生肯定的眼神，听到母亲哭泣的声音，我暗暗下定决心：燕子，活下去，活下去！不为别的，就为你的家人。

有了活下去的念头，我就开始想放疗时想什么才能不害怕，平时想什么才能让时间过得既快又有意义。数数字是不行的，数到1000还是回归到"害怕"两个字。背书也不行，太长背不了。最后，我背古诗词，短小易背，朗朗上口。于是我托人在书店里买了本《唐诗宋词三百首》。

接下来，我把自己喜欢的诗词抄在一本小卡本上。李煜的《虞美人》、陆游的《钗头凤》、苏东坡的《水调歌头》、李清照的《声声慢》等，我一边抄一边品读作者的人生故事，几度为他们的悲欢苦痛流泪，也为他们坚毅的生活态度所感动。

我几乎每天背一首，背得半生不熟时就不背了，往后放疗时就努力回忆诗词的全文。时间一晃而过，"害怕"两个字早已消失得无影无踪。

我似乎找到了医治心灵的灵丹妙药，对生的渴望越来越强烈，我要活下去，活下去！

18天过去了，和我一起放疗的长发姑娘穿着她喜欢的花衣服静静地走了。我强压着悲痛，用快速背诗词来对抗死神。走在去川医的路上我在背，站在放疗的队伍里我在背，梦里梦外都是诗词。我不知道是不是先贤的文字感动了上苍，总之，接下来的日子我的精神状况有所好转。

现在回想起来我都觉得有些不可思议，随着放疗次数增加，我的身体状况越来越差，呕吐、咳嗽、掉头发，血色素减少，白细胞减少，免疫力低下，长疱疹，感染放疗性肺炎……似乎离死亡越来越近。可是，这些我都没有害怕并且一一战胜了，最终，看见了满世界的阳光。

最后一次放疗了。我戴着洋草帽，身着旗袍，抹着口红，漂漂亮亮地站在放疗的队伍里。病友们都惊呼我的变化，纷纷打听我吃了什么偏方。病友们每天都在寻找能治病的偏方，有的吃昆虫，有的吃树根，有的吃纸灰，只要能治病，都要去试，还不能让主治医生知道。大伙见我笑而不答，问得更急了。我扬了扬手中的小本子，得意地说，我的偏方是唐诗宋词。病友们个个惊得睁大了眼睛。

放疗结束了，除了收获了几十首诗词而外，我还真正喜欢上了诗歌，并且开始学习写诗。不久，我的第一首诗《癌》变成了铅字。

高考那年

1978年，我16岁，上高二，就读于丹棱县城区五七学校。

一天，放学铃声一响，我拎起书包对着在教室里扫地的小琴大声喊，扫快点，早点回去吃饭，晚上看电影。小琴说，把英子约上一起。

晚上我们几个边嗑瓜子边看电影，英子说中野良子太漂亮了，小琴说她喜欢高仓健的冷帅。英子侧头问我：你喜欢什么类型的，高冷的还是温柔的？随后一阵大笑，引得周围的观众大声抗议。日子就在这样的玩耍中悄悄溜走，不知不觉高考的日子渐渐逼近。

一天中午，学校的大喇叭突然响了：大家注意了，今天高二的学生放学后在小操场集合开会，听77级几位考上大学的同学做高考动员报告。我转过头，耸耸肩对英子说：考啥子大学哦，烦得很，今天晚上又耍不成了。

那时城区五七学校是一所综合性学校，有小学、初中、高中。学校的教室是砖土混合结构，学校有大操场、小操场，体育课及全校课间做广播体操就在大操场，年级活动一般在小操场。小操场夹在两排教室之间，呈长方形。

放学后同学们抬着板凳按班次坐在小操场两边，中间是过道。我和英子、小琴几个坐在后排，叽里咕噜说着其他的事。突然班主任走来：你们几个别摆龙门阵，给我好好听。一会儿校长上台，讲了几句开场白后便邀请三个学长依次从过道走上台。学长们边走边向人群挥手，那样子不像是来做报告，而像是检阅士兵的首长。学长们在台上讲，同学们仰望着，话稍一停顿，台下就响起雷鸣般的掌声，掌声在小操场回荡，传遍了整个校园。大家聚精会神地听着，个个眼睛里放出激动的火光，似乎要点燃整个会场。我坐在后排，头脑一片空白，学长们讲了什么我听不清楚，只是他们骄傲的神情、灿烂的笑容深深地感染了我，内心不由得咯噔一下。

接下来有关高考的报道铺天盖地，忽然之间大街小巷都在谈论高考，隔壁的余大娘喊她女儿天天吃豆腐，说吃了长记性。这时我才真正意识到我要参加高考了。以前开卷考试都考不好，现在闭卷考试我拿什么去考？这种不安促使我迫不及待地去学习，无奈荒废的学业凭一时的热情补不回来，由于数理化底子太差，我选择了报考文科。

我开始挑灯夜战，时常晚上背书背到半夜，桌边放一盆冷水，困了就用湿毛巾敷一下眼睛，几乎天天都在背书。现在想来有些好笑，全靠死记硬背，结果背了今天的忘了昨天的。

7月20日，高考在我焦急的等待中如期而至，我和同学们在城乡中学的操场列队进入考场。几天的考试是怎样度过的我已记不得了，考了什么内容我也记不清了，考完试后也没有如释重负的感觉。我只记得考了数学后我大哭一场，因为很多题都不会做，这场数学考试让我许多年梦里梦外都胆战心惊。

我的大学梦就这样破碎了。

不久高考红榜出来了，我心存侥幸地站在红榜前，寻找"王燕群"三个熟悉的字，可这三个字始终没有出现。

为了圆大学之梦，我专程找老师补习数学，并参加了县上文化补习夜校，经过几年的努力，我终于在1985年考上了重庆二商校。

小河流淌

摩的师傅小金

车到佛山汽车站时已经晚上 10 点了。站在偌大的停车场，看着来来往往的人，我内心茫然无助。一群摩的（方言，摩托车）师傅蜂拥而上，把我围在中间，大有要把我强行拽上各自摩的的架势，吓得我拖着行李箱赶紧朝外冲。我不知道佛山市人民路在哪里，也不知道人民路离这里到底有多远。从摩的师傅中突围出来后，我跑到人流多的小卖部，借着买汽水问老板：请问人民路有多远？我尽量把声调拖慢，学着广东人说普通话的样子。还远啦，要打摩的啦。我心一沉，这黑天黑地的，要是摩的师傅把我拉到哪个角落，抢劫我怎么办？记得上飞机之前表妹一再叮嘱我要注意安全，还告诫我千万别在汽车站附近逗留住宿。我下意识摸了摸挎包，确定藏在书页的钱安然无恙。老板似乎看出了我的担心和害怕，道：别怕啦，我找个好师傅送你啦。

摩的师傅在老板 BB 机的呼唤下旋风般来到小卖部。他侧身单手单脚撑着一辆半新的蓝色摩托车，姿势有点洒脱。我赶紧递过写着地址的字条。老板用广东话叽里咕噜对师傅说了几句。我没听懂，疑惑地望着老板。老板笑笑，一字一句用广式普通话说：我让

小金把你安全送到目的地,他的技术顶好的啦。

小金把车停稳,右脚一抬下得车来。他取下头盔,一脸老成地说市中心15元。他看上去也就20多岁,却沉稳老练,操着一口和我一样半生不熟的普通话,只是尾音不重,没有一个长长的"啦"字。从声音分辨不出他是哪里人,想必和我一样是外地来广东淘宝的吧。

小金师傅从摩托车后座底下拿出长绳,三下五除二把我的拖箱绑在摩托车上。快,把背包给我。他用命令式的语气说道,我竟然乖乖把背包递给了他。他用剩余的绳子一并绑了背包。我不安地按着身上的挎包,心想那些衣物、生活用品丢了没关系,只要钱和身份证在就不怕。他笑笑,调侃道:别按那么紧,按得越紧越招人抢。

我的座位在小金师傅和拖箱行李之间,刚好一屁股宽。小金师傅坐在摩托车上,双手紧握把手,脚尖蹬地,身体呈前倾状,催促我快上车。可我怎么都上不去,感觉比我在重庆读书时翻铁门还恼火。怎么这样笨嘛。他说着甩甩右手站起来,把座位留大,可我还是上不去。小卖部周边围观的人指指点点,有人笑出了声。我急得满头大汗,最后是在小金师傅的帮助下才上了车。现在想起那场面,我都会哑然失笑。

我刚坐稳,摩托车便飞一般冲出去,风呼啦啦地吹,吹得我长发乱舞,吹得我睁不开眼睛。我不敢抓两边的摩托车架,双手紧紧地扯着小金师傅的衣服。摩托车在车流中或左或右,摩的师傅们似乎在比赛车技,你追我赶,完全不把路上行驶的汽车放在眼里。一辆辆摩托车从身边呼啸而过,吓得我大喊慢点再慢点。小金师傅大吼:慢就只有喝西北风!我赶快承诺,先前讲好的15元,我多给

10元。小金师傅似乎感觉到我是第一次坐摩托车，也察觉出我是真害怕，于是把车速放缓，拐到公路边慢慢行驶。有摩的师傅见状从侧面过时，大声说：你载着美女散步啦。

别怕、别怕，喊你别怕，我的衣服差点被你扯烂。小金师傅说。我的心仍突突乱跳，扯衣服的手抓得更紧。无奈，小金师傅把车速放得更慢，不超车，还不停地讲佛山的人和事来安慰我：佛山是广东最干净最安全的城市。他还讲了其他城市抢劫的事例，听得我后背发麻。后来办事处的同事证实了小金师傅的龙门阵。同事小周说，今后出差最好三人一组，相互有个照应。否则包包就会跑路。她还绘声绘色讲了她出差时智斗小混混的细节，听得我们手心发麻。

11点刚过，摩托车慢悠悠来到人民路。这里是佛山主城区，到处霓虹灯闪烁，热闹非凡。饭店里人山人海，都是喝晚茶的。广东盛行早茶晚茶。说是喝茶，其实是吃早餐和晚餐，食品丰富到令人无从下筷。据说广东人谈生意几乎都是在这茶桌上敲定的。后来在佛山打工期间，最怕早晚接电话，大多是请喝早晚茶的。有时我纳闷：广东人早上5点开始喝早茶，凌晨两点才结束晚茶，难道他们一天只睡两三个小时？

从人民路中段拐进去不远就是新民街。新民街是新街，到处黑灯瞎火，和张灯结彩的人民路形成鲜明的对比。摩托车在新民街来回转圈都没有看到我要找的办事处。通知说我报到的地方是新民街25号，中国外资杂志社佛山办事处。这么一个带国字号的办事处，应该是上档次的吧，可这条街上哪有上档次的写字楼呢？

我的心又开始突突跳，难道被骗了？不可能，办事处主任是我多年的朋友加老师，他为人正直善良，曾是我文学的引路人；也是他亲自写信请我到佛山来工作的。我下车，跟在摩托车后面继续

找。从1号走到60号，又从60号折回1号，就是断了22至28号。小金师傅说是不是中间那幢没有灯光的房子哦。

他把摩托车停稳，掏出手电筒从21号开始照到墙壁上，一下一下往上移。哎呀妈呀，这就是新民街25号。怎么可能哦，这黑乎乎的没有一丝光亮的怎么会是办事处？

小金师傅把手电筒调到最亮，跳起来看玻璃窗子里面。哇，里面全是装修材料，看样子这房子在装修。天太晚了，我先送你去旅馆，明天你早点过来看看。如果遭骗了就打小卖部老板的电话。说着他掏出一张名片递给我。

小金师傅推着摩托车，我扶着行李箱。他边走边说，这地方好，背面是祖庙和佛山图书馆，佛山风调雨顺全靠祖庙的保佑。说到佛山祖庙我来了精神，问祖庙怎么个好法。他便说了祖庙一大堆神奇的故事。相传祖庙始建于北宋元丰年间，明、清两代多次扩建，是广东岭南古建筑三大瑰宝之一。道教，供奉北帝，是佛山人的保护神。后来我在佛山打工期间，一有空就朝祖庙跑，目睹了佛山人对祖庙的虔诚。佛山人婚嫁或生儿生女时一定有拜祖庙的仪式。我也见证过祖庙的神奇。有一次，我去佛山一街之隔的南海市（今南海区）某工厂办事，中午1点钟返回佛山办事处。不一会儿天空电闪雷鸣，乌云密布。原来刚刚南海市遭遇龙卷风，我先前去的工厂车间被掀。说来奇怪得很，张牙舞爪的龙卷风本来是顺着风势要席卷佛山的，可风在天空中打了几个旋儿转头走了，佛山的天空瞬间放晴。

我惊讶小金师傅晓得这么多。他说跑摩的嘛，不仅要熟悉这个城市的交通和街道，还要了解一个城市的人文。我张大嘴巴，开始对小金师傅刮目相看。后来，我才晓得小金师傅是湖南乡下人，高考落榜后南下打工，先在东莞某厂当流水线工人，听说跑摩的能赚大钱，便用打工攒下的钱买了一部蓝色摩托车。刚开始生意不好，跑摩的的也有帮派，新手往往遭排挤，被人抢生意。闲来没事时，他主动免费帮停车场小卖部老板搬搬货，一来二去与老板成了忘年交。老板是本地人，看他人老实车技好便罩着他，帮忙介绍些生意。他还说：我始终相信读书可以改变命运。我在这里跑摩的，每个月自己给自己放几天假，放假就去图书馆看书。图书馆大得很，我还办了借书证呢。听了他的话，几天后我落脚后的第一件事就是去图书馆办借书证。

令我意想不到的是坐了一趟摩的，两条街的路程，我们居然成了可以摆龙门阵的朋友。后来同事有急事，我还找他帮忙送过几次人。

从新民街穿出去找到一家私人旅馆。小金师傅把行李松绑，又帮忙拿进房间。我不知道该怎样谢他，耽误他不止往返两趟车的时间，便拿出 30 元钱。他坚持只收 15 元，临走时补了句：旅馆老板娘人好，别怕。

旅馆里面有天井，天井里有棵高大的黄桷兰树。当晚，我闻着花香沉沉睡去。

一觉醒来已经早上 9 点，匆忙跑到新民街 25 号，见室内正在装修。我百思不得其解，问了装修师傅才知道这里正在装北京的办事处。一会儿给我写信请我来工作的朋友来了，原来他是让我早点过来帮忙组建办事处。

30 年弹指而过。我早已离开佛山，回到生我养我的小城。在佛山打工的许多往事随风飘散，唯有那晚打摩的的事定格在我的记忆深处。不知小金师傅如今是否还在风雨中穿行？不过我内心还是蛮希望喜欢读书的他拥有更适合他的工作。

好梦难圆

前些日子,《巽崖艺苑》杂志责编棱子让我写一篇创作体会。我翻来覆去地想了几夜,就是无从下笔。心想自己才习作几年,无花无果,何来体会之有?棱子很热心,一再催稿,只得说几句过关。

大凡女孩都好做梦,我也一样。从小我就穿着梦的彩衣,翩翩于诗的王国。然而,梦归梦,生活归生活。直到5年前一场意想不到的疾病才使我有缘重拾儿时之梦。为了对抗命运强加在我头上的诸多不公,为了摆脱难忍的孤寂,为了许许多多无法言说的理由,我开始用笔涂抹一些本该淡忘而又无法忘掉的爱与恨、苦与甜,几年来竟有几十首诗及一些散文变成了铅字。

我的诗作均是以爱为主题的抒情诗。我曾走过一条特殊的路,因而特别崇尚爱。我除了喜欢做梦,还喜欢画梦。我觉得梦很干净,很真实。现实生活中,假的东西已经太多,我便试着用自己的笔呼唤梦一般的真情。在《多想在雪地里见到你》中,我渴望那纯洁得像白雪一样的精灵覆盖我赤裸的灵魂;在《寻找那双眼睛》里,我渴望那双明亮的眼睛像药维系我孱弱的生命。也许我的渴望太不贴合现实，但我依然坚守，睁着一双渴望的眼睛。

　　大病初愈的我已近 28 岁。本已麻木的情感在女儿临世时渐渐复苏，女儿仿佛黑夜里的一盏灯，照亮了我的新生之路。于是我充满着感激之情，为女儿写下了许多爱的诗篇。前年我去北京参加笔会，虽然有丈夫陪在身边，但念女之情仍让我茶饭不思。每当我夜半哭醒的那一瞬间，便感到对自己而言，母女情重于一切，似乎今生今世与诗人无缘了。10 天的会期仿佛 10 年，日夜兼程赶回家的我顾不得满身疲惫和一路尘埃，一口气爬上七楼，见女儿甜甜地睡在床上，我才放下悬了 10 多天的心。

　　好友夏叶说过："因为有许多内在和外在的牵绊、压力，所以大多数女作者的创作之路均以半途而废告终。"我想这句话用在我身上是最适合不过了。因为总感觉有许多牵绊、压力让我喘不过气来。我羽翅柔弱，身体沉重如石，不能高飞就算不得美丽。然而，一颗心又不肯冷却，在这世上还有那么多双眼睛期望着我的未来，还有许多不曾晤面却默默关心着我的朋友对我有期待，冥冥中总有个声音在我耳旁回响："丹菱，好梦虽然难圆，但终有一天会圆。"是啊，人间好梦皆难圆，但努力圆梦就是最好的精神享受，梦也终归会圆，我相信。

　　写到此，似乎该说的话都说完了，又似乎该说的话一句也没说。几年来的创作甘苦已经随风而去，如果说有那么一点点成绩的话，均应感谢《巽崖艺苑》杂志这个温馨的摇篮，感谢那些帮助我的老师和朋友，以及所有爱着我的未曾晤面的人。未来还是一张白纸，梦该怎样绘才能更圆满更绚丽呢？

老街记忆

消失的琴声

又是一个中秋夜。整个晚上我都倚靠在窗边,守候一轮圆月在夜幕中缓缓升起。然而,天空像泼了墨汁一样伸手不见五指,看来今夜又将是细雨绵绵了。面对这样的天气,我渴盼的心疲倦到了极点,不觉和衣而卧,随梦去寻找那一轮满月和消失已久的琴声。

我曾有过一个难忘的中秋节,那是在重庆读书的时候。据说山城的中秋难得有一个明朗的月夜,那天却不同,白天阳光灿烂,傍晚浓浓的雾帘也不知卷到哪里去了,天空中竟布满了花朵般的彩霞。这真是赏月观花的好天气。为了不辜负这好天气,我和几个同学晚饭后去集市买来月饼等食物,准备晚上赏月观花,尽情地享受一番。夜悄悄拉下了帷幕,一轮圆月不知什么时候已挂在了头顶,几颗闪烁的小星星像银扣子装饰在天宇。吃罢月饼,欢闹一番后,我们几个同学躺在一棵高大的桂花树下,枕着柔软的青草,呼吸着浓郁的花香。月光如水,透过稀疏的树叶,静静地洒在我们身上,仿佛要涤净我们被纷扰尘世污染了的心。我们就这样躺着,像虔诚的教徒接受着洗礼!

夜深了,微风吹来丝丝凉意,同学们陆续回寝室去了,而我实

在不舍这一轮满月，不舍这让人微醉欲仙的宁静。我惊叹山城的月亮是如此超凡脱俗，时而像飘逸的仙女，在莲花般云朵的簇拥下翩翩起舞；时而又像娇羞的新娘，在云层里躲躲藏藏。我怀着至深至诚的感激，全身心地享受着这份宁静，这份温柔。怎么可以如此美丽呢？这奇妙的大自然。然而，就在我最快意的时候，远方的花丛里突然响起了悠扬的小提琴声。一曲《梁祝》如泣如诉。随着琴声，踏着月色，我轻轻走近花丛，花丛深处依稀可见一个高大的身影。他将脸斜靠在小提琴上，使人无法看清他的面容，更看不清他眼里的悲哀。但，这哀伤的琴声却让人感觉到他对亲人的深深怀念和满心的柔情。我猜想，如果拉琴人没有经历生离死别的痛苦，没有水一般的温柔情怀，他无论如何也拉不出如此凄凉、催人泪下的曲子。琴声停了，只见那高大的身影弯下腰去，右手掩着脸低低地抽泣起来。这抽泣如细细的鞭子抽打在我心上，原来在我们这群无忧无虑的学生中，竟有人身藏剧痛泰然求知。

夜更深了，夹杂着浓浓花香的晚风吹拂着我，而此刻的我却无心再去欣赏那轮圆月，去品味那缕花香了。我整个身心被眼前这个陌生男子的琴声和抽泣所吸引，并随之陷入深深的悲哀，不觉泪如泉涌。唉，古往今来，人世间有多少离愁别恨，又有多少悲欢离合要人们去承受啊。刹那间，我渴望越过花丛，用我温情的手去抚慰一颗伤痕累累的心。但，我终归没能越过花丛，悄悄地走了，正如我悄悄地来。

回到寝室我久久不能入睡，那陌生男子的悲痛，那催人泪下的琴声，像一个沉重的问号打在我的心底。出于一种什么样的心理，我不明白。每逢有月亮的夜晚，我都会去到那浓香四溢的花丛，希望那陌生男子的身影再现，那悲哀的琴声再一次响彻我的灵魂。

 老街记忆

但,一切都像梦一样已随风飘逝。

转眼间,教师节到了。在庆祝晚会上,一曲小提琴独奏震撼了我。怎么会呢?那台上欢快的拉琴人竟是中秋月夜悲哀的男子。他是电大中文系的高才生,课余写诗、写小说、写影视剧本,是同学们公认的"快乐种子"。把快乐带给大家的他,把痛苦糅入琴声的他,怎么可以是同一个人呢?带着这萦绕心头的疑惑,我贸然地给他写了一封信。然而,信却石沉大海。

直到毕业前夕我才收到一封无地址的信,信封上只有"王燕群启"几个刚劲有力的大字。拿着信,我心跳不已。难道是一封情书?是的,这的确是一封情书,但它又是一封非同寻常的情书。它是一封生者写给自己去世了9年的恋人的情书,信中用血泪抒写的心灵表白强烈地震撼了我。透过这字字句句,我看到了一场惊天动地的热恋,看到了惨烈的生离死别,看到了一双悲哀的眼睛,看到了一颗透明的心;透过这字字句句,我被生者那颗爱心感动了,同时怀着绝望的心情羡慕那位九泉下的姑娘。信的结尾附有诗人雪莱的一首诗:

给——

音乐,虽然消失了柔声,
却依旧在记忆里颤动,
芬芳,虽然早谢了紫罗兰,
却留存在它所刺激的感官,
玫瑰叶子,虽然花儿死去,
还能在爱人的床头堆积,
同样地,等你去了,

> 你的思想和爱情，
>
> 会依然睡在世上。

  我流着泪看完了信及信后的附言，方知写信的人便是那个让我魂牵梦萦的拉琴人。原来，那个中秋月夜，他目睹我们一群姑娘在月下的情景，不觉悲中生情，用琴声表达了对心上人的怀念之情。我终于释然。

  窗外的风声和树叶上滴滴答答的雨声惊醒了我。我拿出那封珍藏了很久的情书向着北方点燃了。我祈祷着，祈祷那位九泉下的姑娘地下有知，来咀嚼这份人间独特又珍贵的友情。

旗　袍

搬新家整理衣物时翻出了一件银白色的旧旗袍，20年过去了，它依然散发出柔和的光。这件旗袍是我的最爱，也是我怀念两位老人、热爱生命的见证。

1988年夏天，突如其来的疾病让我惊慌失措。必须住院化疗放疗。医生轻描淡写的话，让我如五雷轰顶。我茫然地徘徊在川医门口。父亲向医生求情：小女不肯住院，她怕那些身上脸上打了红杠杠的人。怪事，哪有病人怕病人的。医生没好气地说。

表妹小文把我带到春熙路口，住进了她爷爷的家。爷爷奶奶和他们乡下的侄孙女传妹住在一起。爷爷年近80岁，原是国民党将军，眉宇间透露着军人的气质。奶奶70多岁，是重庆大户人家的女儿，笑起来很温婉。也许我和两位老人有缘，他们待我像亲孙女一样，每天为我熬药端水。有空时，爷爷还给我讲他在部队带兵打鬼子的事。化疗结束后，进入了放疗阶段。随着放疗次数的增多，恶心、呕吐、咳嗽、掉头发、血色素下降等副作用，把我折磨得死去活来。突然有一天，我发现那个穿红西服的女孩不见了，病友说她走了。我浑身发冷，转身离开了放疗的队伍。母亲追过来拉着我，哭着喊：医生，医生快来！医生拦着我：你想死吗？我流着泪说：反正都是死，何必还来受罪。

燕子，这几天怎么不吃不喝？书也不看，诗也不背了？奶奶爱怜地拉过我的手走进里屋，抱出几本厚厚的相册。照片上，年轻时的奶奶有着倾城之貌。我特别喜欢她身着蓝色旗袍，站在大海边的那张照片，那是一种纯净透明的蓝。奶奶小心翼翼地从相册里抽出一张照片，是她70岁时和爷爷照的。奶奶一身红色旗袍，幸福地依偎在身穿唐装的爷爷胸前，仿佛18岁的新嫁娘。

燕子啊，一点病就把你击垮了？我和你爷爷经历过的苦难，你是想都想不到的，如果要死怕早就死过十次八次了。那年你爷爷被关进监狱，我怀有身孕，被赶到乡下。怕娃儿生下来就没爸，遭罪，我想到了去死。有一天，我拿把剪刀对着手腕刺了下去。醒来时，一个乡下大娘守在身边。大娘边抹泪边说：幸亏发现得早哦，大妹子哦，有啥想不开的，有啥比命重要？

是啊！有什么比生命更重要呢？我也是热爱生活的人。10年前，我上班每天要经过一条青石板小巷。小巷里有一个会画画的男孩，身材高大挺拔，绘画时神情专注。听人说，男孩喜欢画穿旗袍的女人。每次路过他家，我都要跑到他窗下踮着脚看他画画。可惜的是，他从没转过身来看我一眼。

读戴望舒的《雨巷》，就渴望成为雨巷里那个穿着旗袍、撑着油纸伞、结着愁怨的丁香一样的姑娘。

一连几天，我寻遍小城大街小巷，终于在一个不起眼的小摊上找到了一把油纸伞，有淡淡的桐油味。我又买了块紫色的金丝绒布料，却找不到做旗袍的师傅。旗袍作为小资产阶级的象征物，在小城已经消失了很多年。父亲说：找沈旗袍。

敲开沈旗袍的家门,说明来意。沈旗袍推了推老花镜,盯了我半天:啥子旗袍哦,做不来。一连去了几次,磨破了嘴皮,还是没用。最后不得已搬出了父亲,沈旗袍才说:看在王师傅的情面上,你等几天来拿。

穿着领子、袖口、袍边全部绲了圆边的旗袍,喜悦之情掩盖了丁香一样的愁怨,一种初恋般甜蜜的感觉萌生。

在一个夏日的午后,我特意穿上旗袍,撑着油纸伞,慢慢走在小巷的青石板路上。临近男孩家时,我不敢抬头张望。突然听见有人喊:罗哥,快看旗袍!因为旗袍,我们成了点头问好的朋友。他告诉我,画中那个穿旗袍的女人是他死去的母亲。

后来我去外地读书,他也当兵走了。再次回到小城时,听说他在部队上娶了个爱穿旗袍的女子。从此,我将这条紫色旗袍藏了起来。

燕子,想什么呢?奶奶轻轻揽过我的头,用手巾擦去我眼角的泪水。记着奶奶的话,好好活着。退一万步说,就是死,女人也要光光鲜鲜地死。小文说你穿旗袍很好看,我送你一块布料,让传妹给你做一条。听了奶奶的话,我赶紧摇手:不不不,我都快要死了,还穿什么旗袍。奶奶做了个阻止我的手势:嘘!别在老人面前提死。

传妹有个缝纫店,两天时间就为我做了件极漂亮的旗袍。说来奇怪,我将旗袍穿在病重的身上,竟有了一些精气神。不知谁说过,旗袍,天生是女人的尤物。奶奶上下打量我好一会儿才说:燕子,你穿上旗袍就活过来了,好漂亮!爷爷也笑呵呵地说:嘿,像仙女一样!

第二天醒来,见奶奶穿了一件蓝色旗袍,笑眯眯地站在我的床前：燕子，快起床，陪奶奶去逛春熙路。我穿上新旗袍，和奶奶手挽手走在繁华的春熙路，吸引了众多惊异的目光。我心里暖洋洋的，苍白的脸上竟泛起了一丝红晕。

我穿着旗袍回到了放疗的队伍。

2006年春天，林歌尔电话通知，要我们几个好友着旗袍盛装出席"美女宴"，给伍老师一个惊喜。那天"美女宴"上，我们个个花枝招展。伍老大喜过望，连说：漂亮！漂亮！仙女们下凡了！望着伍老的笑脸，我突然想起了爷爷奶奶。

日子在忙碌中流逝。算起来，我也离开他们10多年了。所幸的是10多年来，无论我走到哪里，都能感受到他们的关爱和鼓励。燕子，多保重，注意身体哦；年轻人嘛，好好干自己的事业，别老牵挂我们。电话里，奶奶每次都这样叮咛。

写这些文字时，爷爷奶奶已经90多岁。

我突然鼻子一酸，近几年来忙于生意，竟有好长时间没有去看望他们了。我急忙拿起手机，拨通了电话：喂，爷爷您好！奶奶呢？我想你们了！爷爷笑呵呵地说：哦，燕子是你吗？啊！老爷子，哪个来电话？燕子的啊！给我，快把话筒给我。电话那头传来奶奶的声音。燕子哦！这两年你好吗？好！好！我边抹眼泪边点头。

星期天，我和女儿专程去成都看望爷爷奶奶。爷爷奶奶依然健康快乐。女儿穿了件简易旗袍。奶奶像当初打量我似的打量了女儿好一会儿：哦，跟你妈年轻时一样漂亮！爷爷笑呵呵地说：嗯，跟仙女一样。

我的丹棱情结

今天，当我站在仕清园饭店门前的十字路口，抬头仰望对面竖起的一个偌大的广告牌：玫瑰园22期·丹棱玫瑰世纪城——给丹棱一个新焦点。想到不久的将来，这沉寂多年的东门将出现一座玫瑰新城，今后仕清园饭店将入驻这座新城时，不禁感慨万千。我想，40年前的我，无论如何都想不到，那个一心想要逃离小城的小丫头，不但没有逃离，反而在这片贫瘠的土地上开花结果，成就了自己丰富的人生！

闭上眼睛，我努力回忆40年前的那个夏日的傍晚，刚刚高中毕业的我茫然地站在丹棱城小南街的十字路口。高考落榜，下乡无门，何去何从？举头望天，天不语；低头看地，地无言。走出小城去大城市的梦想破灭了。

无可奈何，只得听从父亲的安排，进饮食服务公司当一名服务员。其实，能进饭店当一名服务员是当时许多年轻人梦寐以求的事情。1978年还是计划经济，吃饱穿暖是头等大事。近水楼台先得月，在饭店上班总能捞点油水吧。可是，我就是不愿意，一直想着怎样才能走出丹棱，上班三心二意的。1980年夜校补习班开课，我仿佛抓到一根救命稻草，拼命学习，参加各类考试，可叹我数学底子太差，考了几年都失败，直到1985年才考上重庆二商校。

1985年8月，我如愿登上火车，怀揣着梦想去到我向往的大城市——重庆上学。上班几年，重返校园，我有一种浴火重生的感觉，除了认真学习而外，就是和同学们一起游遍重庆的山山水水。两年半的学习和游玩，让我感受到家乡与重庆的差别。枇杷山公园的夜景、重庆街头的车水马龙、解放碑附近的高楼大厦，无不让我流连忘返。由于是带薪读书，哪里来便回哪里工作，1988年底我回到原单位当了一名财会人员，转了一圈又回到了原点。小城仅有的几条小街无法承载我的梦想，工作几年后，我办了停薪留职去改革开放的排头兵广东打工。1993年夏，我又踏上寻梦的旅程，只身飞往广州佛山。

站在佛山的街头，望着周边高高的楼房，楼房四周霓虹灯闪烁，空气中不时飘过阵阵兰花香，我的梦想突然变得五彩斑斓。我告诉自己一定要在这座城市找到位置。然而，由于有太多的羁绊和许多无法言说的原因，我想在异乡扎根，干出一番事业的梦想慢慢化为泡影。相反，自己最看不起的那座小城，那条瘦瘦的长街，那些雕花门窗里的影子在梦里越来越清晰，甚至到了魂牵梦萦的地步。我渐渐意识到改革开放的春风已由沿海吹向全国。我想回去，我要回去，回去加入建设和改变家乡的队伍。于是，两年后我拒绝了高薪挽留，拒绝了出国工作，毅然返回丹棱。

小城还是那么小，老街还是那么老，依旧是雨天泥泞满地，晴天尘土飞扬。这一切原本是那么不入眼，现在我却有一种久违的亲切。站在老街的尽头，听沧浪河哗啦啦的流水声，阳光洒下来照在小城，照在小城人质朴的脸上，竟有一种别样的美丽。我有一种强

老街记忆

烈的感觉，我的家乡会越来越好，我的城市也会越来越美！重庆的美是重庆人的，广州的美是广州人的，只有丹棱的美才是我的。

20世纪90年代中期，新一轮的改革开放让许多国有企业纷纷解体，我也正式下岗。计划经济全面走向市场经济，个体工商业如雨后春笋般涌现。我预感在这火热的时代该有我施展抱负的舞台，通过几番考察最终决定继承祖业开饭店，于是开始筹资选址。在返乡的第二年，该是1996年的秋天吧，我站在丹棱城东一块空地上。那天的天格外蓝，望着天空飞过的一只只鸟，我有种莫名的感动，仿佛自己变成了一只鸟，在天空飞翔！我深知我的家乡还太穷，穷得连一条像样的公路都没有。我也知道我的家乡还太闭塞，闭塞得许多人都安于现状。可是，改革开放的春风正在使劲地吹，总有一天会春风化雨，滋润人们干涸的心田。我就要在脚下这块土地上启航！

从筹资到新店落成，这一年多时间里的辛酸和泪水早已封冻在记忆深处。1997年12月份仕清园饭店正式营业。望着两楼一底的新饭店，握着一摞沉重如山的借条，我知道自己已经没有回头路。我埋着头努力朝前走，风雨兼程，这一走就是20年。

20年后的今天，中国发生了翻天覆地的变化，从积贫积弱到屹立于世界强国之林。眉山早已建市，并开启了它辉煌的时代。我们丹棱有了自己的高楼大厦，有了自己的街心花园，有了自己的明亮街灯，有了通往外界的高速公路。我们有了太多太多以前无法想象的物质财富和精神财富。特别是党的十九大以来，国家在发展经济的同时，提出了精准扶贫和保护环境之国策。千千万万贫困人口脱贫，祖国的天更蓝了，水更绿了，山更青了。丹棱更是美得人见人爱！春来了，秋不走。外地客人是这样形容丹棱春天的美景的。的

确,烟花三月,走在花果飘香的乡村大道,恍若走进桃花源,你会迷失在丹棱的春天里。前不久,陪几个朋友去幸福古村,爬上鹰嘴岩,放眼望去,夕阳下古村落如诗如画。燕子,来山上搞个野营项目!朋友大声说。

大雅新城的建设,大雅堂的拔地而起,大雅公园、齐乐公园的开放,彻底改变了丹棱小城的格局。感恩改革开放,让丹棱变成了西南的一颗小小的明珠;感恩改革开放,让我这个一无所有的下岗女工,搭上了改革开放的时代列车,最终成为时代的弄潮儿,拥有了一份自己的小小事业。最令我感到骄傲的是,在建设丹棱的历史进程中,我是参与者也是受益者。我出过力也流过汗。回首往事,我因家乡的变化而感到幸福!

天渐渐黑下来,我漫步在自家小院,望宿鸟归巢,树木葱茏,金银花开得隆重而芬芳。我深深吸一口花香,品味这幸福时光。我庆幸自己当初选择了回乡创业,选择了再续丹棱情缘!不久的将来,丹棱城东将华丽变身,它将和城西遥相呼应,比翼齐飞。仕清园饭店将在这里生根开花,并以全新的面貌恭迎八方来客。我对未来充满信心和期待。

 老街记忆

心中的那条河

晚饭后,天还出奇地热。我不想回家,怕吹空调,更怕吹风扇。想起以前闷热难耐的时候,一个人跑到河边吹风发呆的日子;想到和小伙伴们一起跳水比赛抢球的日子。我迈开双脚朝街上走去,望着天空一轮明月,我哼着《月亮走我也走》的调调,不知不觉穿过小南街,走到沧浪河边。

一样的盛夏明月夜,月光把沧浪河照亮,河面上洒了一片朦胧的白。小城人出来,借着月光洗衣洗菜。河中挤满了游泳的人。大人们在花园嘴深水区蛙式、狗刨式游来游去,我和小伙伴们则在老南桥下滚水坝一带做游戏。伙伴们有的穿条裤衩,有的光着屁股站在桥上,比赛跳水抢球。那座连接城市与乡村的老南桥是一座石墩木头桥,桥面的木头经过日晒雨淋,经过沧浪河河水咆哮的冲击,已经破败不堪。我笨,不会游泳,更不敢站在桥上跳水,只能当评委。我穿着凉鞋,高挽裤腿,站在浅水滩,嘴巴噙着口哨,手里拿根棍子。随着口哨声,我高举的棍子一挥,桥头上十几个小伙伴争先恐后地往下跳,抢漂浮在水面的球,有点像现在的水球运动。大家在河里嬉笑打闹,河就成了我们童年快乐的摇篮。

小河流淌

沧浪河年年发大水，大水卷起波浪汹涌而来。河边挤满了看热闹和捞蔬菜、树枝的人，人人手中举着打捞东西的利器。我背了小背篓，手拿铁钳跟在大哥后面。大哥的利器是一根长竹竿，竹竿一头绑了一把锋利的镰刀。大家静静地等待大水退潮，眼睛睁得圆溜溜，紧盯着从上游漂下来，又被桥洞阻挡回旋到河边的一枝一木。只见大哥瞄准一根粗大的树枝，用竹竿上的镰刀钩着树枝轻轻地移动，仿佛他钩的不是一根粗大的树枝，而是一条肥壮的大鱼。哥，你使劲嘛！我在旁边干着急。当时我不知道，身体单薄的大哥对付一根几十斤重的树枝是很吃力的，何况水还在流动。大哥不慌不忙，握住竹竿左转右旋，树枝终于被拉到河边浅滩上。看热闹的人伸出援手，合力把树枝拉上岸。不一会儿，大哥惊喜地发现一个大南瓜藏在桥墩一堆藤条蔓草中间，藤条蔓草就像一张巨大的网把大南瓜网着，阻止它沉下去。大哥钩了半天都没成功，干脆走到桥上趴在桥面上，俯身去抱大南瓜。我在岸边吓得双腿发抖，闭上眼睛不敢看，怕一睁眼大哥就掉到滔滔河水中。一会儿岸边传来欢快的口哨声和掌声。睁开眼，大哥已经把大南瓜放进我的背篓里了。他涨红脸，环顾四周，拱手道谢，像一个打了胜仗的战士。那时候家家户户穷啊，一枝一叶都是烧火煮饭的宝贝，大南瓜更是我们餐桌上的美食。前几天打扫院子，树枝和装修后的废木块堆了几大堆，不但没有人要，还找不到倒的地方，最后出钱请人拉走。这要在当年，不被抢才怪呢。

大水退了后，隔几天后，河水渐渐清亮，河中心露出小岛。小城人纷纷扛着锄头，提着篼篼去小岛上捡石头。小人捡，大人挑。一放学，河边叮咚叮咚的铁锤声像一首动听的曲子。从西门到南门，整条公路边一堆接一堆的碎石码得整整齐齐。那是多少人家孩

老街记忆

子的学费和油盐酱醋钱啊。好朋友兰兰一家最厉害，从父母到孩子个个都是能手，锤的石头又多又匀称，往往卖的钱也最多。河心岛还是我和小伙伴的美食天堂，大石头下藏着的小螃蟹、浅水里的小虾小鱼，经过油炸，撒上盐和海椒面，就变成了包包里最拿得出手的零食。运气好的时候，还能在水里捡到几枚硬币，甚至在草丛中捡到几个大鸭蛋。

旧南桥与新南桥之间有一家水碾坊。水碾坊似乎有一种魔力，它碾出来的米颗粒饱满，香味浓郁，所以一年到头生意兴隆。老南桥下游不远处，水分成两条线路，一条顺着深沟进入碾坊，冲转水碾，一条漫过滚水坝流入河心岛。小孩一般不敢去水碾坊河流游泳，怕一不小心就被激流卷进水碾底。这是小城孩子们饭桌上的必修课。大人们一般添油加醋，把水碾坊上游的水妖魔化。目的就是让那里成为小孩戏水的禁地。没有了小孩戏水，这里就成了小城大人洗衣、洗菜、挑水的绝佳之地。水深两米，干净清澈，水流表面平静下面激流暗涌。河一边是坎，另一边是红砂石条铺的石板墩。石板墩经过河水长年的冲刷，干净明亮。有一年我去河边洗菜，忘了父母在饭桌上的千叮万嘱，硬是顺着路边黄桷树湾的树根走下去，走到"禁地"去洗菜。下游有很多大人在清洗被罩和衣服，洗衣棒敲打着红砂石板上的衣物，发出有节奏的咚咚声。我绕开他们走到最上面一个空位上，快速把筲箕里的芹菜、萝卜拿出来放在石板上。洗完芹菜后去拿萝卜，谁知手一哆嗦几个萝卜落到河里，我拼命伸手去抓，脚一滑跌入水中。我还没来得及想是咋回事，刚在水中扑腾几下就被正在下游洗衣服的唐爸抓住，几个大人跑过来把我拖回家。唐爸一个劲地说：冲下去就完了。幸好，幸好。阿弥陀佛！阿弥陀佛！我则在心里暗暗庆幸，幸好母亲没有在家，躲过了一顿"笋子炒肉"。

　　唉,第二天,小南街传出燕子因奋不顾身地抢萝卜而落水后被救的笑话。母亲知道后,用手扯着我的耳朵,厉声吼道:你这耳朵是摆设吗?说了多少次,叫你别去那里洗东西你就是不听。看到母亲铁青的脸,我吓得心跳加速。从此以后那里真正成了我的禁地,再不敢越雷池半步。

　　读书做作业是烦心的事,交不起学费则是很丢脸的事,小学期间我和两个兄弟从来没有按时交过学费。为了躲避老师追问学费,我便逃学,一个人跑到河边黄桷树的树洞里发呆哭泣,一个人对着沧浪河水诉说心中的痛。这成了我和树和河的秘密。之后的假期,我和兄弟拼命捡石头,使劲锤石头,非要把下学期的学费挣齐才肯罢休。沧浪河一直是小城人心中最美的记忆,河边的树则是记忆中的风景。如今,旧南桥两端几棵高大的黄桷树还在河两岸站着,成为沧浪河边钓鱼人的最爱。树冠如盖,树枝蓬蓬着伸入河中,仿佛要拥抱河水,正好给钓鱼人遮阳,很有当代"沧浪钓雪"的意境。

　　长大后,我离开小南街去到城市的另一端。之后,我便很少再去河边玩耍。有一天,朋友雪儿从外地回来,邀我去沧浪河边散步。这个曾经在沧浪河边工作过的人,用她的文字记录了沧浪河的美,记录了沧浪河边的人和事,让许多喜欢美的人因她的文字来河边寻梦。我们一边走着,一边回忆着,猛然间被眼前的沧浪河吓到了。河流萎缩干涸,河床变窄,最可怕的是河水变黑发出难闻的气味。河里不再有人戏水洗衣,人们路过都把鼻子捏得紧紧的,生怕臭味钻进肺里。雪儿一阵叹息后又用文字描述了一条河流慢慢死去的过程。一条河,一条养育了小城人千百年的河,正慢慢死去。这是小城人心中最沉重的痛。

沧浪河，就是丹棱河，它由3条溪流组成。一条是自北向西而来汇于县城南门的龙鹄溪，一条是自县城南面飘然山而来汇入南门的飘然山之水，还有一条左发源于顺龙螺子坡、右发源于黑滩子。3条溪流潺潺，汇于南门，最终绕城一路东去，流入眉山境内，再左冲右突汇入岷江。

听老一辈讲，丹棱城原来四面均有城墙。墙高几米，由本地红砂石条砌成。城墙上四门都有炮楼，看上去极其巍峨。沧浪河绕城而过，也就成了护城河。城墙、炮楼、护城河皆为防御外来入侵。我们的祖先是何等英明，千百年来，他们临河而居，在这个水草丰美的福地生生不息，躬耕传承，虽没有大山大江的庇护，却有涓涓细流的恩泽。

值得欣慰的是，小城人心中的痛，一条恩泽了丹棱城千百年的河如今又活过来。多年来，一届又一届的县委县政府下大力气，花巨资投入河流的治理中。河段实行河长制，沧浪河下游建立污水处理厂，河道清淤疏浚，雨污分流。河堤保坎，河两边绿树成荫，鲜花盛开。最让人感动的是，沿河两岸相继建成几大湿地公园，原来的小花园变成了齐乐公园，小城人真正享受到了其乐融融的生活。其后，白塔公园建成，丹棱县古八景之一的千年白塔真正扬眉吐气，旧貌换新颜。端淑公园让《为学》精神有了朝拜之地。黑石河公园结束了东门没有公园的历史。它还没开园，东门的老百姓就奔走相告，晨练的人和晚上散步的人个个喜形于色，幸福感爆棚。

如今苍浪河上横跨了几座大桥，有沧浪桥、大堰桥、南门桥、西门桥等。傍晚，站在桥上，望着夕阳的余晖读彭端淑的《济桥晚照》"余光收不尽，化作江烟散"的句子，你会感悟出别样的人生，会情不自禁地向朋友发出邀请。

夜更深了，我忍不住拨通了雪儿的电话，给她讲了丹棱的变化；给她讲了她笔下那条死去的河活过来了，而且活得如诗如歌；也给她讲了她曾经工作过的这座城市如今的点点滴滴。此刻，沧浪河平静地流淌着，月亮静静地照着，河两岸霓虹灯闪烁着，依然还有那么多人惬意地在河堤上走着。我悄悄从回忆中，从小时候回来。

夏日午后

连续10多天的高温,空气仿佛一点就要燃起来。我整天躲在房里发呆,望着窗外火辣辣的太阳喊:老天爷你开开眼,农民伯伯田里的庄稼快要渴死了,祈求你下点雨吧!

午饭后,我正准备上床休息,突然手机铃声响起,对方喊我马上到南岸去办事。我脱口而出:这么大太阳,可不可以明天早上去办?对方说:不行,合同要你签字。我极不情愿地涂抹防晒霜,戴口罩和帽子,全副武装出门。麻烦得很,居然找不到人开车送我。我这人愚笨,驾照拿了10年,还是不敢摸车,总在关键时候后悔莫及。要在平时,阴凉天,我撒腿就开走,可今天不敢,只好去坐公交车。此时,太阳更辣,地表温度起码45摄氏度。走出院子,一股热浪瞬间从脚底蹿到头顶,才走几十步就挥汗如雨,我赶紧朝仕清园公交车站口走,想去那里借树荫躲太阳等车。

运气还好,刚收好伞,公交车就停在我的面前。我以最快的速度上车投币,坐定。哇,好凉爽!我有空调恐惧症,一般不敢开空调,可公交车上的空调恰到好处,不冷,让人感受到舒适的凉意。正午太热,车里就我一人,心想:今天安逸,坐上了专车,比自家车还宽敞凉快。

还在暗自窃喜时，车到了华山批发部站。一老一小上车来，老的不知是小男孩的外婆还是奶奶。上车时，我看见大姐迅速把捏在手里的钱投入收款箱。小男孩不干了，非说自己没有投钱，不能坐车。大姐说小孩不用付钱，小男孩还是不干。大姐没办法，边摸口袋，边气嘟嘟地说：拿去拿去，小先人，快投吧，就你觉悟高。小男孩笑着接过钱，很严肃地把硬币投入钱箱。他那股快乐劲感染了我。小男孩长得虎头虎脑，笑起来有两个小酒窝。小朋友几岁啦？我轻声问道。他抬起头一脸懵懂地望着我：6岁了，我已经长大了。他这一望，以及说话的语气让我想起好朋友夏叶的儿子毛路。一样的虎头虎脑，一样的眼神，一样的语气。

20世纪80年代末，县文化馆经常举办舞会，2角钱一张门票。毛路的爷爷奶奶住在里面，不买票可以随意进出。有一天晚上，夏叶带着毛路到家来喊我去跳舞。那时我生病后正在恢复期，穷得叮当响，经常身无分文。我以身体不舒服推托。夏叶看穿我的心思，道：走喂，你不舒服就是要多去跳跳舞，锻炼锻炼。来到县文化馆门口，夏叶对检票员说我们进去看父母。检票员把拦着的手放下，示意我们进去。夏叶前脚进门，我后脚跟进。突然，毛路冲过来卡在我和夏叶中间，张开手臂不准我进去，对夏叶说：妈妈，燕群孃孃是你的客人，你可以不买票但你要帮她买票。夏叶说我们又不跳舞，燕群孃孃到家里去看爷爷奶奶。毛路涨红脸，坚决不干：我都6岁了，已经长大了，你们先前说的悄悄话我晓得，骗不了我。堵在门外的人越来越多，一时间弄得我们尴尬至极。夏叶一边气呼呼地说就你觉悟高一边掏钱买票，毛路这才放行。见此情景，我扑哧一声笑了。呵呵，这小男孩今后如果从政绝对是一个清官哦。

老街记忆

　　刚刚从记忆中回过神，车就到人民医院站了。我想：这么热的天，大中午的不会有人冒着中暑的危险去医院吧。谁知，车门一开，两个人扶着一个受伤的大娘上来了。大娘70多岁，满头大汗，手上还有丝丝血迹，脚踝缠着绷带。扶大娘的两人是大娘的儿子儿媳。刚坐下他们就开始责怪大娘：喊你别挑水别挑水，你偏不听。这下安逸了。大娘像做错事的孩子，头埋得低低的，一句话不说。原来大娘早上起来挑水去浇灌菜秧，不慎摔倒碰在石头上。大娘以为是皮外伤，忍痛回家用毛巾包裹一下。谁知脚越来越痛，直到痛得遭不起（方言，受不了）才给儿子打电话。儿子儿媳跑回家一看，大娘脚已经肿了，到医院一检查，是轻微骨折。大娘心疼钱，打死都不住院，儿子儿媳没有办法，只得送大娘回家。

　　师傅我要回仁美，你送我到车站。大娘抬起头来急急地大声对司机师傅说。师傅一听，连忙安慰：大娘坐好别急，3路公交车站口到车站还要走很长一段路，你脚不方便。我送你到可以转乘到仁美的站口。师傅态度极好，一边开车一边安慰大娘。大娘呢，头埋得更低了。

　　车到了唢呐广场，上来几个青春美少女，她们去万景学拉丁舞。少女们投了币后，屁股还没沾凳就开始七嘴八舌：唉，公交车硬是安逸，又干净又凉快。就是就是，比骑小黄车好。坐在后面的小女孩抢过话题：那我们约好今后就坐这趟车。在她们快乐的声音中，我的思绪穿越到遥远的20世纪70年代初。我看见太阳下，在丹棱通往眉山的公路上，走着3个少女。她们边走边骂，骂车站，骂司机，骂售票员，在尘土飞扬的公路上汗流浃背。那3个少女中，脚穿黑色凉鞋的就是我。暑假，我和两个同学突发奇想，去眉山。她俩一个去看姐姐，一个去看孃孃；我呢，捏着几元钱想去买

双花鞋子。那天我们早早起床，相约到车站集合。我们轮流排队，挤到窗口却被告知没有票了。我们好话说了一箩筐，专门找司机求情，全都没用。我们决定走路去。想象中的眉山很近，结果越走越觉得远。

司机叔叔，听说中秋节后，公交公司还要增加很多辆新车，还要通眉山，是真的吗？小男孩大声地问。司机笑呵呵地说：真的，真的。今后去眉山、去蒲江，去各乡镇方便得很哦。

丹棱公交车从无到有，又从几年前的几条线路，到现在的全县覆盖，再辐射到周边邻县，经历的艰辛只有公交人才知道。这极大满足了全县老百姓的出行需求，特别是对不会开车的老人和孩子来说，买菜、看病、上学变得越来越方便。当我们在炎热的夏天或者在寒冷的冬天，抑或在大雨天，坐在干净整洁、温度适宜的车内时，幸福感油然而生。

车到了万景，我和几个美少女、小男孩及大姐一起下车。大家似乎都舍不得下车，有人说："太方便了，很安逸，今后天天坐这趟车。"我下车撑开伞，太阳还是那么毒辣，可望着驶向前方的公交车，心里竟生起了一丝凉意。

 老街记忆

夜 钓

  天越来越黑，黑到伸手不见五指；风越来越急，急到可以撕碎船帆；浪越卷越高，高到像要吞没小船。船上12个人，除了北京小伙而外，个个全副武装，帽子、围巾、救生衣把各自包裹得严严实实。我提心吊胆地随着船在大海上航行。

  深夜，船终于停在大海中央。周围是一望无际的黑暗，我望望天空，天空也是黑乎乎的。月亮呢，星星呢，海上的灯塔呢？在一片黑暗中，只有船上的小灯发出一点亮光。我疑惑，不是来夜钓吗，为何停在这风急浪高的大海中央？想象中的夜钓该是在海边小岛，坐在沙滩椅上，稳坐钓鱼台，静等大鱼上钩。

  船员慢条斯理地分发鱼竿。鱼竿不大，绑了报警器。鱼线长长的，上面有几节荧光片。我拿着细细的鱼竿，心里直打鼓，这能钓到大鱼？

  还没等我们把鱼竿甩出去，狂风中一个巨浪猛扑过来，小船像在大海中舞蹈。我们站不稳，身体随船晃荡。只有那个北京小伙例外，他除了穿着救生衣而外，没戴帽子，没围围巾。他似乎对风浪没有任何感觉，脚像是钉在船上，收放自如地钓鱼。

又一个大浪掀起海水扑进渔船,二弟妹说:拐了,我头晕目眩。随即丢下鱼竿,闭上眼睛抱紧船柱子。别怕,快拿清凉油抹抹头。我正在安慰二妹,二弟又哇哇吐得一塌糊涂。他全身冒冷汗,扯掉围巾大口大口喘着粗气。呵呵,几个船员叽里呱啦,用半生不熟的华语说上钩了,上钩了。随着报警器的响声,小弟一扯,鱼竿上挂着一条小青鱼。我大失所望,二弟吐的饭菜撒下的窝子,就钓这么条鱼秧秧,还没得小时候兄弟在河里撮的鱼大。

两个兄弟最喜欢撮鱼。有一年河里发大水,水退后,两个兄弟提着筶篼就朝河里跑,为此挨了父亲不少竹竿。父亲手挥竹竿脸色铁青:你们耳朵长天上,就是不听话。两个兄弟疼得哭着告饶,但不久就忘了竹竿之痛,又去撮鱼,又挨打。在家里撮鱼要挨打,索性暑假就朝外婆家跑。外婆惯着外孙,不但不阻止,反而牵着兄弟:走乖孙,外婆带你们去。后来,小弟经常在我面前吹,外婆炸的面鱼如何如何好吃。他恨恨地说比爸爸炸的香脆可口,馋得我直流口水。

一想到吃,我肚子开始咕咕叫。船舱中有一张高高的长条桌,四周围摆着酒吧木凳。桌子中间放了几盏灯罩罩着的红蜡烛,两边摆满了水果、蔬菜沙拉、海虾螃蟹、冰镇啤酒、红酒、糕点,最安逸的还有软炸面鱼。北京小伙和两个韩国美女先上桌。他们在摇晃的船上始终平静如初,尽情享受着眼前的美食。听说北京小伙来沙美岛就是冲着夜钓来的,他喜欢极限挑战,今晚是他第6次出行。只见他啪的一声打开啤酒,仰脸一饮而尽,那种豪气冲天的样子感染了大家。两个韩国美女吃着笑着,呢喃细语轻松自在。

妈,舅舅,舅妈,快上桌,别辜负了这份浪漫哦。女儿边喊边过来扶我。小波去牵小舅。北京小伙一口纯正的京腔:大家一定要

吃点东西，不然后半夜会没有精神，现在离天亮还早。说实话，如果不是在摇晃的渔船上，这该是最具异国情调的烛光晚餐了。弟妹和女儿喜欢吃螃蟹，我喜欢吃软炸面鱼。二弟和二妹始终不敢睁眼，更不敢吃东西。

夜深了，更大的浪扑过来，打湿了我的衣衫裤子。刚刚还好好的，受凉后肚子里排山倒海般难受，头晕乎乎的。我赶紧埋头掐人中，用风油精抹太阳穴。一切办法都不管用，我扑到桌子上闭上眼睛。

耳边不断传来二弟二妹难受的声音。随着渔船不断颠簸，我们把之前享受的美食统统还给了大海。快快，我内急。二妹搀扶着我跌跌撞撞地冲进卫生间，还没坐稳，海水从马桶里汹涌而来，吓得我提起湿裤子不敢移步。

我开始胡思乱想。想海水不断从马桶涌上船，船像一片秋叶在浪里翻滚，随即慢慢下沉。我们在海里与恶浪拼搏，浮起来又沉下去。我眼前不断闪过油画《波浪》里与海浪搏斗的情景。我越想越怕，大声喊小波快去找船长送我们回去。小波过来，船长说坐快艇要付费。千万别讲价，保命要紧。

我们几个几乎全军覆没，再没有上船前的洒脱和豪情，十几分钟后坐上快艇失魂落魄地逃回岸上。不久，听新闻报道说有条夜钓的船沉入了太平洋。

小河流淌

与蛇说

中午正在家里打扫卫生。叽,叽叽,叽叽叽!突然,后院传来一阵急促的、惊恐的、尖锐的鸟叫声。我以为是几只鸟在树上争虫虫吵架,随即拉开门跑到后阳台,扬了扬手中的扫把:吵啥子吵,到处都是树,还不够你们找吃的!鸟儿们见状,一下飞散。我转身正准备关门回屋,又一阵鸟叫声从桂花树林深处传来。俯下身,透过桂花树枝瞧,我倒吸了一口凉气,只见院里围墙上正趴着一条1米多长的大花蛇。我吓得大气不敢出,想喊人,怕那条蛇受惊吓爬过来;想走,腿脚又不听使唤,迈不开步子;想给兄弟打电话,手机恰恰又在房里充电。那条蛇也怪,横趴在围墙上一动不动。

十几秒之后,我稳了稳情绪,脑子里飞速地转动。我想起很多年前母亲和蛇说话的往事。记得是1972年的初夏,应该是星期天,恰逢母亲休息,带着我和两个弟弟在家打扫卫生。我拿着抹布擦桌子,二弟见床上堆满了衣服,要去抱,母亲手一拦:去去去,帮你姐擦桌子。小弟才几岁,拿个长长的鸡毛掸子,东弹弹,西扫扫。我们正干得起劲,母亲突然一把抱住小弟,用脚把门钩开,迅速把小弟放在街沿上。燕子快和王平出去,去食堂喊你爸回来。母亲的

 老街记忆

声音极小,带着惊恐的哭腔,随后哆嗦地把门反扣上。我和两个弟弟一脸茫然,不晓得到底出了什么事,妈要把我们撵出来,还让我们去喊父亲回来。我牵着两个弟弟朝食堂跑去。父亲正在灶堂上忙碌,我们七嘴八舌地说缘由,父亲丢下锅铲急匆匆地带着我们回家。母亲已经打开了房门,叠好的衣服整齐地摞在床上。家里似乎没有发生过任何事。我心里直打鼓,不知道母亲犯了啥病。后来才知道,床上的衣服堆里盘睡着一条大蟒蛇,母亲怕吓到我们,情急之下把我们支走。

当晚饭桌上,父亲添油加醋地把母亲描绘成巾帼英雄。母亲的沉着冷静让我们几兄妹除了对她更加敬重而外还多了点畏惧。父亲学着母亲的语气在饭桌上给我们演示母亲智斗大蟒蛇的情景。喂,先人板板,你住得好好的,跑出来搞啥子?别吓到孩子,一会儿我出去,你从哪里来还回哪里去,饿了抓耗子吃。我先出去等会儿进屋,你如果还不走,孩儿他爸回来就对你不客气了。说完,母亲开门出去。再回来时,蛇已经走了。父亲说完后,母亲一改往日大声说话的习惯,极温柔地说:蛇是我们家的家蛇,它灵性得很,你不伤害它,它不会咬你。你们几个听好了,今后谁看见蛇,都不准打。母亲的声音低得好像自言自语,我却听得胆战心惊,一个字一个字地刻进脑子。

以前我们家的房子是砖木结构,地震板。我天天猜想家蛇住在哪里,是楼上柴火堆里还是地震板下面?从此,楼上和母亲的房间成了我多年的禁忌。楼是不敢上的,发现地震板有个洞,非用石头堵上不可。后面土砖围墙呢,天井下的阴沟呢?之后,我特别害怕独自一人在家。就这样提心吊胆地过了10多年,直到我搬家离开老房子。

10 多年前终于有了带院子的房子。喜欢树的小弟把房前屋后栽满了树,我的房子后面栽了几棵小小的桂花树。谁知,10 年时间,小树长成了大树,枝繁叶茂。树枝盖住邻居家的房顶,伸进我的阳台。农历八月,桂花飘香,溢满整个小院。可我万万没想到树枝成了蛇爬上爬下的梯子。刚刚搬进新家的头几年,一到夏天的晚上,院子里的水塘里蛙声起伏,后来渐渐没了声音。我还在纳闷,有一天看见一条大花蛇从树上滑入水塘,惊得我目瞪口呆。之后,我端午节必要小弟在房前屋后洒雄黄酒,进出必须关窗关门。

　　想不到怕啥来啥。没办法,关键时候学学母亲吧。我轻声喊道:蛇蛇大白天的你跑出来干啥?快回去。那蛇果真有灵性,听到我喊蛇蛇,它居然回过头来朝上张望,似乎还摇了摇尾巴。我悬着的心慢慢放下,继续说:快回去,家里有小孩,别吓到他们。我也不喊人来打你,千万别伤人哈,你若伤了人,会被打死的。快回去,饿了抓耗子吃,不准伤害鸟儿。蛇再次回头朝我望了望,似乎听懂了我的话。我屏住呼吸,看它慢慢地从我眼前爬走。

　　母亲的经验的确有用,万物皆有灵性。对生命保持一份敬畏,也许更好吧。

老街记忆

学画画

　　一天，林雪儿发来微信：无聊，画画解解闷。文字后面是几幅色彩斑斓的丙烯画，每幅都是荒野里一棵孤独的树，像极了我当时的心境。谁画的？我画的。你在学画画？没有，乱画。我们在微信里一问一答。你有天赋，小说家的想象力丰富，不画画可惜了。你学不学，乐山有个水彩画家，是中国水彩画界的天花板，他在办班。我赶紧拒绝，说自己没有天赋，缺少空间感，想象力不够丰富。啥子天赋不天赋嘛，又不当画家，画着耍，解闷。"解闷"两字打动了我。心想：既可以解闷，还可以和老朋友见面聊天。当然"解闷"两个字后面还藏着我童年的遗憾。

　　20世纪70年代初，小南街有几个画画的男生。他们拿着画板在老南桥下，在牛鼻子沱沱写生。这在当时绝对是小城一道亮丽的风景线。隔壁住着祝哥一家，祝哥是家里老幺，上有两个姐姐一个哥哥。母亲早逝，哥哥姐姐特别宠祝哥。他很少做家务，每天在临街面房间里不停地画啊画。有天我从他门外过，看见他家里门板上到处都挂着素描画。哇，祝哥你画得好好哦。祝哥回头一笑，神情有些骄傲。不久，上面吴爸家的必忠哥也经常把画摆在街沿上。每

每看到这些画，我眼睛都直了，对他们的崇拜更是与日俱增。

后来才知道我小学同学陈张平也在学画。陈张平遗传了他父亲的基因，智商、情商都特别高。他父亲出生在一个中产家庭，家里房子在小南街属于中等，里三层外三层，天井套天井，四周是上好木柱，雕花门窗。小时候玩打电报猫，他家绝对是玩耍主场。他父亲从小聪明伶俐，喜欢戏曲，尤其擅长打金钱板。他深知艺术陶冶情操，鼓励儿子读书之外学画画。陈张平平时和街邻同学打闹嬉玩，私下里拜师学画。我父亲和陈父是朋友，父亲见陈张平是一群街娃的头儿，便托他罩着我。后来看了他的画后，我问：老同学，小时候你带着我们疯玩，为啥不喊我们跟你一起学画呢？他笑而不答。这件事成了我童年最遗憾的事。

为了弥补童年的遗憾，长大后我结交的朋友几乎都是画家、书法家、作家等。饭店有间画室，朋友聚会，总要为我留下墨宝。有时几个朋友合作一幅画，我也挥毫画上一笔，过一过当画家的瘾。墙上字画都出自朋友之手。最让我感动的是新店开业前夕，眉山文人画家耀聪在母亲去世，身负巨大悲痛的情况下，将仕清园百年沧桑浓缩成一幅长卷。画卷被我放置在三楼电梯口，向顾客讲述着饭店的前世今生。这些字画让老店更具书香气息，其中就有陈张平的《梅花图》。

陈张平是丹棱最有成就的画家之一。1979年他去北京当兵，1989年毕业于解放军艺术学院国画专业。从此开启了他开挂般的人生。先后任《解放军报》《中国民兵》杂志及解放军画报社美术编辑。在报社编辑部他如鱼得水，编辑、画画、摄影、设计、采风等他都做到极致，获奖无数。退休后，他把重心放在画画上。前不久他让人眼前一亮的3组画——《陈张平眼中的高原人》《春江水

暖》《古风遗韵》，均在美术界引起极大反响。如今他静心创作，佳作不断。

我和林雪儿成了周三班的学生。周三班其实就是周三晚上的学习班。班上有10来人，我是唯一一个来自外县且不会开车的学生。每到周三下午4点，先生洗干净车，在地坝里等我。一路上风景如画，我的心情也随之好起来。到乐山停好车，我们变着花样吃，这周吃跷脚牛肉，下周吃麻油抄手。饭后我去上课，先生则走路。回程时还要买些小吃水果。我常问自己：燕群你到底是来乐山学画画的还是来品尝美食的？

我的确不是学画画的料，对水彩画一无所知。网上恶补才知水彩画起源于英国，归属于西洋画，简称西画。西画含有油画、水粉画、水彩画、丙烯画、色粉画等。因为凡·高的《向日葵》，我知道油画。却完全不知道西画除了油画而外，还有那么多画种。学员都是绘画爱好者，大都是喜欢艺术、热爱画画的中年人，也有几个年轻的美术老师。第一次看老师用中国毛笔画西画觉得好奇。用毛笔画水彩线条，最简单的涮水上色对我来说都很困难。不过我还是愿意去上课，因为喜欢梁老师上课的感觉。他一身艺术家行头，笑声爽朗。他经历丰富，下过乡当过兵，在部队从事文艺美术工作。曾经拜名师学画，涉猎多个画种，后对水彩画情有独钟，用10年时间摸索出一套全新的绘画技法。他的画在国际国内多次获奖，成为美国全国水彩画协会签名会员。他从容不迫，平淡生活，静静作画，安然阅读。

上梁老师的课很轻松。他先示范作画，一边画一边摆龙门阵。在这些龙门阵中，我不知不觉得到了天文地理方面的知识，不知不觉对乐理知识有了更深的了解。后来才知道，梁老师不仅是一位画家,更是一位文人大家。和梁老师一起去写生,你会感叹梁老师丰富的知识,他涉猎之广令人感叹。我在网上看到他为紫薇作的诗,碾轧许多有光环的诗人。

周三成了我的节日。无奈饭店正装修,上课时电话不断。不久,先生的母亲病重住院,先生去成都陪护,我没了司机,不得不中断学画,童年时的遗憾再次成为老年的遗憾。雪儿因为去上海参加培训,也中断了学画。

我至今仍然混迹于周三班的同学群,感觉自己还是周三班的学员,与梁老师的师生情依然,和周三班同学的同学情依然。巧的是梁老师和陈张平是朋友,我们闲时也聚聚。饭店茶楼小厅里挂着梁老师和同学们的作品。看到这些水彩画,就像看到水彩画坛未来的"新星"。

借钱记

坐在副驾驶上，我的双眼瞪得溜圆，一直紧盯着前方。我对身旁开车的司机师傅的车技持怀疑态度。他看上去有些单薄，感觉刚成年。我在心里骂道：狗日的汤老表，开长途车你找个成熟点、技术好点的师傅嘛，弄了个青年娃，害得我提心吊胆。

这是 1997 年夏天的早晨，我租车前往内江借钱。几个月来我焦头烂额。饭店修到二楼，汤老表就停工了，说是没钱买预制板。我好话说尽都没用，只得到处找亲戚朋友借钱。修到三楼时又停工了，汤老表还是那句话。我问汤老表：当初你答应全额垫资修房，为何现在三番五次停工？汤老表一脸无奈地说：我也不想停工，只是别人欠我的钱收不回来，我拿啥子钱垫嘛。看着汤老表痛苦的表情，我知道吵闹无济于事。汤老表是远房亲戚，为人不错，而且刚起家，手头紧。我不想因此撕破脸皮，别房子没有修好，亲戚都做不成了。我跑了几家银行贷款，均无功而返。只得再硬着头皮到处借钱。附近的亲戚朋友借了个遍，还是不够，我想到了远在内江的六孃。汤老表帮我借了辆车，并找了司机。

车刚进蒲江地界，拐弯处，弯弯树丛里突然蹿出一只狗。小师傅紧急踩刹车，我身体向前一倾，差点吐出早上吃的稀饭。

喂，你轻点嘛，我没好气地说。小师傅脸涨得通红，我哪里晓得这野狗要横穿公路哦。

唉，这小子毛手毛脚的，出师不利啊！看来今天要特别注意。

我一甩手，不解释，快开。小师傅刚发动车，前右轮胎咔嚓一声陷入前面的深坑。后面堵了两辆货车，司机猛按喇叭，小师傅更慌张，左右都冲不起来。后面车师傅拿来铁板子垫在坑里，车终于重新上路。

11点刚过，车到双流界，大件路上两边严重堵车，中间一马平川。一问是前面封路，有会议要举办。交警们严阵以待，警车在路边闪烁着耀眼的蓝光。我有点郁闷，咕噜道：要多久才解封呢？等了会儿，有些车倒回来了。小师傅说：等不是办法，我们从中间开过去，从侧路转到双流城绕道去成都。车开出不到百米，被手持警棍的交警拦住，标准的敬礼后递过来一张200元的罚单。小司机吓得不敢接罚单，吞吞吐吐地说：我只想从前面侧路口开出去。这次我磨破嘴皮都没用，交警不耐烦地瞪了我一眼。我站起来，踮着脚伸手扯过罚单。走吧，别傻了。我们跟着前面被罚的车辆乖乖去双流城找交通银行。

小师傅，今天出师不顺，有劳你开车时万般小心。他点点头。交了罚款，吃了豆花饭，我们继续赶路。

成渝高速公路是川内第一条高速公路，刚通车不久。一上高速，小师傅的精神状态明显好起来，开始滔滔不绝，讲到高兴时还哼几句港台歌，吹声口哨。从他的讲述中我知道他父亲是小城有名的司机，也知道了他很早就会开车。坐了几个小时的车，感觉他车开得好，人也蛮好的。我经不得疲劳，眼皮打架，不久放松了警惕，昏昏沉沉地睡着了。突然，小师傅说：拐了，王姐，没油了。

我迷迷糊糊地问：啥没油了？车没汽油了，开不到内江。我一激灵醒过来：啥子呢，车没油了，为啥先不在加油站把油加满？我声音提高了八度。小师傅一个劲地赔不是，说：我哪里晓得高速公路上加油站相隔那么远嘛。我平复心情问这是哪里。前面不远处是隆昌，应该有加油的地方。小师傅怯怯地说。王姐你待在车里别出来，我提油桶去买点油，先加点再说。说着，小师傅跳下车提起油桶风一般朝前方跑去。

待在车里怕得要命，不时有奔驰的车从旁边呼啸而过，仿佛要把我和车掀翻。咚咚咚，突然有敲车窗玻璃的声音。我望了望敲窗的男子，身穿橘色闪光衣服，便按下车窗问什么事。他一脸和善的样子，说自己是高速公路服务队的，专门负责拖车，帮助车主解决困难。我感动得一塌糊涂，使劲夸他是活雷锋。

坐在车上，连人带车被拖到隆昌高速公路出口。男子拿出一张发票要我付拖车费。啥子拖车费哦？不是为车主排忧解难的服务队吗，不是雷锋吗？为什么还要钱呢？男子没有了刚才的和善，甚至有点不耐烦，指了指拖车上贴着的收费标准。我倒吸了一口冷气，极不情愿地付了几百元拖车费。

站在车边，我焦急地等待着小师傅，心里祈祷千万别再出啥幺蛾子。可是，怕啥来啥。突然，小师傅提着空桶从前面飞快地朝我跑来，后面两个男子紧追其后。小师傅跑到我面前，结结巴巴地说：王姐，他们要抢、抢人。我一把抓住他，用身体把他挡住。光天化日之下谁敢抢人？他指着已经跑到我面前的两个男子，说就是他们。我觉得小师傅有点好笑，两个男子能抢你啥？一问才知道，小师傅在路边问了他们家的油价嫌贵，要去别家买，两个男子不干。我赶紧和两个男子谈好价格，说就买他家的，但要他们推油桶过来帮我加油。一场虚惊就这样化解了。

车上，小师傅还愤愤不平，说他们是明抢，油比加油站的贵好多。我知道，又能说什么呢，只能沉默不语。天热得出奇，我却感觉心冰凉冰凉的。

我们折腾到晚上才到内江六孃家。晚饭后，东扯西拉一番，最后扯到借钱。六孃说钱存在银行，姑爷在外工作，拿不出来。一晚上我把泪流干，我满心期待包车而来，结果分文没有借到，回去怎么交代，饭店怎么办？我从浑浑噩噩中醒来，小师傅又慌慌张张地跑来：王姐，怎么这么倒霉，车子前左轮胎爆胎。我一惊，心想：硬是不顺呢。不过我强装镇定：呸呸呸，乌鸦嘴，啥子倒霉哦，清早八晨的。去换一个，回家。小师傅走后，我双手合十祈祷菩萨保佑。

车刚上高速公路，迎面开过一辆警车，小师傅紧急刹车。警车路过旁边大声喊叫：不要命了，胆敢逆行！吓得我们半死。幸好，前面不远处有个出口。从高速公路下来，我们仿佛经历了一场生死劫，半天不敢动车。

为了缓解尴尬，小师傅使出浑身解数，摆龙门阵逗我开心。他从我消沉的样子看出我没有借到钱，一路上只字不提钱的事，只是小心翼翼地唱着歌。他的歌声像摇篮曲，不久我又睡过去。醒来已快到成都了。我伸个懒腰，说还要去五块石进点货。小师傅一个劲地点头。说到进货，我的精气神来了。一会儿我去选货，你要把买的货守好哈，市场上乱得很，抢的偷的都多。以前我兄弟和他战友去进货就被抢过。小师傅不以为意，点燃一支烟，深深吸一口，慢慢朝车窗外吐了几口烟圈。他吐烟时得意扬扬的样子似乎在说：哼，我大小是个男子汉哈。嘿嘿，我笑出了声。

车不能进入市场，只能停在外面，我们下车步行进去。市场入口处有乞讨的，有跟在我们后面揽生意的背货哥。我手上捏了些零钱，边走边递给伸过来要钱的手。小师傅迷惑地看看我，赶紧挥手

阻拦更多伸出的手：走走走，别挡住路。他一见这阵仗，立马摇身变成我的小保镖。别，别这样，他们也要吃饭。小师傅听了一愣，随后从包里摸出了些角票，递给了伸过来的手。

　　选好货找了合适的空地堆放。我把木耳、薏苡仁和香菇放在地上，叮嘱小师傅不能大意。王姐，放心哦，哪个敢来抢？他说着用手拍了拍胸脯。东转西转，买的东西越来越多，货越堆越高。当我和背货哥来到堆货的地方时，笑弯了腰。只见小师傅整个人手脚并用趴在货堆上，脑袋不停地左转右转，眼睛骨碌碌地瞪着看。哈哈，我的小英雄，你不怕哒，怎么趴在货上呢？小师傅翻身跳起来说：歪呀，这里硬是有点凶，几十双眼睛贼贼地盯着这堆货，我不敢大意。

　　进好货去加油。出加油站跑了1公里多，小师傅一拍脑门：遭了，加完油后忘盖油盖。我哭笑不得，连连说，千万别再吓我了哦，再吓怕要得神经病了。返回去加油站，油盖还躺在那里。谁知，出加油站不久，在一个岔路口后右轮胎又爆胎。幸好，岔路口边上有个补胎加水的铺子，补胎师傅笑眯眯地坐在门口。小师傅却说这人专吃过路补胎钱，路上那些小钉子就是他撒的，要我一定讲价。经过一番讨价还价，修好车后，终于平安到达家里。

　　我给小师傅辛苦费，他执意不要，说两天的时间，他和我经历了生死考验，出了那么多事，能化险为夷就烧高香了。

　　后来六嬢给姑爷说了我借钱一事，姑爷专程把钱给我送了过来。

　　一晃20多年过去了。新店正在装修中，其间又遇到资金困难，因为有了20多年的良好信誉，资金问题很快得到了解决。

　　很久以来，我都想把那次借钱的经历记下来。以此，感谢小师傅，感谢叶姑爷，感谢汤老表，感谢林姑爷，感谢曾经帮助过我的每一位亲朋好友。

走眉山

昨晚和群英、玲远商议好，今天早上 6 点在汽车站会合，不见不散。一早起床，提起鞋，踩着猫步走过地震板，拉开房门，闪到天井边洗漱。父母上早班，大哥下乡，两兄弟还在梦里。我不敢有一丝响动，若惊醒他们，那谋划许久的眉山之行就得泡汤。洗漱完悄咪咪地打开巷道门，一溜烟地朝街上跑去。

穿过公园巷、灯光球场，公路对面就是丹棱汽车站。刚到站门口，催促声穿过人流：燕群快来排队！售票窗口外排了一长串人，我使劲挤进去插在群英和玲远之间。好不容易轮到我们买票，群英踮着脚，把捏出汗的角票递给售票员，装着大人的口气说：到眉山。售票员站起来，探出窗口，随即大声问：谁家的小孩？汽车站负责人听到喊声走过来：你们几个小女孩去哪儿？大人呢？见没人回答，便直接把我们拉出队伍：去，去，去，喊你们大人来买票！

负责人是个女的，30来岁，相貌普通，但工作能力极强，行事泼辣。我们像小跟班一样围着她转，家里大人喊我们去眉山买点学习用品。好说歹说，她就是不同意，只得跑去求汽车司机：师傅，我们去站外等你，上车补票，求求你嘛。负责人转头道：韩师傅时

老街记忆

间到了,快出车。我们一趟子从正门冲到公路上拦住从侧门出来的车,高高的汽车按了几声喇叭,迫使我们退到路边便扬长而去。

我们又到负责人办公室软磨硬泡,希望能买到下班车票。说了半天,负责人不耐烦了,说:小李,喊派出所来领人送回各家。一听"派出所"三个字,我们吓得拔腿就跑。

出站后,群英说这个假期石头白筛了。就是就是,为了去眉山,我们铆劲攒钱,结果竹篮打水一场空。玲远一边跺脚一边帮腔。

那是1973年的暑假,小学毕业的我们心变野了。听说眉山安逸得很,有大百货商场,有川剧院,还有马车,刚放假,群英便提议攒钱去逛眉山买书包、衣服、鞋子,给自己上初中送份厚礼。一拍即合,我和群英在西门河边选了一块水浅的小坑筛细米石。用先前积攒的钱买来工具,开始挖掘我人生的第一桶金。拿着小锄头、小筲箕、竹编筛子,头戴草帽、脚穿凉鞋,站在水坑里。我们俩使出吃奶的劲,把沙石挖出搂进筲箕,再倒入竹编筛子。来,群英双手抓紧筛边,一、二、三,开始!随着号子声,我们握着的筛子在水坑里一前一后来回晃动,将细沙筛出去,留下亮晶晶的细石在筛子里跳跃,像阳光跳跃在我们的脸上。一筛一筛细石被我们俩翻倒在岸边草地上。

二十几天过去了,草地上的细石堆成一座座小山。望着这些细石,我们仿佛望见大把大把的钱,钱又幻化成书包、文具、衣服、鞋子。我们欣喜若狂,盘算着能够卖多少钱。筛石头的苦,晒得黝黑的脸,手上磨出的血泡统统在一瞬间烟消云散。

燕群,这么多石头,怎么才能变成钱,谁来帮我们挑上岸?群英不安地问。走,找我爸王大厨。

父亲随我们来到石头堆的小山前，疑惑地问：你们俩筛的？小女你保密工作做得好哦，假期不学习，跑到河里筛石头，你妈晓得还得了。以前翻窗去影剧院捡钱挨打忘了？我使出撒手铜拉长脸假装不理他。群英开始左一声王爸爸右一声王爸爸，声音甜得像灌了蜜。王爸爸，我们最喜欢你了，喜欢听你讲故事，喜欢吃你的烤冻粑。父亲听着听着眉头舒展，摆摆手，说：好了好了，明天找人来帮你们。

第二天父亲找了3个壮劳力，1台手扶拖拉机。几个小时壮劳力就把细石挑上岸倒入拖拉机。父亲托关系，细石卖了好价钱。当拿到16元巨款时，群英跳起来一把抱住我。

我们筛石头时，玲远也在四处攒钱，到糖果厂包糖，捡废品。玲远的父亲是老师，平时把她盯得紧，学习第一，她无法跟我和群英一样整天泡在河里。

看到她们俩失望的样子，我憋了半天的火冒出来。啥子竹篮打水一场空哦，大不了咱们走路去，你不搭理姑奶奶，姑奶奶还不稀罕。走，走嘛，走就走。三人同时伸出手在空中击掌。

天已放亮，我们从东门出发，爬过枫落寺长长的软脚坡，沿公路朝眉山方向走。太阳刚刚升起，照在公路两边一望无际的稻田上，微风拂过，金灿灿的稻穗随风摆动。哇，稻田里有蝴蝶，冲啊！群英一说，我和玲远率先跑进田坎，想捉两只大蝴蝶。大家边闹边跑，身上有使不完的劲。没有人走路去过眉山，更没有人知道去眉山到底有多远。我们对路程没有概念，一路走一路玩，如放出笼子的鸟，叽叽喳喳地朝前飞。10点过走到广济。唉，为赶早班车，饭都没捞到。玲远说着指了指路边的小吃店，先吃饱再赶路。我和群英的肚子一直咕咕叫，玲远话没说完，我们俩屁股已钉在板

 老街记忆

凳上了。油条、豆浆、包子、稀饭、凉拌萝卜丝，2角钱管饱。

老板娘你生意好哦。

呵呵，今天赶场人多。

到眉山还有多远？

啥子呢？小姑娘你们要去眉山？远得很，你们才过丹棱界不久。前面是伏龙，过去是东馆、白马、象耳。

玲远和老板娘一问一答，听得我们心头发麻。开弓没有回头箭，走起。

太阳毒辣，越走越热，口越来越干。快到伏龙时，韩师傅开着汽车从眉山返回丹棱，车上依然挤满了人。韩师傅瞟了我们一眼，笑嘻嘻地从我们身边驶过，扬起一路尘土。群英率先发怒，对着远去的汽车骂：呸，狗日的含谷生。我们三个扯开嗓子，手舞足蹈：老子姓含，名叫含谷生，割肉不用秤来称。龟儿子得意啥子嘛，还不是遭抓砍头。

说起含谷生就想起了父亲。冬天晚上父亲总要生起一钢盆炭火，红红的火炭上放一圈铁丝架，架上一个大瓷盅，边上放了红薯、橘子、冻粑，有点像现在的围炉煮茶。这是我和兄弟及朋友们最温暖的时刻。父亲坐在正中，把火盆上的瓷盅端起来，倒出一杯热茶徐徐喝下，哼哼两声，清清嗓子，开始围炉煮茶的重头戏——讲故事。到现在我都弄不懂，没有多少文化的父亲，为什么讲故事一流。他把听来的故事二次加工，讲成原创。故事情节生动，讲述得活灵活现，让人仿佛身临其境。他讲到高潮时总要在喉咙里哼哼两声。每每这时，听众们有的闭眼睛，有的捂耳朵，还有人互相捏手，彼此壮胆。父亲讲的故事有《一只绣花鞋》《水浒传》《西游记》《薛仁贵征西》等。《含谷生》是其中一个，讲述的是一屠户

见财起意，心生恶胆，夜半劫杀一个生意人，并分尸埋于荒野；县官接到死者家属报案后，巧扮生意人微服私访，在一条大黄狗的帮助下，根据死者嘴里含的一根稻谷智破杀人案件的故事。

司机姓韩，我们自然把他与含谷生联系在一起，把心中的愤怒全部发泄在他身上。

吼过骂过，心情舒畅了，没承想口更渴。火辣辣的太阳晒得脑壳冒烟，我们赶紧跑到东馆小食堂吃午饭，饭后趴在桌子上打盹，积攒能量，后又在供销社买了几瓶汽水和一些饼干继续赶路。

再没有先前的豪情壮志，也不再有心情捉蝴蝶，欣赏无边无际的金灿灿稻田。3人并排慢慢走成了一字线。我穿了双黑色凉鞋，大脚拇指磨出血泡，钻心地疼，脚越来越不听使唤，一瘸一拐地朝前面挪。燕群走快点喂，怕天黑都走不拢（方言，走不到）眉山。群英和玲远坐在树荫下不停催。热痛难耐，我委屈得掉眼泪。群英见状赶紧跑过来扶着我。玲远好像是发现了新大陆，从地上一跃而起，穿过菜地，前面一片绿色，有荷花点缀其中。她扯了3片大荷叶，分别盖在彼此头上。玲远的办法多，她母亲是做布鞋的，从小耳濡目染，学会巧手缝鞋。不晓得她在公路边哪片竹林捡了几片笋壳和一个纸箱盒；也不晓得她啥时候变魔术一样变出双麻绳绑的笋壳纸袋鞋。我戴着荷叶帽，脚绑"魔术鞋"，在群英和玲远的搀扶下，穿过白马来到象耳。

象耳街上很热闹，沿途有许多灰砖楼房，还有驻军部队。天慢慢地黑下来，有些商家已经亮起灯。我们不敢再吃饭，怕天黑尽有鬼。出象耳不久，遇到一对夫妻，说到眉山还远，热情邀请我们去他们家借宿。想到含谷生杀生意人，什么累呀困呀饿呀通通惊得无影无踪，赶紧说谢谢，然后拔腿就跑。我们几乎是小跑冲进眉山

城的。

晚上 12 点,我们梦游般走到群英姐姐家。叩开门,群英姐姐见到我们三个小逃荒时,又惊又喜地说:终于来了。你们晓不晓得家里炸开了锅。

我们的家长,因女儿失踪聚在一起急得团团转。幸好问到车站负责人和司机才知道去了眉山,只好守在一起等待消息。当晚,想办法给家里报了平安。

小河流淌

那年那事

会上,手机振动不停,一看是眉山店打的,直接挂了。走时明明告知他们今天回丹棱开会,一律不接电话。电话挂了又振动,如此反复。跑出会场,拨通电话正要发火,电话那头传来领班焦急的声音:拐了,出事了,出大事了。王姐快回来。我丈二和尚摸不着头脑:啥子大事哦?我早上走时还好好的。哎呀,王姐你快回来,真的出大事了。领班声音带着哭腔。他是个小伙子,一米八五,瘦高瘦高,帅帅的。他工作能力强,还能吃苦。一个大男人都急哭了,我预感事情不妙。他简单告诉我出了什么事,原来惹到惹不起的人了。我故作镇静,冷静地说:你先躲起来,散会后我马上返回。

2000年夏,仕清园眉山店在朋友们的帮助下如期开业。由于缺乏经验,开店前没有进行市场调研,我还不顾风水先生的反对,执意选址在眉山西门皮革城,理由是离女儿学校近。新店开业后一直不温不火,从夏天熬到冬天,生意好不容易有了起色,在这节骨眼上,出这大事,不是要人命吗?

傍晚,当我心急火燎地赶回饭店时,几个服务员异口同声讨伐

领班。我知道领班平时在工作中要求严,服务员心中有怨言是正常的,不过落井下石就显得不太仗义。于是我分别找服务员问话,让她们不带偏见,不掺杂个人情感,如实陈述事情真相。

几个服务员说话的语气和声音如出一辙,都在数落领班。看来我平常忽略了领班为人处世方面的问题。凉菜房小高告诉了我事情真相。原来服务员小美平时爱打扮,耍心大,上班时常常心不在焉,领班说她还顶嘴。那天我前脚走,她后脚跑进小厅关门补觉,领班发现后当场呵斥了她。小美不服气,和领班吵起来。其他服务员围上来看领班的笑话。你平时就知道凶我们,看你今天拿小美咋办?领班为了彰显自己的工作能力,杀一儆百,当众宣布开除小美,并要求小美马上脱下工作服。爱美的小美哪里受过这气,当即大吵大闹。领班铁了心,扯着嗓子喊:脱衣服走人!小美不得不脱下工作服,谁知毛衣上有几个破洞,这让平时穿着光鲜的小美感觉丢了脸,她哭着把衣服甩在领班脸上,左手按着毛衣破洞,右手掩面跑出饭店。

不一会儿小美和一男子来饭店找领班理论,领班见男人个子矮小,根本没把他放在眼里。在争吵拉扯过程中,领班仗着自己个高,一拳头挥下去,正中对方鼻梁,瞬间血流不止。怕出人命,众人合力平息打斗。男人捂着鼻子恶声说:你等着,我非剁下你一只手不可。

下午有人跑到饭店吹风,说上午领班打了某某师爷的表弟,对方扬言要领班那只挥拳的手。领班曾混迹江湖,某某师爷他也知道,他不知道的是他打的那个男人是小美的丈夫、师爷的表弟。自知闯了大祸,领班拨通了我的电话。

了解完情况,我吩咐马上关门,饭店今天发生的事所有人不准外传,明天照常营业。回到宿舍,我强作镇静,实则一夜无眠。明天到底会发生什么,会不会有流血事件,我无法预料。熬到天亮,我告诉自己,燕群快眯一会儿吧。

上班时,我吩咐后厨员工藏好手中的武器,见机行事。前厅服务员该做卫生做卫生,发现事态扩大立即报警。我坐在吧台旁边的条桌后,假装做账,算盘珠拨得噼里啪啦响,以掩饰内心的恐惧。今天到底会发生什么,我不得而知。

10点钟来了几个年轻小伙子,一进门就大声嚷嚷:喂,饭店老板呢?喊她出来见我们师哥。是祸躲不过,该来的还是来了,我道:我就是老板,哪个师哥,我不认识,他找我干啥?找你干啥?别揣着明白装糊涂,把人交出来。交谁?我故作吃惊地问。你们来我饭店,不做自我介绍,不来订餐,反而喊我交人,有这理吗?说话的人正要发火,中间那个斯斯文文、白白净净、中等个子的人挥手制止了。我断定此人便是他们口中的师哥,也就是大家喊的师爷,便笑脸相迎:请坐请坐,不知你找我何事?随即,其他两人把椅子抬来放在条桌前,斯文人刚落座,其余4人便训练有素地分别站在椅子四周。他们有意无意地撩开衣服一角,让我看到个个身上别了东西。这场景就像电影情节,我扑哧一笑,为掩饰自己的笑赶紧站起来给他们师哥倒了杯开水。

谈话正式开始,他做了自我介绍,也说明了来意。声音力度拿捏得恰到好处,声音富有磁性又有穿透力。哇,你的声音好好听。我感叹。他惊讶地望了我一眼,脸微微泛红,继续说:我们也不想为难你,只要你把那人交出来就完事。哎呀,那人把我气惨了,当他妈啥子领班嘛,怎么能这样对待我的员工,还敢打员工家属。昨天傍晚我回来就喊他滚。看嘛,桌子下面是他的工作服。他还不

干,非要讨个说法。说个屁,刚刚看到饭店有点生意,就给我惹事。我越说越来气,想到开店以来的诸多不易,竟动真情哭了起来。师哥是见惯了刀光剑影的人,看到泪流满面的我居然手足无措。他扯了桌上的餐巾纸递给我。左前方那个人突然脚一跺道:少抽风装可怜,老子不吃你这套,今天不交人,就砸了你的店。师哥轻言细语:和王姐说话放尊重点。

你的情况我还是有所了解的。你的父亲是丹棱名厨,你妈吃斋念佛,有一个兄长和两个弟弟。你们一家都是行善积德之人。他不紧不慢地说,我则听得胆战心惊。看来我家祖宗三代的人和事他都摸得一清二楚。既然你知道我们一家都是好人,为什么还要为难我呢?你在丹棱道上的朋友都喊我王姐。要不我们交个朋友,你有空去丹棱到我饭店聚聚。多个朋友多条路,多个仇人多堵墙嘛。今后万一有事用得到姐,说句话,我跑快点勤点。右边那人见师哥要妥协,急忙弯腰点燃一支烟递过去,说:别听她花言巧语。小五,啥时候轮到你插嘴?师哥口吐烟圈说出这句话时,我的内心稍微平静下来。师哥摇摇头,眯着眼睛说:打电话问问那边情况如何。师哥,那小子没有回家,家里只有个老太婆哭天喊地,应该是他的妈妈。兄弟们从昨晚守到现在,人影都没看见。算了,他躲起来怕是抓不住的,喊兄弟们散了吧,别为难他的老妈。最后一句话让我心一颤,都说盗有道义,看来这师哥还是有原则的。

又东拉西扯了半天,感觉我们越摆越投机。他知道得很多,古今中外都能说得出道道来。特别说到诗歌,他突然开口背了顾城的诗句:黑夜给了我一双黑色的眼睛,我却用它来寻找光明。哇,你活脱脱就是一个诗人。你有同情心,有学识,为啥不找个好工作,偏要当别人的师爷?我像开机枪,越说越激动。他脸上红一阵白一阵，挥手让我别再说。

　　中午了，客人陆续进店。我说道：要不留下来吃饭，继续摆龙门阵；要不走人，别影响饭店生意。他站起身，拍拍衣服：我们走了，别耽搁了你店里的生意。给他带个话，让他来找我。几个随从心有不甘，放出狠话：抓到砍死他龟儿子。

　　他们走出大门，我紧绷的神经瞬间放松了。后厨师傅跑过来：王姐，吓死人，外面街上十几个小伙子全是他们的人。真打起来我们遭得惨。我忙吩咐说：快，快从后面出去，想法找到领班，说师哥不是太坏的人，还有点知书达理。让他托人找个道上的朋友出面调解。他有错在先，主动赔礼道歉，提出赔偿金额，方可大事化小，小事化无。师傅丢下手中的擀面杖，一趟子（方言，一下子）跑了出去。

　　又过了两天，领班用座机打来电话：谢谢王姐。我找了同在道上跑的小学同学某某，他已经找了师哥，选个日子谈判。我悬在心中的大石头终于落地。

　　年关将近，订团年饭的单位和个人多起来。那天楼上楼下坐满了，连三楼茶室都摆上桌子。早上我在吧台忙碌，突然几个小伙子走到跟前：老板，今天我们要在你这里做最后的谈判，就在三楼茶室，你让人摆点瓜子花生，泡点茶。我一听，头皮发麻。啥子呢，在我这里？不行不行，今天一至三楼包席。别给脸不要脸！其中有人吹了声口哨道。我搬出今天三楼包席团年的单位。你们不怕一锅端就来。小伙子一听跑出去又折回来叫其他人，走走走，师哥说去广场兰桂坊。我送几人到大门，见20多个小伙子浩浩荡荡地簇拥着师哥走出皮革城。

　　喊来厨房师傅，脱去衣帽尾随那些人去兰桂坊，看看最终谈判

的结果。12点一过,师傅面带笑容地回来。我已经猜到结局。师傅一边比画一边说,激动得语无伦次:好阵仗哦,30多人把兰桂坊挤满。领班委托人替他赔礼道歉,说了一箩筐好话后赔了对方一笔医药费。事情最终解决了,悬在我心中的石头在这一刻才真正落地。

我越想越后怕。之后又接连发生一些事情,让我意识到自己的一意孤行,于是毅然决然地关店回丹棱。

某日去眉山办事,走进皮革城,我的心莫名其妙一阵哆嗦,20多年过去了,对开饭店的许多往事已经记忆模糊,唯独那年那事历历在目。

后来才知道原来的领班吸取教训,在其他工作岗位取得了良好业绩,与同单位一女子结婚生子,生活美满。听说师哥也弃恶从善走上正道。遗憾的是我们一直没再见过面。若今后相见,我必当面致谢,感谢他当年好念生发,避免了一场灾难。

老街记忆

小树秋花

老街记忆

百岁老人的风雨人生

百年前的今天,丹棱县城南的郭山碥秋意正浓,在竹影摇曳的深处,一排四合院背山而筑,青砖灰瓦,看上去气派醒目。后面山上是层层叠叠的松树,门外是一望无际的田野,穿过田野,沧浪河自上而下缓缓东流。这是乡绅郭老爷子的家。他是老大,两个兄弟在外求学。郭老爷子五十开外,为人和善,做绸缎生意,城里的房产足足一条半街,乡下还有良田千亩,是丹棱县数一数二的大户人家。

一大早,郭老爷子从竹林散步回来坐在正厅的太师椅上喝盖碗茶,他有些心神不定,端起茶碗,右手拿着碗盖在茶碗里拂了又拂,还不时抬头向外张望。他一直在回忆前晚的梦境。梦见后面山上松风阵阵,一只彩凤在房上的云雾间飞翔。他觉得这个梦有些稀奇,不知是否预示着什么,昨天便专程从城里回来,等待大儿媳妇生产。10点多钟,他终于沉不住气,扯着嗓子对隔壁书房喊:老大,啥时候了,你还静得下心来写字?出来陪爹喝杯茶。随着老爷子的声音,从里屋走出一个器宇轩昂的男子,20多岁,高高的鼻梁上架了一副眼镜,看上去帅气又斯文。他就是老爷子的大儿子,郭

家大少爷。爹,您昨夜没睡安稳吧?郭老爷子一听,急忙说:快当爷爷了,睡不着,睡不着啊!突然,一大婶慌慌张张地跑进屋:老爷,老爷,大少奶奶生了,生了。郭家大少爷一听,三步并作两步朝前厢房跑去。恭喜大少爷,贺喜大少爷,太太生了个千金宝贝!接生婆喜滋滋地说。一听到"千金"两字,大少爷心里咯噔一下,老爷子盼星星盼月亮,盼的是长孙啊,生了个丫头该怎么给他交代呢?他慢慢抱过接生婆递过来的女婴。不看不打紧,一看紧锁的眉头就舒展了,襁褓中的婴儿,看上去粉嫩粉嫩,大眼睛,小嘴巴,高鼻梁,十足的美人坯子。最惊奇的是小婴儿还睁开眼对抱着她的爹笑了笑。这一笑把大少爷的心都融化了。郭老爷子不知啥时候站在了大少爷旁边,他瞧瞧儿子手中的女婴,高兴地大声对后面的管家喊:掌灯,放鞭炮!

　　大少爷是读书人,给女儿取名慧琳,寓意聪明优雅。从此,小慧琳成了老爷子和大少爷的掌上明珠。慧琳3岁时,郭老爷子为她请了私塾先生。他忘不了那个梦境,相信长孙女就是那只彩凤投胎来的。慧琳人如其名,聪明得不得了,小小年纪学啥会啥,记忆力更是惊人,什么书一背就会。私塾先生摸着胡子摇摇头:郭老爷,您的孙女再长几岁,老夫怕是教不了了哦。哪里,哪里。郭老爷子嘴里客套着,心里比吃了蜜糖还甜。从此,他对这个孙女更上心。在那个母凭子贵的年代,慧琳的母亲却是母凭女贵。这个相貌平平,没有多少文化,娘家条件也不好的洪雅女子,本来在郭家地位一般,生了女儿后,反而得到了尊重。郭老爷子对儿媳说:慧琳读书识字的事你管不了,就好好教她女红。慧琳的母亲是一个典型的贤妻良母,她有一双巧手,在家从不端郭家大少奶奶的架子。家里上自公婆,下到用人、佃农、伙计都喜欢她。她看你一眼,就能做

出一双大小适脚的鞋。后来慧琳果真学得一手好女红。

慧琳8岁那年,一口气背下长诗《木兰辞》。木兰替父从军的故事深深震撼了她。她再不缠着爷爷要摘天上的星星,也不再天天吵着要玩具。有一天上完课,她和母亲一起去山上,山林里松树密密麻麻,高高大大,松针遍地。站在山顶,微风吹过,远处隐隐约约传来白塔的钟声。慧琳望着白塔出神。

妈,我要去那里!慧琳指着白塔说。走,去看白塔喽。母亲伸手想牵慧琳,她一扬手,顺着山沟跑了下去。这野丫头,别摔跤了。下山来,绕过竹林,走进田野。一望无际的油菜花开得正浓,花香四溢。闪烁的阳光照在上面,黄灿灿地喜人。慧琳脱掉鞋,光着脚板在田坎上疯跑,没等母亲追过来,咚的一声跳进油菜地,迅速钻进花海躲猫猫。母亲走过几道田坎,不见慧琳的影子。慧琳,慧琳……一声声急促的呼喊声在花海回荡。慧琳就是不出来。不去了,白塔寺要关门了。说着母亲假装往回走,慧琳才提着鞋子钻出来。

慧琳一身湿泥,上面沾满油菜花,头上脸上到处是油菜花粉,一双脚更是惨不忍睹,右脚踝有几道血痕。母亲盯着女儿,不敢相信这是她那个文静的,喜欢读书识字的慧琳。她走上去拉着慧琳边擦泥边埋怨:一会儿你爷爷他们看到,咋整哦?妈,别怕,我是小木兰。

慧琳死活不回家,非要去看白塔。母亲只得牵着她去沧浪河边洗脸洗脚。河水清澈,河上有一座石拱桥,这座桥是郭家出资修建的。穿过桥,沿河边走十几分钟就到了白塔。寺庙香火旺盛,白塔威武立在旁边。塔孔上挂着铃铛,风一吹叮当叮当响。塔尖上有一把镇邪的宝刀,护佑丹棱风调雨顺。母亲上了一炷香,双手合十,跪在佛像前，叩了三个头，口中念念有词。慧琳也学着母亲跪在佛像前，只是不知该说什么。回家的路上，母亲说佛是保佑善人的，善人就是喜欢帮助别人的人。慧琳抬头望着母亲，似懂非懂。

不久老爷子去世。大少爷继承老爷子的家产，成了新的郭老爷。他没有辜负老爷子，不但把生意打理得井井有条，还当上了县商会会长、贫儿院（现在的孤儿院）院长。他去贫儿院时，慧琳总要跟着去。她把自己喜欢的毛茸茸的玩具、小人书，以及积攒起来的零食统统背上。到了贫儿院，站在父亲后面，父亲送小朋友一样礼物，她也送一样。她记住母亲的话，做一个善良的人。

后来慧琳母亲去世，郭老爷又娶了两房小妾。小妾先后给慧琳生了弟弟妹妹。慧琳喊小妾为小妈。小妈和弟弟妹妹都爱慧琳。一大家子其乐融融。

慧琳自眉山女子中学毕业后，出落得如花似玉，在众多美女中依然超凡脱俗，被许多男人追捧。郭老爷放出话来，想和他家结亲，首要条件是门当户对。郭家是丹棱数一数二的大户人家，绸缎铺及其他生意占了整条大南街。要找门当户对的，得打着灯笼找。不巧灯笼照到了小南街孙家。孙家家境不错，家产也占了大半条街，虽比不上郭家富有，但官场有人，是书香门第。孙家大少爷毕业于中央陆军军官学校，抗战时曾参加过著名的昆仑关战役，是一个爱国的热血青年。他本就帅气十足，身着军装更是英气逼人。提亲的人交换了两个人的照片，双方一见倾心。这门婚事轰动了整个丹棱城。人们纷纷说郎才女貌，珠联璧合。

婚后，慧琳随夫定居成都。有文化、风姿绰约的慧琳在成都如鱼得水。她出入各大社交场所，帮父亲洽谈生意。闲时进戏院看电影。丈夫远去时，慧琳已有身孕，这对两家来说是天大的好事。郭

老爷随即把慧琳接回丹棱养胎。丈夫左一封信右一份电报催促慧琳早日动身。郭老爷担心慧琳在途中动了胎气，执意要女儿生下孩子后再走。谁知生下儿子后，又因局势紧张终未成行。新中国成立后，郭家和孙家的田产和房产均充公。时任丹棱商会会长的郭老爷代表丹棱商会前往眉山开会，回来后跳河身亡。两个小妈也紧随老爷而去。3具尸体摆在地坝无法入土，家里人齐刷刷地跪在地上哭得撕心裂肺。大家六神无主。慧琳跑到工作组，扑通一声跪地，声泪俱下哭诉郭老爷一生行善，曾为抗战捐款捐物。工作人员退还郭家几枚金戒指。慧琳变卖后买了3口棺材，将父亲和小妈埋葬。

　　后来一家子挤在枫落寺。为了生存，慧琳带领郭孙两家人开始寻求生活物资。她找到驻军首长，承担为部队战士洗衣缝补的工作。慧琳从一个众星捧月的公主，到孙家大少奶奶，再到洗衣女。她的身份切换自如。许是她的善良和坚忍感动了上苍，她和家人分别被下放到乡下，她和儿子落户城东某村，终于有了一个安身之地。

　　两间破旧的茅草房是慧琳温暖的新家。她把家收拾得干干净净，衣物用具摆放得整整齐齐。白天下地干活，晚上缝缝补补。生活再苦再累，她从不抱怨。刚到农村时，走在路上总有人在背后指指点点：快看，快看，她就是孙家大少奶奶……面对讥讽嘲笑，她总是报以浅浅的微笑。

　　有天晚上狂风暴雨，电闪雷鸣，茅草屋顶差点被风掀翻，屋里到处漏雨，几岁的儿子吓得哇哇大哭。慧琳抱着儿子静坐床头，轻轻安抚。房子垮了，妈妈给你顶着。说完开始哼唱摇篮曲。第二天，她买回一大捆干谷草和几根竹子。到邻居家借来梯子，爬上屋顶，将竹子横在梁上，几钉锤锤下去，再盖上一层厚厚的谷草，动作干脆利落，邻居大叔瞠目结舌道：这哪里像是大少奶奶嘛，干活比咱农村的婆娘还强。之后村里的人不再冷眼相看慧琳母子，有时还悄悄送点地里的瓜果蔬菜给她。一来二去，大家对这个大少奶奶有了好感。慧琳主动到扫盲班教大家读书识字，空闲时还教村里的女人剪鞋样、织毛衣、钩花。大家越来越喜欢慧琳，尊称她为先生。后来无论形势如何紧张，村里的人不但没有难为母子俩，反而暗中保护接济。

儿子10多岁了，特别聪明。他弄不懂为何别人都有父亲，独独自己没有。妈妈，爹爹呢？他啥时候回来？慧琳笑道，快了，快了，等喜鹊到家筑巢时爹爹就回来了。

中秋节，夜深人静时，慧琳脱下农装，换上心爱的旗袍，对镜梳妆。她把长发绾成高高的丸子头，扑腮红，画眼线，描眉，涂口红。她熟练地化完妆走到窗前，推开纸糊的窗户，抬头望月，伸出手想把月亮揽入怀中。她的眼睛明亮，眼神坚定，喃喃自语。儿子躲在被窝，眯着眼偷偷看着这梦幻般的情景。他无法相信眼前美丽优雅的母亲和田间劳作的母亲是同一个人。她一年只美丽一晚。后来他才知道这一晚母亲是为远方的父亲而美丽的。他们曾约定每年中秋十五的晚上，望月相思，拥月入怀！也是后来他才知道，母亲早在抄家之前，就把结婚时的衣物藏了起来。

小男孩在母亲的摇篮曲里长大，大学毕业后成家立业。他博学多识，才华横溢，尤其擅长古诗词。他把生活的喜怒哀乐，对母亲的感恩，对父亲的思念化作一首首精美的诗。他就是我的朋友孙仲父先生，我喊他孙老师。

命运出现了转机。改革开放后，两岸开始交往。一天早晨，天还没放亮，窗外传来一阵急促的喜鹊欢叫声。孙老师从床上一骨碌

爬起来道：妈你快听，喜鹊叫喳喳，好事随后来。两天后，统战部的同志登门拜访，带来了父亲的信和礼物。

孙老师清楚地记得母亲双手颤抖着捧读信件时的情景。她读着读着突然放声大哭，似乎要把几十年的痛苦和委屈化作泪水冲刷干净。由于某些原因孙老先生无法回国，他10多年来因挂念妻儿，竟然思念成疾。生病住院期间，护士悉心照顾，最后成为孙老师的小妈。

小妈生了两个女儿，孙老师有了两个妹妹。她们曾特意到丹棱看望慧琳和孙老师，一口一个大妈，一口一个哥哥，叫得亲热得很。

孙老先生一生致力于两岸和平统一，帮助无数人回国探亲。孙老先生去世后，孙老师去过那片土地。走进父亲生前的办公室，办公桌上一张母亲抱着1岁多的他的照片看得孙老师泪如雨下。照片已经发黄，母子俩以另一种形式和孙老先生相伴几十年。在两个老人心中，那轮圆月中住着的对方，依然是心中不变的模样。

慧琳靠回忆前半生的30年，滋养了之后的70年。岁月沧桑，百岁的慧琳已满头白发，弯腰驼背，步履蹒跚，但她依然神清气爽。这是一个怎样的女人，她的意志仿佛铁打一般。95岁时摔断大腿，术后以惊人的毅力康复。她喜欢的《木兰辞》从8岁背到100岁，一字不差。她喜欢唱戏，尤喜京剧，唱得韵味十足。她荣辱不惊，走过人生无数风风雨雨。

今天是慧琳百岁大寿。她坐在舞台中央，接受儿子、媳妇、孙女、重孙的叩拜。孙女一口标准的普通话，字正腔圆地介绍参加寿宴的来宾。他们大多数是以前村里的邻里。孙老师上台致辞，几度哽咽。

小树秋花

　　她坐在舞台中央，笑着接过我送的花束，双眼里盈盈泛光。在这双眼里，我看见一个小女孩从松林深处穿过油菜花地缓缓走来……

花开小院

　　母亲喜欢花，尤其喜欢白色的带香味的花，于是院里种了许多黄桷兰、栀子花、金银花、雪桂、含笑、米兰、蜡梅、玫瑰等。一年四季院里花香弥漫，那种淡淡的清香让人神清气爽。母亲对栀子花的情有独钟，源于她的少女时期。母亲出生在乡村，在背靠青山面对田野的四合院里度过了人生最美好的 18 年。山上漫山遍野的栀子花，以及院里大盆小盆的栀子花，盛满了母亲的少女情怀。

　　夏天到了，黄桷兰的香味伴随着栀子花的香味透过窗帘在屋里飘荡。母亲睡在床上，床头上放着几朵刚摘的栀子花，衣服的扣子上挂了两朵黄桷兰。其时母亲已经病重，不能下地走路，不能说话，小弟坐在床边拉着母亲的手。今年栀子花开得早，开得好。他说着从床头拿朵花放在母亲手里。母亲深吸一口花香，露出微笑。她的笑是羞涩的、温婉的，眼神是迷离的，似乎沉浸在自己的回忆里。以前听母亲说过，年年 5 月，二舅会到山上采摘各种花，然后用细竹条编成花环，戴在母亲的头上，说：小妹就像花仙子。这个花仙子在母亲和哥嫂的宠爱中长大。我一直相信花香是能够通灵的，母亲去世时，院子里的栀子花提前开放，金银花开得前所未有地灿烂,那晚母亲在众人的祈祷声中,随着袅袅花香升去了天国。

我除了喜欢母亲喜欢的花而外,还喜欢映山红、茶花和紫薇。我固执地认为,这些开得红红火火、花期长长久久的花能带来好运。

刚搬进小院那年,大年初一雪落丹棱。清晨站在窗前放眼望去,小院一片雪白,房上树上铺了层白纱,像童话世界。下楼吃早饭,客厅的玻璃窗外,一抹红在闪动,我以为看花了眼,揉了揉眼睛,那抹红仍在窗外闪动。我赶紧跑过去打开大门,白雪中一树繁花,朵朵红红火火,给我的新年送了一份吉祥大礼。我掏出手机,立马拨通棱子的电话:棱子,棱子,院子里的茶树一夜间开满了花。棱子在电话那头一样激动:呵呵,今年好运哦!我小心翼翼地拂去花上的雪,让这一树火红在白茫茫中更加亮眼。

映山红也是我喜欢的,花开起来像一团火。院子水沟边有株映山红,一年四季开花,开得最盛是4月,红似火。年年4月,我都以花的名义邀三朋四友来赏花留影。院子里还有3株高过楼房的紫薇,呈三角形,在我和小弟住房之间。树似没有皮,光亮的树枝上顶着一头绿色,极像一把伞,盛夏时繁花似锦,浅粉的、桃红的花像3把花伞在阳光下妩媚,在风中摇曳。紫薇花期极长,有时一夜风雨,落花满地,我还沉浸在悲伤中,感叹风雨无情时,无意间抬头仰望,花朵依然笑傲枝头。从夏天到秋天,花开花谢成了小院另一道风景线!小院还有牡丹、樱花、昙花,我虽然也喜欢,但觉得它们太洋气。

玫瑰也是我喜欢的,尤其喜欢它那种独特的香。我喜欢玫瑰浴,撒一些玫瑰花瓣在浴缸,泡几分钟澡,身体要香几天。

当然我最喜欢的还是兰花和蜡梅,小院里最多的就是这两种

花。兰花有种书卷气，可入盆可入地。十几株兰花在土坛里生机勃勃，让院子多了几分雅韵。门口的石磴上放两盆兰花，整幢楼更显清新脱俗。我总觉得自己和蜡梅前世有缘，无论在哪里，只要有蜡梅香飘过，我都会循香而去，买上一大捆，客厅里、卧室中、过道上都放上。屋里的香和着院子里的香，香味四溢，一个冬天连呼吸都是香的。我不说它的傲骨，我单纯喜欢它的香，那种纯粹的干净的香能净化心灵。院子里的摇椅后面，有两株高大的蜡梅。我怕冷，却盼望一年中最冷的冬天，花开时坐在摇椅上，嗅着花香，枕着冬日的暖阳，吟"驿外断桥边，寂寞开无主"，想千百年来有多少文人墨客为蜡梅而痴。

晚上，点一支蜡烛，煮一壶蜡梅茶，听海涛在烛下弹古琴，我在琴声里做梦。在梅香编织的摇篮里，与心爱的人品茗吟诗，抚琴泼墨。

小树秋花

说说老年书画院的几位老人

2009年的某天，我正在陪几位外地朋友吃碗碗羊肉，突然手机响了，汪克方叔叔来电要我出任丹棱《巽崖艺苑》杂志主编，我当即编出几条理由拒绝了。朋友中有一位四川著名作家，早年是一名资深编辑。她调侃道：耶，燕群你还有自知之明哈。我知道，无论是资历还是编辑水平我都无法胜任主编这一职务，否则要让人笑话。

我喊汪克方为叔叔，是因为他是我父亲的朋友。从小我就敬重他，不管他是当审计局局长还是人大常委会副主任，在我心里他永远是可亲可敬的长辈。在丹棱，许多人和我一样对他很敬重。他当官没有架子，敢为老百姓说话。当他退休筹建老年书画院时，我还为他捏了一把汗。文学界的老人们不是想象中那样好管，更何况办杂志要花很多精力，还要花费很多钱。可是，没想到几年下来，他硬是把一批丹棱德高望重的老人聚集在他的周围，硬是把《巽崖艺苑》杂志办得有模有样，质量一期比一期好。

方国佐和周泽仙我尊称他们为老先生。一直以来由于我对书法的热爱，所以对书法家、画家十分敬重。我一生最大的遗憾就是没

有把书法练好，没有学会画画。去参加笔会最怕的就是用毛笔签名，看到别人在签到台上潇潇洒洒地签下自己大名时，我就躲在熟人背后悄悄说：麻烦你顺带把我的名字签了吧。工作人员都用诧异的眼光看着我，估计他们心想：这人看上去还气质儒雅，怎么连名字都不敢签呢？

　　写他们时我想到了已故的两位老前辈——万天新和吴家瑞。为繁荣丹棱文学，为发展《巽崖艺苑》杂志，两位前辈呕心沥血直到生命结束。当年我不止一次问两位前辈，这么大年纪了，身体又不好，是什么支撑着他们坚持办《巽崖艺苑》杂志？两位前辈笑眯眯地说：是爱啊，是对丹棱历史文化的爱，对故乡山水的爱。若是两位前辈九泉之下有知，丹棱有这么多文人志士踏着你们的脚印前进，你们该含笑九泉了。

　　方老先生和周老先生不仅书法写得好，文章亦漂亮，而且对古文化，特别是对丹棱的历史文化颇有研究。翻开《巽崖艺苑》杂志第1—3期，出现频率最高的是两位老先生的名字。我喜欢书法家、画家，喜欢收藏他们的作品，饭店里到处挂着朋友的字画，可惜还没有两位老先生的墨宝。不晓得今后燕群向他们讨要，他们是否舍得给我。

　　喜欢"听雨轩主人"这个名字，有些浪漫又有些诗情画意，也喜欢读"听雨轩主人"的文章。只是一直不晓得"听雨轩主人"就是孙仲父老师。记得很久以前，隐隐约约听人说过二中有个孙老师，文章了得，只是性格古怪，写的作品不准别人更改一字。我一向对性格要强的文化人避而远之。想着自己是一个业余文学爱好者，犯不着惹麻烦，所以错过了很多次请教孙老师的机会。想不到去年孙老师拿了他写的一组散文给我看，才知道"听雨轩主人"就是孙仲父老师。令我感到惶恐的是孙老师在稿子的右上角标明：燕群先生雅正。孙老师您这样的称呼真是折杀了燕群啊。

丹棱人喊郭文元为郭老。私下我问朋友：郭文元并不老，为啥大家都喊他郭老呢？朋友说：大家尊敬他呗。一个并不老的人能够得到大家的尊称，足以见得他在人们心中的地位。说实话，《巽崖艺苑》杂志由郭老出任主编，算是汪克方叔叔有眼光。和郭老一起参加过几次会议，他对文学的严谨和执着让所有参会人员肃然起敬。

书画院还有许多同以上这些老人一样兢兢业业为《巽崖艺苑》杂志挥洒汗水的人，如韩树明、宿正彬、王力钧、张文国、郑素庵等，正因为有他们辛勤的付出，才丰富了丹棱人们的精神家园。

我自知自己文笔平平，无法用语言去诠释他们对人生、对文学、对自然的内心感悟，更无法用语言穿透他们的文字，去表现他们的灵魂。我只能用笨拙的笔轻描淡写地说说他们在我心里的感觉。

今天在整理旧稿时，读到这篇10多年前的小文，心中百感交集。因为这篇文章提醒我，我欠方老先生一个还不了的情。方老先生已于2014年春暖花开时去了天国。方老先生去世前，不顾家人反对，不顾身体病危，铺纸挥毫泼墨。先生去世几天后，孙仲父老师电话询问我：方国佐先生临终前给你写过两幅字？没有，没——话还没说完，我猛然想起王华之前放在书柜的字，心一惊，莫非是方老先生的墨宝？丢下手机，跑到书柜，颤抖的双手在一堆字画里翻动，当我打开方老先生的字时，不觉泪眼模糊。我含泪告诉孙老师，的确收到方老先生的两幅字。电话那头道：这是方老先生的绝笔啊！燕群何德，今生能拥有方老先生如此厚重之礼。我将两幅字

收藏好,将这份情永远珍藏于心。

现在,郭文元已经出任端淑文化研究会会长,他和韩树明一道为丹棱文史研究呕心沥血,著作等身。王力钧、孙仲父在诗词王国纵游四海,与年龄、与病魔赛跑,活成了我的榜样。张文国风采依然,每次聚会时,他的朗诵永远是重头戏。我想拿出来炫耀一下的还有郑素庵送的几方篆刻作品。

值得欣慰的是,如今,当年那些书画院的老人已在各自领域开花结果,活成了传奇。

小树秋花

王志杰老师

今夜，我在岷江边上的中岩寺，在中岩寺的望鹤楼，在望鹤楼的两棵树下，听一个老诗人讲述另一个老诗人的故事。两棵树下，一杯浓茶，几张桌子，十几把椅子，椅子里坐着来自四面八方参加《百坡》杂志10周年庆典笔会的文朋诗友。先前，大家你一言我一语说海子的《春暖花开》，说诗人陈大华的神仙生活，说棱子太累让她休息，说贵全今晚餐桌上海量。当话题扯到已故诗人王志杰身上时，人们开始变得沉默，把耳朵都交给了张新泉老师。

听着张新泉老师的讲述，我的思绪回到了20年前《星星》诗刊江油笔会。那时正年轻，刚刚经历了生死浩劫，怀着对诗歌别样的心情来到江油。笔会上我认识了时任《星星》诗刊编辑的王志杰老师。在众多老师里，王志杰是出众的，他不仅人长得精神，诗写得唯美，而且能歌善舞。记得笔会最后一晚上，大家欢聚一堂，唱歌跳舞。他先跳踢踏舞，后唱《三套车》。唱完后大家喊：王老师再来一首！接着王老师就一首一首地唱，把整个会场的气氛推向了高潮。笔会之后，我们又见过两次面，一次是他和几位老师应邀来丹棱讲课，我们陪他们下乡去钓鱼。哈哈，又上钩了，快！小王，

拿笆笼过来。我提着笆笼在塘埂上跑前跑后，并喊：喂，王老师你悠着点钓吧，你钓几条别人才钓一条，你快把池塘里的鱼钓完喽！望着笆笼里的鱼，他像做错了事的孩子，做着鬼脸说：愿者上钩嘛。还有一次是我和几位朋友到成都参加散文诗笔会，其间专门去看望他。在省作协的宿舍楼，东拐西转到了他家。他家里是什么样子我已经记不得了，只记得他在书房里和我们谈天说地，摆他儿子诗写得如何如何好，摆得两眼放光，一脸欣慰。说得正尽兴的时候他突然站起来：我要招待你们喝咖啡，别人送的，平时舍不得喝。只见他弯腰从书桌的柜子里拿出一盒还没有开启的咖啡，20世纪90年代初，咖啡对于我们来说是宝贝，是奢侈品。他小心翼翼地开启后，拿来几个杯子，为我们一一冲上，整个书房就有了咖啡的香味。夏叶喜欢喝咖啡，一连喝了几杯，晚上睡不着，硬是拉着我陪她摆了一夜的龙门阵。想不到这一见竟成了永别。

不久后，听说王志杰一老师去世了，我无法相信一个把快乐带给大家的乐观的人，怎么说走就走了呢。直到看了《文汇报》纪念他的文章时，我才相信他已经离我们而去。直到那时，我才真正知道了他生活的点点滴滴，才知道了他的隐忍和坚强，知道了他的贫穷和挣扎。张新泉老师还在讲着，声音低沉。我努力想再回忆一些什么，可记忆一片空白。放眼望去，天空出奇地安静，仿佛有一只白鹤在盘旋。

彭孃孃

小南街有很多长寿老人。我记忆中的那条小南街,从下到上,有几十个老人都是八九十岁高龄才驾鹤西去。目前还健在的 10 多个长寿老年人中,彭孃孃无疑是小南街的"长寿冠军"。94 岁的她耳聪目明,长期独居,生活自理,还能骑车、打麻将。

彭孃孃 1929 年出生在丹棱县小南街上段。彭家乡下有良田百亩和水碾榨油坊,城里生意做得风生水起,也算是乡绅世家。彭家只她一个女儿,父母对这个家中唯一的小棉袄自然疼爱有加,兄弟们也是将她护得周全。从私塾读到官学,从针头麻线到绣花织毛衣,彭家把她当大家闺秀养,十五六岁的她便出落得亭亭玉立。她相中了街对面刘家的公子。刘公子的父亲是眉山人,从小父母双亡,少年时流落丹棱,过着寄人篱下的生活。他替人放过牛,当过学徒。16 岁时向裁缝师傅学得一手旗袍绲边、盘扣好手艺,日子渐渐好转。后来娶得能干娇妻,开始学做生意。妻子先后生育两个孩子都不幸夭折。刘爷爷继娶小妾,生下二女一男,男孩就是后来彭孃孃相中的公子。我们叫刘公子的父亲刘爷爷,刘爷爷因从小家里穷,吃了没文化的苦,便把希望全都寄托在儿子身上。儿子也争

气，初中毕业后考入"文彩中学"。他不仅人长得帅，毛笔字写得好，算盘珠子拨得精，还口若悬河一肚子锦绣文章。他时常免费给左邻右舍写春联；特别是当时县上开重大会议，标语几乎都是出自他手。

刘家做生意本已发家，家里存银足够买下几十亩良田。不承想那年代丹棱县城时常闹匪患，土匪年年呼啸而来一阵打砸抢，随即旋风而去，弄得小城人心惶惶。有一年秋，土匪又来。这次小城人奋起自卫。土匪一进城，团丁关上四城门打狗。各家各户家丁拿出守家护院的长刀短枪，把土匪拦在北街决一死战。土匪始料未及，竟然狗急跳墙火烧北街。一夜火光冲天，北街残垣断壁，街上凄凉的哭喊声伴着滚滚浓烟，久久盘桓在小城的天空。刘爷爷看到如此惨景，把家里藏在壁炉里所有的银圆都拿出来，背到北街分送给那些失去家园的人。从此，人们送给刘爷爷一个雅称——刘善人。

如果不是刘善人的善举散尽了家财，刘家早就成了大户人家，与彭家该是门当户对。彭父知道刘家的家风，当朋友撮合两家姻缘时，当即报出女儿的生辰八字，刘家人自然欣喜，对面邻居便成了儿女亲家。

初为人妻，初为人媳，16岁的彭孃孃把贤妻和孝媳做得人人称道。她从不端小姐的架子，既照顾夫君又照顾大妈小妈和公公吃喝。

彭孃孃不仅心地善良，还聪慧过人。丹棱解放那天晚上，城外枪声不断，炮声隆隆；城内家家户户紧闭门窗，大人小孩吓得大气不敢出。第二天刘善人居然敞开大门，欢迎解放军进城。彭孃孃热情地为官兵烧茶倒水，刘善人还捐献一头肥猪犒劳作战官兵。后来宽敞的刘家成了驻军指挥部。

新中国成立后，彭孃孃已经是一位年轻的母亲了。她一边相夫教子，一边伺候公公婆婆。不久大妈瘫痪在床，彭孃孃为大妈端茶倒水，端屎接尿，翻身擦洗身子。她个子小，翻不动身时小妈搭把手。她经常天不亮就背着换洗的衣服到牛鼻子沱沱用捶衣棒把屎尿洗干净，再背回家用开水煮，然后又背到河里清洗干净。寒冬腊月，咚咚，咚咚……随着捶衣棒的敲打声，手在冰冷的河水里泡白发红。她毫无怨言，始终微笑着面对一切，也从不把大妈对自己的为难告诉丈夫。不久大妈病重，临死前拉着彭孃孃的手嘟囔道：儿媳啊，我这辈子最对不起的就是你。你太善良，我死后到阴间也要保佑你！

彭孃孃用柔弱的肩撑起一个家。大妈走后公公和小妈也相继去世。

1956年公私合营，彭孃孃和刘爸被分配到商业部门下属副食店工作。记得小时候去街上买盐打酱油醋，彭孃孃总是笑眯眯地接过钱，递过货物时还要悄悄塞给我一块薄荷糖。

父母和彭孃孃、刘爸是好朋友。父亲对刘爸很敬重，以前经常听他说：你刘爸聪明得很，是我们朋友中的师爷。我不懂师爷的含义，却听得出父亲为有这么一个好朋友而沾沾自喜。

彭孃孃工作勤勤恳恳，从不多言多语。她和刘爸琴瑟和鸣，育有6个儿女。一家人本可幸福生活，只可惜，在那动乱岁月，什么灾祸都可以从天而降，活生生让幸福戛然而止。有一天，刘爸突然失踪，彭孃孃多方打听，才知道刘爸被骗去给张场学习班写对联。说是学习班，其实堪比监狱，进去的人有的屈打成招，有的自杀。为了让刘爸活着出来，彭孃孃绞尽脑汁把鼓励的话写在纸上，缝进衣角，让女儿随亲戚去张场偷偷找父亲，并嘱咐：女儿，找到你父

亲后，一定要想法把衣服交给他，让他无论如何都要挺过去。十几岁的女儿，一连几天穿着农家女衣服，背着背篼假装拾柴火，在学习班附近溜达。有一天傍晚，女儿在山坡上居然看见父亲在山沟下的土房窗户边张望。她惊喜万分，忙飞奔过去，从山坡上一跃而下，造成脚踝关节软组织挫伤，她顾不得疼痛，爬到墙边，迅速把藏在柴火里的包裹拿出来，从窗户递给父亲：爸爸快看，衣服角角里有妈妈写给你的字。刘爸用牙齿咬断线头，看了字条后和泪吞下，摆摆手示意女儿快走，说被抓到就完了。女儿拉着父亲的手道：爸爸你一定要活着出来，妈妈和我们等你回来。

彭嬢嬢一边安慰丈夫，一边带领儿女们找学习班领导哭诉，在得知能够探班的时候，彭嬢嬢用红线在一块手帕上绣了几个字"相信共产党，保重身体"，让女儿偷偷送到刘爸手中。刘爸把手帕上交给学习班，引起了上一级领导的重视。一年多后刘爸终于得以平反，被无罪释放，恢复工作。经历过地狱般的日子，刘爸已不再是那个翩翩公子、潇洒郎君。彭嬢嬢抱着刘爸，强颜欢笑说只要活着，一家团聚就好。由于在学习班受尽折磨，刘爸身体越来越差。彭嬢嬢和家人纵有千般不舍，刘爸还是走了。1989 年刘爸病逝，终年 61 岁。

刘爸走后，彭嬢嬢心如死灰，但为了儿女，她咬牙活着。儿女们先后成家立业，儿孙满堂。她退休后到竹林寺当义工。有一年我去竹林寺，在香烛摊前，见一个熟悉的身影忙前忙后，笑容满面地给香客们讲解。彭嬢嬢！我惊喜地喊。彭嬢嬢抬起头：燕群上来了。10 多年不见，彭嬢嬢红光满面，精神抖擞。她说山上空气清新，每天忙忙碌碌的，很充实。寺院的人都喜欢她。凡来求助的香客大多家境贫寒，或者遇到了迈不过去的坎，彭嬢嬢总是对他们嘘寒问暖，送上生活必需品，还给他们买车票船票。她仅有的一点退休工资几乎都用在了这些地方。

前年夏天的一个傍晚，当我和海涛敲响南门熊河碥安置街的房门时，92岁的彭孃孃惊艳了我。她和我10多年前在竹林寺见到她时的样子几乎没有任何变化，依然红光满面，笑眯眯的。拜访其实是想打探她长寿的"秘籍"。刘爸走后，她拒绝和儿女们住在一起，说不给儿女添麻烦。因旧城改造，刘家那宽敞带有天井的房屋随着轰隆隆的机器声和小南街的烟火气一起成为过往。她独自住进这安居房，房间干净整洁，一如她的朴实无华。她一生不吃任何水果和冬瓜、南瓜，却喜欢吃辣椒，可以说是无辣不欢。悄悄告诉你哦，彭孃孃特别喜欢吃生花生。

我惊讶彭孃孃的记忆力。她将从记事起到现在的事一一道来，云淡风轻的，像是讲述别人的故事。从她的讲述中，一个美丽的、纯朴的、善良的、坚忍的、乐观的中国女人最美的形象在我面前树立起来。你刘爸走得太早，我要帮他多活20年，我要让他看到子孙们现在的生活，我要让他在那边放心。说着彭孃孃走进卧室，从箱子上拖出一个相框，用手拂过干净的镜面，指着刘爸的照片说，燕群你看，你刘爸好帅哦。"好帅哦"三个字从92岁的老人口中说出，那温柔得如少女般的声音让我动容。这该是平凡人最真实的最美好的爱情吧。

今天下午，彭孃孃在儿孙们的簇拥下，挺直地站在舞台中央，在"感谢您"的祝福歌舞声中，度过了94岁的生日。

晚上，我在彭孃孃女儿的朋友圈看到她用"沧海桑田"评说了母亲的一生。彭孃孃说"如烟往事俱忘却，心底无私天地宽"。我想这就是彭孃孃长寿的秘诀吧。

街 邻

  小南街瘦瘦长长，长200多米，北起十字路口，往南一头扎进沧浪河。街上除了有100多户人家以外，还有一些商铺和老店。石板路、一楼一底的连体木板房、雕花门窗，是小南街的底色。街沿上每隔一段距离的乘凉巨石，是小南街的特色。夏天的傍晚，石头上坐着摇蒲扇的老人，一边摇一边拉家常。大人们有的搬个矮板凳，有的索性拿块纸壳垫着坐在街沿上。大家东家长西家短，天文地理、国家大事无所不摆。摆到兴奋时，笑声朗朗；不高兴时，脸红脖子粗。冬天，也有老人抱个热烘炉，石头上垫个破枕头，龙门阵一样摆得眉飞色舞。夏天摇蒲扇，冬天提热烘炉拉家常，是小南街一道亮丽的风景线。小孩们则伙在一起藏猫猫、跳绳、跳杠，有时还跳进沧浪河戏水。小南街的人们就这样简单而快乐地重复着一天又一天。

  小南街有许多和我家一样的独门独院，也有很多是一个巷道门进去就住着三五家甚至七八家人的院子。家家就像是亲戚，哪家有困难，左邻右舍相互帮衬。有一次，我独自在家吃鱼，不小心卡了喉咙。我边哭边喊，隔壁祝大姐听到后，端来一小碗咸菜，喊我和着饭吞，吞了几口后鱼刺就咽下去了。那时候家家户户几乎都是竹子泥巴墙，各家都用报纸糊了墙面，遮掩了家里的隐私。不过，晚上说话还是要轻声轻气，不然第二天就成了龙门阵的笑点。

　　小南街的邻里关系和睦，一家吃肉半条街香。那年头穷，家里难得吃回肉。小孩们吃饭时，总喜欢端着碗朝门外跑，在石头上、街沿上、门槛上坐着。喂，芳芳今天吃啥好吃的哦？吃豆腐和肉。哇！几个小孩瞪圆眼跑去抢芳芳碗里的肉。家里推豆花、蒸冻粑，总要给邻里端上一碗豆花，送上两个冻粑。也有吵嘴打架的，一般居委会主任会上门调解。大家都买主任的账，说开了就算了。

　　雪儿刚到小南街时，惊讶老街的人把平凡的日子过得风生水起。她时常盯着街上的木板门说，那每一扇门后都是一部长篇小说。后来，她把小南街的一些人和事，把老街上的老店，以及老店里的美食，以文字的形式复现在了她的小说里。

　　有一天早上，我去小食店吃早餐。年轻的老板娘说她是小南街人，一种莫名的激动促使我们拉起家常。20多年前，我离开小南街到城东打拼。不久，小南街拆迁改造。那些老街老店、雕花门窗，以及热闹的烟火气，随着推土机的轰隆声灰飞烟灭。小南街的人分散在城里的四面八方，从此少了联系。

　　我们正摆得精彩，从街上走进来一个60多岁的大哥。燕群，当老板就认不得我们这些街邻了哦？老板娘赶紧打断：爸，别乱说，人家王阿姨记情得很。看男人的面容熟悉，一时又想不起姓甚名谁。我正疑惑，大哥说：我家和你家就隔了十几米，和余爸同一个院子。我拍了一下脑门，脱口而出：你妈是开小食店的，她煮的抄手最好吃。大哥眼湿湿的：可惜我妈早就走了。听他说起他妈，我想起了自己的父母，不免有些伤感。唉，小南街拆迁后，小南街

的人就散了。好多老人走了大家都不晓得，花圈都没有送一个。

大哥记性好。小南街从南门口到小十字路口，他家家户户都报得出名字。更有心的是，每一个小院里住了几户人，姓甚名谁，当初是做什么事的，谁家门前有棵什么树，哪家屋外有块什么样的石头，以及石头的光亮程度他都如数家珍，惊得我瞠目结舌。

他还讲了许多小南街我不曾知道的人和事，讲了小南街的人现在在哪里，在做什么工作，等等。我心想，大哥你不写小说真亏了。

他说起同院子里的廖哥，让我想起廖哥的爸爸，一个喜欢听川戏的老人。记忆中他身体不好，患有严重的哮喘，咳嗽起来就要命。他时常坐在门口的椅子上，椅子旁边放一小凳，凳上泡壶茶，放一个小收音机。收音机里飘出的川剧，让古老的小南街有了些许淡淡的文艺气息。

街上还有许多喜欢川剧的中年人，他们都是名副其实的票友。这些人中"发烧"最厉害的是我父亲，他曾是丹棱县川剧团的团长。至于这个团长职务是怎么来的，我不知道。父亲上下班路上除了习惯性咳嗽两声外，几乎都在哼川剧。街上吴爸家中堂和王茶铺子里随时有唱戏活动。围鼓一响，票友们唱得声情并茂。朋友惠琴的爸爸，那声音那韵味足以媲美任何一个名角。我对川剧的感情是由父亲一手培养出来的，我五音不全，一点戏剧细胞都没有，偏偏父亲总让我陪他一起去剧院看戏，特别是有名角来，他铲子一丢，饭不吃就拉着我朝剧院跑。剧情演到高潮时，父亲红着眼，双手拍得震天响。我也跟着哼唱，高兴时也鼓鼓掌。后来我到成都，总会去川剧院给父亲买几张川剧影碟。父亲去世后，我舍不得一抽屉的影碟化为灰烬，我想，这该是父亲留给我的最好念想吧。

小树秋花

前不久去洪雅，无意中拐进南坛巷。仿佛穿越了一般，巷子还是记忆中小南街的姊妹，一样的瘦瘦长长，一样的灰瓦木板房，一样的石板路，一样的巨石。最惊喜的是，一扇老门外，穿白衬衣的老人，摇着蒲扇坐在石头上，旁边小凳上放着一壶茶，以及一个老式收音机。他一边摇蒲扇一边摇头晃脑唱着川剧，那份痴情与欢喜和当年的父亲一样。我在街上来来往往走了几圈，闭着眼睛感受着岁月老去的气息，温暖而柔软。

大哥还在讲，说余爸两口子在养老院生活得很好，说真遗憾，等等。我说，今后抽时间，组织小南街的街邻们聚聚，好好摆摆龙门阵。大哥笑着说：要得。

我的语文老师

当周老师抱着一摞作文本走进教室,刚才还吵吵闹闹的教室顿时鸦雀无声。

小琼在后面扯了扯我的衣服,悄声说:燕群,今天要宣布年级作文竞赛名次,不晓得我们班有没有人获奖?

关你屁事,别瞎操心。我在喉咙里刚挤出这句话时,周老师瞪了我一眼,吓得我赶紧把头埋进胸膛。

突然周老师说:现在我来读一篇本次作文竞赛获二等奖的作文,是我们班同学写的,题目是《记我的好朋友——勤红》。老师刚念出这几个字,我惊得目瞪口呆。难道有人和我写一样的题目?"车轮启动,汽车向前行驶,我挥着手风一般跟着汽车跑……"作者用温润的笔触描写了自己和好朋友的友谊,故事情节感人,细节生动。她用倒叙的手法写出为朋友送行时内心的依依不舍……随着老师的声音,我开始心慌意乱,这就是我写的作文,一字不差。没有想到老师会送给我这么好的评语,其实当时我根本不知道什么叫倒叙手法。

周老师读完后,同学们报以热烈的掌声。我的手掌拍得特别响，眼湿湿的，我被自己作文里的人物勤红所感动。同学们，你们猜一猜这篇作文是我们班谁写的？周老师卖了个关子。同学们窃窃私语：肯定是小玲，她作文写得好，妈妈又是语文老师。也可能是小青，她的作文常常行云流水。大家叽叽喳喳，指向平时学习好、作文写得优秀的同学。

我的心起起伏伏，出不赢气。任何人都不会想到是我，那个学习不好、喜欢疯玩、讨厌写作文的燕群怎么可能写出如此感人的文字？连我自己都觉得是被天上掉馅饼砸中了。猜测的声音还在继续，周老师走到我的面前说：王燕群同学，请你站起来给同学们讲讲作文的写作背景。我的脸一下涨得通红，慢慢站起来。同学们齐刷刷地抬起头疑惑地望着我。那些目光使我整个人云里雾里，赶紧理一理头绪，平静地讲述我和勤红的真实故事。掌声再次响起。

周老师家在农村，其貌不扬，穿着朴素，有时甚至脚穿军用胶鞋，高挽裤脚就走进教室。他是我的高中班主任兼语文老师。刚开始我着实没把他放在眼里，一个乡巴佬、泥脚杆，还当班主任教语文？上课时总有调皮捣蛋的学生恶作剧整他，想把他气走，换个洋气点的老师。谁知上了几节课后，才发觉这老师不一般，治理班上的歪风邪气自有套路。他不会严厉吼人，不会讽刺嘲笑差生，只说：在我眼里你们都是好学生，过去被耽误了，愿你们抓紧时间把失去的补回来。

我越来越喜欢上周老师的课。他不仅才华出众，并且上课时总是笑眯眯的，讲课声情并茂，肢体语言丰富，把语文课上得生动活泼。听说周老师高66级毕业后，当过民办教师，1972年有幸到峨眉师范学校进修，回来后在县城丹中执教。因为语文教得别开生面，调入县城区学校抓高中学习。我不知道写作文从哪里入手，更

不知道写什么。记得小学时写的那篇作文《记一件好人好事》，记述几个同学用报纸帮五保户糊窗户的事。语文课上，老师气冲冲地喊我站起来，当着全班同学的面，把作文本朝我课桌上一甩：王燕群你可不可以用心点，300多字的作文你竟然写了几十个"贴"字，怎么不把你自己贴进去？这篇作文成了我的噩梦，从此我特别讨厌语文老师，更讨厌写作文。

我从讨厌写作文到愿意写作文再到热爱写作文，这跟喜欢上周老师的语文课有关。我绞尽脑汁地想让老师重视自己。我知道除了上课认真听讲，积极举手发言而外，就是要把作文写出彩。

作文竞赛前我走进老师的办公室，把讨厌写作文的原因和现在想写好作文的困惑，竹筒倒豆子般统统倒给周老师。他笑而不答，只是问我平时爱不爱看书。当然爱看啊，小南街小人书店里面的娃娃书几乎被我看完了。我噼里啪啦背了一串书名。除了小人书还看其他书籍吗？我又背了几本当时热门的书。周老师静静地听着，过一会儿才说：你读读唐诗宋词，读读中外名著，学会记读书笔记。关键是你要写自己最熟悉最想写的人和事。天马行空，想怎么写就怎么写。老师没有讲写作文的模式，没有讲怎么开头怎么结尾，更没有讲什么中心思想、段落大意。这完全打破了以往讲如何写作文的模式化内容，开启了我对写作文的全新认知。这种跳跃式的思维和写法，完全契合我的性格。

我表面上还是玩世不恭，和一批所谓的差生打得火热，暗地里却拼命读课外书籍。在周老师的指导下，我慢慢找到写作文的感觉。上语文课时更是不愿意放过老师所讲的一字一句。周老师发现了我的变化，经常提问我，有时为其他学校老师上示范课也会让我回答问题。为了不辜负周老师，我用心写了参赛作文。只是万万没想到会获奖。

作文竞赛获奖，仿佛一针强心剂，坚定了我的内心。我越来越喜欢作文，再不会绞尽脑汁地想句子。只要提笔那些想要说的话就跑出来填满作文格子。

我极度偏科，语文好数学差。这影响了我后来的高考。记得我考重庆二商校时，语文考了第二名，数学是倒数第二名。如果不是语文考得特别好，我的大学梦就会破灭。

周老师除了上课以外，还要回家务农。他时常蹬着自行车风里来雨里去。同学们心疼老师，几个同学自发跑去帮周老师家锄地。印象最深的是周老师的妈妈，一个极温柔、说话和风细雨的中年妇女。她是生产队的干部，温柔中透着干练，行事麻利。好朋友志平提起周妈妈有些激动。她说两家祖辈是亲戚，解放前来往甚密。周妈妈家在城里做生意，志平父母便将祖屋后面的空房无偿拿给他们当作坊。作为回报，周妈妈为其免费送猪血——志平母亲在老街开了血旺店。就这样，两家在困难时期相互帮衬，共同取暖谋生计。志平说最喜欢吃周妈妈做的冻粑，香酥软糯。她还说，丹棱最早的香酥冻粑店就是周老师儿子开的，现在已经名扬四海，这应该是传承了周妈妈精湛的技艺吧。据说周老师的行事作风受周妈妈影响。

记忆拉回过去。同学们每次去周老师家，总有吃不完的东西，周妈妈忙前忙后，砍甘蔗，煮花生，烤红苕。大家说是去帮忙，实则是去郊游哄吃的。

高考为忙碌充实的高中生涯画上句号。高考那天，周老师和另一位语文老师陈双全与他们的学子一起走进考场，成为高78级为数不多的天之骄子——周老师以390分考入乐山师范学院，陈老师以420分被四川师大录取。而我，名落孙山。

高考落榜，我在失落中茫然。周老师说：没关系，只是希望你今后无论做什么工作，遇到啥子困难都不要丢掉手中的笔。我记住了这句话。

周老师有一个立志发光的名字——周志光。他自己发光发热，也把这束光投射出来，成为我文学之路的启蒙之光。很遗憾我没有成为所谓的大作家，但我想告诉老师，燕群一直走在文学这条路上，努力朝着他期待的方向前进。

小树秋花

打工妹

俗话说：节日过，水冲过。春节后，餐饮业便进入了淡季，生意一天比一天惨淡。可是，打工人却来了一个又一个。

那天中午，生意和天气一样阴。我坐在吧台翻申力雯的《京城闲妇》，想从中品出一些闲的味道。请问大姐，饭店还要服务员吗？我抬眼一瞥，面前站着一个乡村女孩，正怯怯地问。我挥挥手：不要，不要。又埋头看书。她依然不走：求求大姐，留我试用几天吧，我啥苦都能吃，每月随便给点钱就行。

这年头打工妹都很精，见面先问工钱后问福利，钱少了扭头就走。像她这样还真少见。我不由得站起来仔细打量她。见我站起来，她有些慌乱，一会儿用手梳理额前蓬乱的长发，一会儿扯胸前皱巴巴的衣服；穿着解放牌胶鞋的脚在地砖上来回画圆圈，像是在为自己壮胆。样儿身高还过得去，只怕山里来的姑娘木讷。

小妹，你去别处看看吧，现在饭店生意不好，不差人。见我推辞，她急得快哭了，用手揉揉眼睛哽咽道：我家穷，爸死得早，妈又有病，我想挣点钱帮家里还债。听人家说仕清园饭店是老字号，我进城后一路问来的。也许是她的眼泪让我起了怜悯之心，抑或是

老街记忆

她的话满足了我的虚荣心。什么名字？我问。林雨莉。哦，一个富有诗意的名字。我琢磨着这三个字，却无法与眼前的她画上等号。不过这名字引起了我的好感，我留用了她。

其实雨莉是美丽聪慧的，只不过她的美丽聪慧被大山和贫穷遮住了。第二天早上，当我走进饭店大厅时，眼睛一亮。穿着一身红色工作套装的雨莉亭亭玉立，蓬乱的长发梳成一根粗粗的麻花辫自然地垂在脑后，苍白的脸在衣服的衬托下略显红润，昨天那双疲倦的眼睛正闪着莹莹的光。我惊诧她的变化，脱口而出：梨花带雨三分醉。之后，经过10天的试用期，雨莉已基本能胜任服务工作。她总是抢着干重活脏活，客人来了她又麻利地端茶倒水，渐渐地，大家都喜欢上了她的质朴和心灵美。

只是，有一点我想不明白，上班时的雨莉神采飞扬，下班后却神思恍惚。发工资那天的晚上是饭店最热闹的时候，姐妹们像炸开了锅，唱着笑着，打扮得花枝招展，三五成群结伴逛街，吃麻辣烫。这时雨莉总是把钱抓得紧紧的，独自躲在一边。走，雨莉，陪我逛街。小蓓挎了个包在门口邀约。雨莉似乎有些心动，最后还是忍了忍，咬着嘴唇说不去。

时间在不知不觉中悄然滑过。随着五一劳动节的到来，餐饮业又进入了黄金时节。一时间，大红喜字、鞭炮声、欢笑声充斥了整个饭店。5月2号有婚宴，雨莉分管三楼。中午宾客陆续到来。服务员跑前跑后，飞快地上菜、换盘，雨莉更是累得气喘吁吁。望着她红扑扑的越发光彩的笑脸，我真庆幸自己当初把她留在了仕清园。婚宴完后清点剩余货物，发现三楼少了几袋糖果。我和主人均没在意，以为是客人拿走了。可是，就在我们转身下楼的刹那，一袋糖从弯腰拖地的雨莉的套裙里滑落下来。我仿佛遭到电击一般，

倒退了几步。雨莉,你?雨莉满脸通红,哇的一声哭起来。楼下的服务员听到哭声纷纷跑上楼来,大家窃窃私语,有人道:真看不出来,平时装得清高。主人见状,赶忙说:没啥子,喜糖嘛,大家吃。雨莉慢慢停止了哭声,抬头望着我,欲言又止。我觉得有点不对劲。以我几个月的观察,雨莉该是个诚实的女孩,怎会拿袋糖呢?我喊服务员干活去,随即叫雨莉到我办公室来。

雨莉进门后,扑过来伏在我的肩头,喊了一声"燕姐",便泣不成声。听着雨莉的哭诉,我走进了她的内心世界。

雨莉的家在离县城很远的大山里。她爸爸是代课老师,喜欢舞文弄墨,在山里极受人尊重。山里人生了女孩,就盼她长大了嫁到山外去,自己老了有个伸脚的地方。雨莉的爸爸也不例外。妈妈生雨莉那天是农历三月三,爸爸就盼望苍天能赐个仙女样的女儿给他。那天上午太阳还暖烘烘的,到了中午竟下起了小雨,满院梨花在雨中纷纷飘落。徘徊在门外的爸爸拾起一朵带雨的梨花说:真是个女儿,就叫雨莉吧。然而,这个诗意的名字却让雨莉一家和水结下了孽缘。雨莉10岁那年的夏天,爸爸为救自己的学生,被突然暴发的山洪夺去了年轻的生命。爸爸死后,妈妈终日以泪洗面,一病不起。从此,雨莉的家充斥着浓浓的苦药味。一看到妈妈吃药时难受的样子,雨莉就想哭。一天,雨莉用采药换回的钱买盐,见摊子上的玻璃缸里有水果糖,竟盯得入神,老板心好抓了几颗送她。握着糖的雨莉飞快地跑回家:妈妈吃糖,老板送我的。妈妈惊喜地看着雨莉,蜡黄的脸上终于有了一丝笑意。雨莉透过泪眼,看见妈妈骨瘦如柴的手小心翼翼地拿了一颗糖,轻轻地把糖纸打开,放到嘴上使劲一咬,接着又用糖纸把剩余的半颗糖包好放到柜子上。雨莉看得心痛,发誓要好好读书,长大挣钱给妈妈买好多好多糖。没

有了爸爸的日子越过越苦。因为太穷，债越背越多，雨莉辍学了。妈妈的身体时好时坏，雨莉对生活感到了绝望，常常一个人悄悄流泪。隔壁刘孃看见了，就对雨莉说：我娘家有个侄女在县城饭店打工，一个月挣好几百呢。听说老板是个女的，心肠好，你不如出去看看，在家守着你妈也不是办法。

雨莉边哭边讲，嘶哑的声音似乎要把所有的苦水全部倒出：进城上班后，每次婚宴打扫卫生，看到桌上、地上散落的糖果，看到有些小孩嚼一口就随地吐掉的糖，我就心口发紧，就忍不住想捡。放假回家，我把工资和几颗糖放在妈妈手里，妈妈边吃糖边叫我今后别买这么高档的糖了。雨莉的不幸和孝心感动了我。今后的路还长，人穷志不短。谁知第二天雨莉前来辞行。她说怕坏了饭店规矩，怕今后在姐妹们面前抬不起头。尽管我有些不舍却没有挽留她。我知道，经过这次的风波，雨莉一定会走好脚下的每一步。

送雨莉上车时，我买了一大袋糖托雨莉送给她妈妈。雨莉红肿着眼说感谢。车启动了，我转身要走，突然听见她喊：燕姐——

小树秋花

飘逝的"蝴蝶"

听说她自杀的噩耗时,我正在临街的小食店吃面。老板娘一脸遗憾地说:真可惜哦,在你饭店干得好好的,硬要走;真作孽哦,她死了不打紧,还把肚里的娃儿害死了。我听得脊背发凉,嘭的一声,一碗面摔得满地都是。

死者曾经是我饭店的一个打工妹。因为她长得漂亮,还有一个别致的名字——胡蝶,所以我对她印象极深。

前些年,我从南方归来,学了一些都市派头,想把饮食服务水平提升一个档次。我决定将由亲朋好友介绍服务员改为社会招聘,这样招聘面广,服务员的素质会高些。胡蝶就是看了招聘启事后第一个来应聘的。

那天逢场,街上人来人往,有背背篼的、提篮子的、买菜的,热热闹闹,把条老街挤得水泄不通。这时,饭店门口来了个推自行车的姑娘。大姐,饭店是不是在招聘服务员?她没停稳,就急急地问。我正在桌上择菜,忙说是。姑娘松了口气。我还以为饭店在哪里,没想到就在我卖菜的街上。姑娘说话时,眼睛扫视了饭店一圈:大姐,哪个是老板,我适不适合当服务员?只见她高高的个

儿，脸蛋白里透红的，说话时丹凤眼一眨一眨的，我高兴得连连说：适合，适合。什么名字？胡蝶，古月胡的胡，蝴蝶的蝶。她说名字时，有些得意，用手在空中比画着，生怕我写错一样。这姑娘人长得漂亮，还有点心计。我心里这样想。

  胡蝶凭着她的美貌和能干会说，很快在几个应聘的服务员中脱颖而出，成为饭店领班。那年头，饭店没有迎宾，可她往店门口一站，就有许多双欣赏的眼睛望向她。胡蝶很勤快，上班时忙前忙后，下班后又像快乐的天使活蹦乱跳。一时间，胡蝶成了仕清园的"明星"，白天晚上找她的电话不断。

  几个月过去了，先前那个纯朴的胡蝶越来越讲究衣着打扮，也越来越不安心在饭店工作，晚上经常外出不回饭店住宿。有天晚上我查房，发现胡蝶不在。小芹，胡蝶哪儿去了？我生气地问。燕姐，胡蝶耍了个男朋友，帅呆了，不回来住喽。小芹说。第二天早饭时，胡蝶竟趴在桌上睡着了。我推醒睡得特沉的她：胡蝶，你这样迟早会毁了自己。胡蝶揉了揉眼睛不好意思地说：王姐，我没什么，他姐住院我去守护。唉，又是一个痴情女。

  不久传出胡蝶要结婚的消息。我很惊讶，不知单纯稚气的她为什么要过早步入婚姻。胡蝶，你还年轻，现在结婚还太早，王姐是过来人，不会害你，你一定要三思而后行。我苦口婆心。娘家太穷，不然我都去读书了。胡蝶声音极小，像在回答我的话，也像在说服她自己。或许是她娘家真的太穷的缘故，她想走一条脱贫致富的捷径，借着美貌这一资本把自己早早地嫁出去。不久，她果真成功地把自己嫁给了那个有钱而又帅气逼人的男人。听说婚后男人待她不错，这在饭店姐妹们中引起了不小的轰动，大家都拿她做榜样，发誓今后要找个有钱有型的男人。

小树秋花

　　就在大家还在羡慕胡蝶命好，拿她做榜样时，她却神情沮丧地来到我面前。我无法相信短短的一年，如鲜花一样的她变得如此哀伤。她头发蓬乱，眼里写满绝望，楚楚可怜地对我说：王姐，请再给我一次机会吧，让我回饭店上班，我一定好好干。看着判若两人的她，想起她当初的固执，我断然拒绝了她的请求：没必要了，你已经成家了，该好好在家过日子。王姐。她声音幽幽的，似乎还有什么话要说，我却站起来上楼去了。下午，听服务员们说，她等了我很久，最后恋恋不舍地走了。她给服务员们说男人最初对她很好，后来发现她时常接济贫穷的娘家，就把经济卡严了。她想买什么都要伸手向男人要，要的次数多了自然便没了好脸色。不久便听说她自杀了，肚子里还怀着孩子。我百思不得其解。婚姻本是她自选的捷径，怎么成了摧花的辣手呢？同时她的死也让我背上了沉重的十字架。

　　几年来，我一直生活在自责当中，脑中不时浮现出那双原本流光溢彩后变得幽怨哀伤的丹凤眼。如果当初面对她的无助，我能拉她一把，是否就可以帮助她免遭劫难呢？然而，"如果"不能改变任何事。在一年一度的职员大会上，面对那些初入社会，眼中流露出纯洁、渴盼神色的打工妹，我都要把这个沉痛的故事讲一遍。我希望她们能从中悟出些什么。

　　几年过去了，我想飘逝的"蝴蝶"一定很孤独。她的死毕竟没有祝英台那么悲壮，也不可能有人与她化蝶共舞。所以，我写这篇小文给她，一方面想卸下几年来背在自己身上的十字架，另一方面希望她在另一个世界能懂得幸福的生活必须靠自己的双手去创造。也许这样我们都会活得好一些。

正午来客

差不多是下午两点钟,服务员吃完饭正在打扫卫生。这时,饭店门口走来一男一女。男子西装革履,油头粉面,一双皮鞋擦得锃亮,胳膊夹着一个公文包。女孩20多岁,长发飘飘,长得漂亮,不过眼神有些忧郁,似乎心事重重。

男子操着一口广式普通话:老板,还有饭吃吗?一听这声音,就知道是广东客商。我连忙从吧台里走出来说:有有有,请问您几位?你没看见吗?就我们两人啦。啥时候吃?现在啦,麻烦快点,饿死人啦。

男子一口气点了七八道菜,道道都是饭店的招牌菜,还要了几瓶啤酒、一包中华烟。果真是有钱人。我吩咐厨师用心把几道菜做好,又喊服务员做好服务。

菜上齐后,服务员开了两瓶啤酒。男人让服务员出去。5点多钟,男人从门缝里伸出手,让再加几瓶啤酒。小丹,进去看看,把他们的冷菜端出来热一下,马上要到饭点了,等会儿厨房里忙不过来。我嘱咐服务员小丹。

一会儿小丹跑到我面前:燕嬢,里面那个女人哭得凶。我一进去,那男人就把我赶出来,会不会出啥事哦?

刚好6点,饭店打涌堂,客人来了一波又一波。我忙得不可开交,根本没有把小丹说的事放在心上。8点钟涌堂一过,里面的两人还在吃,我有点不耐烦了,心说吃啥子哦吃得了几个小时。

突然里面抓扯起来,只听女子尖声大喊:你这骗子,骗了我的身子就想跑,没得那么安逸的事!男子啪的一声拍得桌子震天响。妈的,你再闹老子就不管啦。男子已经没有了来时潇洒的样子,借着酒劲,破口大骂。你这婊子养的,非要嫁给我,哼,早就给你说过啦,我是有老婆孩子的啦。

我冲进去:你们吵啥子?找不到地方去河坝头吵嘛,没有人听得到。我这是饭店,不是吵架的地方,快快快,结账走人。女孩一见我,仿佛抓到救命稻草,拉着我的手道:姐姐您给我评评理。原来女孩是理发店一个洗头妹,男子到丹棱做生意,经常去理发店。两人一来二去熟起来,耍上朋友。男子出手阔绰,一送就是金项链、金耳环。女孩以为傍上大款,要嫁给男子享福,便将身心托付给了男子。谁知,几次云雨之后,女孩逼得急,男子才说家里有老婆孩子,只是耍耍朋友而已,当不得真。女孩一口气说完,已经哭成泪人。男人因喝酒涨红脸,满脸的不屑。

我把女孩拉到另外一间小厅,大道理小道理讲了一箩筐,她的情绪才慢慢平复。她一个劲地说,要是她老汉晓得非打死她不可。我给她分析了她与男子的关系,讲了继续纠缠下去的悲惨结局。男子还算有良心,他要是悄悄跑了你去哪里找人?还是好聚好散,让他赔你一些钱,去做一点小生意。放过他等于放过自己,今后看人要擦亮眼睛。女孩无奈地点点头。

回到饭桌上,我板起脸来,对男人吼道:你以为我们小地方的

女孩好欺负吗？如果女孩的家人知道，不打断你的腿才怪，只怕到时你爬都爬不回广东。去赔个礼赔些钱走人，今后别仗着有几个臭钱再去祸害别人。男子似乎清醒过来，头点得跟公鸡啄米一样。

半个小时后，男子来结账执意多付了几十元。老板娘，谢谢啦！女孩过来拉了拉我的手说。

小树秋花

邱学清老师

1954年农历十月十五日，这一天与众不同，原中隆乡天台村二组的邱沟里，邱氏第 16 代长孙出世了，这让整个邱氏家族欣喜不已。父亲邱碧怀抱着肉嘟嘟的婴儿，对苍天深深地鞠了三个躬！爷爷邱家玳在地坝里来回转了几圈，口中念念有词，没有人知道他在说什么，是祈祷抑或感恩。奶奶在灶房里忙碌，高兴得给儿媳一下子煮了 8 个荷包蛋。这个让邱沟沸腾，让邱氏家族欢天喜地的婴儿，就是后来走出山沟考上大学，进城工作，当过书记，坐过局长位置的邱学清。

邱学清的父亲邱碧怀，是一个乡厨。在 20 世纪六七十年代那个物资匮乏的时期，邱师傅凭借手工馒头和八宝全鸡两个绝活讨生活，也凭借这两个绝活成了丹棱县响当当的人物。县上开会点名要他蒸馒头，省上、市上来了客人争着吃他做的八宝全鸡。他也凭借这两个绝活结识了许多文化人。他忘不了邱家那个让家族骄傲的高祖父。他给儿子取名学清，希望儿子学习优秀，做人清白，成为高祖父那样的文人。他发誓要让儿子读书，走出山沟。

邱学清很聪明，鬼点子多，也很调皮。读小学前，田野上追野鸭,河沟里摸鱼,树上掏鸟窝,天上地下都是他的脚板印。可是一上学走进教室,在老师面前他立马变成了一个乖巧懂事的孩子,从小学到大学他几乎没有迟到过。有时为完成老师布置的作业,他在菜油灯下一坐就是几个小时。母亲是文盲,但对文化极其看重。夜夜陪在他身边,一边纳鞋垫一边纠正他的坐姿:儿啊!写字要坐得端正,字要写得端正,今后才能行得端正。就像娘手中的鞋垫,一针歪了,就全部歪了。几岁的邱学清并不懂母亲话的内涵,更没有想到正是母亲的无私教诲改变了他的一生,这是他长大后才悟出来的。眼下的他只知道自己写的字要端正,上下左右对齐,本子上没有黑疤疤,才能过母亲这关。为此,有时一个字他要写100遍。为了解困,他会大声读课文。当时爷爷已经病倒在床,听到孙子的读书声,在床上缓缓唱起了歌曲:娘扯秧来爹挑粪,堂有儿郎读书声。隔一会儿又唱道:夜饭后点油灯,娘陪儿读书写字到鸡鸣。在母亲近乎严苛的教导下,在爷爷歌声的鼓励下,邱学清成绩优异并写得一手漂亮的钢笔字。

小学他在中隆乡黄金村就读,学校离家4里多地。每天早晨奶奶和母亲扛着锄头下地时,邱学清背着干粮就上路了。春夏秋冬赤着脚,穿一条单薄的裤子奔跑在上学的路上,这一跑就是三年。终于考上了丹中,又考上了四川农业大学,圆了父亲心中的梦想,邱学清也开启了不一样的人生!

父亲步行送邱学清上大学。邱学清谨记邱家的祖训和父亲的教诲,在大学如饥似渴地学习。不久奶奶去世了,家里人怕影响他的学习瞒着他,事后他才接到弟弟的信。拿着信,邱学清请假从雅安赶回宿场。他翻山越岭,蹚河跨坎,边跑边哭,满脑子全是奶奶慈祥的笑容。我从小是在奶奶背上长大的。说到这里,邱局长几度哽咽。邱学清一口气跑了几十里山路，半夜才跑到奶奶的坟前，扑通一声跪下，叩三个响头后，甩下一句：奶奶您在天之灵安息吧！我一定好好读书，不辜负您的期望。

奶奶的死让邱学清有种负罪感，觉得自己没有尽孝，因此时常以此鞭策自己，在学习上更加努力，最终以优异的成绩毕业。毕业时，他植物生理学考了满分，120分钟的答题时间他仅仅用了55分钟。他生物化学方程式的解题方法让教授拍案称奇，试卷上一手漂亮的钢笔字让教授的眼睛发亮，直呼优秀。教授有意让他留校，跟随自己做学问搞研究。谁知他一门心思想回家乡，因此错失了当教授的机会。我调侃道：邱局长如果你当初选择留校，我现在该喊你邱教授了哦！

无论是读书学习还是回丹棱工作，邱学清的人生就像开挂了一样。他当农技员，当副局长，当镇党委书记，当省人大代表，当局长都有模有样，干一行爱一行，受到人们的欢迎和爱戴！几十年的时间他牢记祖训：忠孝蕴行，虚怀若谷。牢记父母教诲：不犯事，行为端正。他常常在心里感谢母亲当年菜油灯下的比喻，让他的人生之路不曾走错半步。他心系家乡父老乡亲，为民请命，为民服务。他冒雨为老百姓讲果树种植知识，手把手去田间地头教老百姓种植。高兴时手舞足蹈，累了在草堆里倒头就睡。为了减轻农民负担，他跑遍丹棱水库进行调研，走村串户，最终为农民免去水费。

2007年，邱学清从劳动和社会保障局局长的职位上退下来后，渐渐淡出了大家的视野。但人们常常看到一个满头银发的老者，骑辆红色摩托车穿行在山村小道，买树根寻老木头。我百思不得其解，为什么一个堂堂的局长退下来后，会喜欢上根雕木刻？邱局长见我不解，说起他结缘木头的往事——

老街记忆

　　有一年女儿寒假回来,我们去看她外婆。那天下过雨后,路上坑坑洼洼。女儿穿了双小白鞋,一路上小心翼翼,还是溅起一身泥巴,小白鞋更是惨不忍睹。走到她外婆家门口的鱼塘时,我顺手折了根树枝让女儿去塘边把鞋子上的红泥巴弄干净,我则进屋和亲戚在地坝头扯"二七十"。一会儿,女儿脆生生地在门口喊:爸爸,快来看木头牛。顺着声音望过去,女儿吃力地抱着一个万年青树根,浑身上下到处是湿泥巴。鬼丫头快丢了,这么冷抱个树根干啥哦,整得身上脏兮兮的。说完,我回头又继续出牌。女儿抱着树根气呼呼地走到我面前:你看嘛,像不像一头牛?这不看不打紧,我一看整个人就像触电了一样。眼前的树根分明就是一头不会叫的木头牛,有眼有鼻有嘴巴,有两只牛角四条腿,屁股上还翘了根牛尾巴。我丢下"二七十",拿毛巾小心擦去牛身上的泥巴,越擦越激动,仿佛与这头木牛的相遇冥冥之中早已注定。它是来度我的,牵引我走进了神奇的根雕木刻的艺术世界。女儿还在埋怨:你平时喊我细心观察,要发现生活中的美,看见别人看不到的东西。如何嘛,是不是像头牛?我连连笑着赔不是。回家后我用砂纸把它打磨了几遍,最后上油漆。不久,一头油光锃亮的小牛在院子里的石头上纳凉,引来无数好奇的目光。有一朋友要出钱买,说是送给属牛的老婆。我万万没想到,这东西还招人喜欢。

　　以前在工作岗位上忙得焦头烂额,闹"非典"时曾三天三夜没有睡觉,落得个失眠的老毛病。想学雕刻没有时间。退休后我到处参观,拜访老师,置工具,买树根,购木头。"邱局长一口气说了许多感触。通过10多年的学习和实践,他对刀越来越有感情,也越来越自信。他已经能够把一个个普普通通的树疙瘩,雕刻成一个个精美的艺术品。那些经年的老树根在他的刀下成了翱翔的鹰、奔

腾的马、咆哮的虎、勤劳的牛、灵气的狗，竹林山水、荷花梅花在他的刀下都栩栩如生。

几天后，走进他的"根艺轩"工作室，书架上的工具一应俱全，大刀小刀个个锋利，工作台散发着老木头的香味，墙上挂满大小木刻作品，东坡先生的大江东去吟得豪迈、邱家祖训站得端正。一副对联入我心："此心平静如流水；放眼高空看过云。"邱局长从一个不懂根艺的门外汉，成为一个雕刻师，手上受过多少伤，磨出过多少血泡，起了多少老茧，流过多少汗水，个中艰辛只有他自己知道。我在感叹他化腐朽为神奇的功力时，也被他的执着所感动，不由得改口喊他"邱老师"。

根雕木刻作为国家级非物质文化遗产，最早可以追溯到新石器时代。根雕者要具有深厚的文化功底以及艺术修养，还必须具备一定的审美能力和绘画知识。邱老师一头扎进古典文学，研读《诗经》，读唐诗，背宋词，唱元曲。这些文化精髓滋养着他，让他对根雕木刻更得心应手。

他的作品越来越成熟，特别是那些雕刻的字。我问邱老师：现在雕刻普遍都机械化了，你为何不买个机器呢？这么累，何苦呢！邱老师急忙说：机器雕刻不出作者的情感，没有温度。我是怀着对书法老师的敬重去刻的，一笔一画都融入了我的爱。难怪我看邱老师的作品总能透过字看到背后的人文关怀。

有一次，邱老师去成都送仙桥，他被两张刻了古诗词的功夫茶几吸引。后来，他的根雕茶几上总有几句经典诗词。他说：木刻太难了，一幅作品我要刻几十天，有时也想放弃，可不知什么原因，最终我还是坚持下来了。坚持下来的邱老师，把对家乡的爱，对家人的爱，对女儿及外孙的期望，一笔一画刻进了他的作品里，刻进

了他的人生。

邱老师现在是眉山市民间文艺家协会会员,其根雕作品《鹰》荣获中国竹文化节优秀奖。

现在邱老师除了根雕和木刻而外,还积极参与到家乡乡村振兴工作中去。他提出乡村振兴工作的落脚点在文化。他把自己的作品《马》赠送给宿场村。这匹象征着腾飞的马就立在宿场村村委会的大门口。他利用自己的社会影响力,组织宿场村乡贤参事会,把从宿场走出去的名人请回来,共同为振兴家乡出谋划策。他提出了一系列重大举措,出村志、修牌坊、立石碑、建三馆。我最感兴趣的是三馆工程,即图书馆、乡贤馆、农耕文化馆。如果这三馆建成,将成为乡村文化建设的典范。作为高级农艺师的他还时常奔走在家乡的田间地头,为果农们指导不知火柑橘和藤椒的栽种技术。

在乡村振兴推进会上,在家乡的父老乡亲面前,他豪气冲天,为家乡的未来描绘了一幅美丽的画卷,并为宿场村即兴写下词句:"碧云天,果遍野,秋色连波,坡上祠堂山翠,更是小桥流水。牌坊边,大碑前,芳香青青,鱼戏踏水桥下。湖上桃花仙居处,客未到,人已醉。"

当我读到这些文字时,被未来的宿场村所陶醉,这不正是现在城里人寻找的桃花源吗?

就在昨天下午,在书法大家和一行文朋诗友的见证下,邱老师喜收传人。在拜师礼上他送给徒弟邱含平20个字:"初心永固,承传技艺,虚怀若谷,积健为雄,匠心镌作。"其朋友孙先生因在国外,专程发来七绝祝贺:"龙飞凤翥气昂扬,木语神功追晋唐。后继得人期远大,名标大雅永流芳。"在场的人无不感慨万端,"根艺轩"终于后继有人了。

小树秋花

现在的邱老师越活越精彩。退休后,他把生活过成了诗。他为自己找到了精神食粮,让自己的晚年岁月如初升的太阳红红火火,把晚霞的余晖洒满家乡。

写完这些文字,那个个头中等、满头银发、双手粗糙、走路风风火火的邱学清在我的笔下从邱局长变成了邱老师!我想他担当得起这个神圣的称呼。

脊　梁

　　当我和摄影师杨大哥一起随原石桥乡元山村三组村民刘高良走进他家的地坝时，我无论如何都无法把这干净的房屋、整洁的地坝和"贫困户"三个字联系在一起。

　　地坝上晒着几簸箕落地果，街沿上左边安静地坐着一位白发苍苍的耳聋老人，中间堂屋外小女孩正伏在桌上写写画画，笑容可掬的中年妇女背篼里背着一个胖嘟嘟的小娃娃。门口一只看家狗不停地汪汪大叫，刘高良赶紧上前拉着狗绳，用身体挡住狗。叫啥子叫，客人来了。他一面吼狗一面向我们介绍他的家人：老父亲、妻子和两个外孙女。

　　临公路的边坎上有几盆铁树和栀子花。哎呀，刘大哥你们家还有点讲究哦。我兴奋地说。不等刘高良回话，他妻子赶紧接过话说：山里人不懂得讲究，放几个盆子挡下坎坎，以前女儿怀娃娃时滚下去过。这些铁树是刘高良农闲进城打工时在工地上捡的。铁树长得精神，风中摇曳着栀子花的残香。

　　站在铁树边，放眼望去，群山连绵起伏，雾岚缭绕。一阵风吹过，公路前成片的银杏树，屋后的桂花树、橘子树，一齐发出沙沙声,似乎在诉说这房屋主人的人生故事。

透过群山,时光倒流,我依稀看到1964年的某天,傍晚,沉寂的刘家老屋传来一声婴儿的啼哭,这个婴儿手长脚长,壮实得像只小老虎。父亲抱着婴儿给大山叩了三个响头,取名刘高良。刘高良上面有一个大他7岁的哥哥和两个姐姐。不幸的是,两个姐姐先后夭折。他出生后两年间,家里又陆续添了3个妹妹。

刘高良7岁时,背着书包上学堂,在离家3里地的大队学校读完了小学、初中。说是读书,其实是边挣工分边读书,边带妹妹边读书。初中毕业后,他也曾想去乡上读高中,用知识改变命运。无奈,家里有3个妹妹要吃饭,刚刚14岁的他俨然成了家里挣工分的全劳力,担水挑粪,插秧犁地,样样行。他把梦想藏在心里,埋着头像牛一样,面朝黄土背朝天,在土地上艰难生活。

本来刘高良有一个绝好的机会走出大山,这个机会足以改变他今后的人生轨迹。1981年17岁的他验上了兵,藏在心里的梦实现了,他像战士一样兴奋地奔跑在大山的羊肠小道,终于可以去参军,可以去保家卫国,可以昂首走出大山了。可是,命运又跟他开了一个玩笑,同样是因为家里离不开他,3个妹妹还小。读书梦、当兵梦先后破碎。这个一米八的男人趴在土地上,对着大山喊:既然你不要我走,我就老老实实当农民,当一个有出息的农民!

1986年刘高良喜结良缘,妻子娇小美丽。1988年女儿出生。苦日子初见曙光,夫妻俩高兴得像吃了蜜一样。谁知女儿3个月时生病,上蒲江下丹棱,医院里说不出得了啥病。最后有医生说是什么先天病,需要打一种针药。可怜3个多月的婴儿被打了4年多的针,活活把她打成了残疾人。由于打针伤了神经,女儿6岁才开始学说话,12岁才学会走路。在这期间,刘高良和他的妻子付出了怎

样的艰辛,承受了多少痛苦,没有人知道。只知道他们原本可以放弃,可他们选择了给女儿更多的呵护和关爱。1991年他们有了儿子,夫妻俩高兴得合不拢嘴,心想,等他们老了,弟弟可以帮助照顾姐姐。全家省吃俭用,硬是把儿子送到离家10多里地的石桥乡读书。谁知上学不久,儿子郁郁寡欢,说自己学习困难,完全跟不上同学的学习进度。经查,儿子有可能是智力障碍者。刘高良死都想不通,平时看上去乖巧懂事的儿子,怎么就成了智力障碍者呢。他带着儿子八方求医,甚至求神拜佛,儿子的病情不但没有好转,反而更加严重了,后来又患上严重的精神分裂症。儿子在眉山精康医院治疗了3个疗程,回家后又犯病了。最后,送到丹棱杨场恒康医院进行康复治疗。刘高良每个月按时给儿子送去生活费200元。女儿和儿子的病像两座沉重的大山,压得刘高良喘不过气。病魔活生生把一个本该幸福的家庭拖成了贫困户。

由于长期超负荷劳作,每天日晒雨淋,加上心理负担过重,刘高良患上了严重的头痛病。病发作时如万针穿刺,头痛欲裂。

有天晚上,夜深人静时,望着摇摇欲坠的土墙屋,听着呼呼怪叫的穿堂风声,刘高良对着大山号啕大哭,他哭诉命运的不公,哭诉老天不睁眼,哭诉自己的无能为力。越哭头越痛,他抱着门柱猛撞,想一死了之。刹那间,他的眼前浮现出耳聋的老父亲,眼睛红肿的妻子,以及可怜无助的儿女。他打了个冷战,心想:我走了这一家人可怎么办。他使劲抬起头擦擦眼,把泪咽回肚子里。他告诉自己不能倒下,不能死,要和命运抗争,要把自己活成一道光,照亮家里人。

真正的光来源于党的扶贫好政策。2008年5·12汶川地震后,刘高良家本来摇摇欲坠的土墙屋成了危房,又在滑坡地带。丹棱县残联、建设局、农机局三个单位赞助5000元，他自己向亲戚朋友借款2万元又贷款3万元，新建了现在的三合头房子。

房子建好后，刘高良在当时的邱书记等扶贫干部的帮助下，积极参加农技培训，提升管理经验，改良果树，把以前单一的橘子和血橙改良成爱媛、不知火和耙耙柑。他一年四季在果林里劳作，施肥、打药、浇水、套袋、摘果及卖果全靠一双手。为了增加收入，他还开垦了别人遗弃的荒坡荒坎。最终种植果树1200多棵，年收入10多万元。前几年他还清了所有借贷款。肩挑背扛没有压垮他，反而让他的腰板挺得更直了。他坚信跟着党走，日子就有盼头。

的确，日子越来越好。2012年女儿结婚，先后给他生下两个乖巧又健康的外孙女。似乎是老天开了眼，儿子经过杨场恒康医院的康复治疗，病情有所好转。最让刘高良欣慰的是两个外孙女。大外孙女7岁，在石桥乡小学读二年级，成绩优秀，喜欢画画。他把自己所有的梦想，把女儿读书的梦想，统统寄托在外孙女身上。自从大外孙女读书以来，无论酷暑严寒，无论刮风下雨，再忙再累，刘高良每天都按时接送。他希望外孙女能够好好读书，用知识改变命运。小外孙女刚刚1岁多，刘高良不让妻子下地干农活，一心一意地带好她。

突然，公路上一个看上去像中学生的女孩，嘴里咿咿呀呀说着我听不懂的话，仰着脸一瘸一拐地走到我的面前，瞬间把我的思绪拉回现实。一根又黑又粗的辫子搭在女孩的后背，脚上穿双塑料拖鞋，衣服短裤上全是泥水。尽管之前我知道刘高良的女儿有残疾，但眼前的她还是让我倒吸了一口凉气。和我同行的杨大哥一个劲地摇头，连连说想不到残疾得这么严重。我想不通，一个连自己生活都不能自理的人，怎么可以生下两个娃娃，而且长得漂亮健康，想

 老街记忆

不通刘高良夫妻俩又付出了什么样的爱和艰辛，才使得这个残疾女儿和两个外孙女生活得如此幸福。她们的笑写在脸上，眼里闪着纯粹的光。

又滚水了哦，快点带她进屋去换衣服。刘高良悄悄对妻子说，声音里满是怜爱。

回过头来，望着在地坝里忙着搬凳子、倒茶水的刘高良，这个56岁的男人穿着一件白衬衣，干净整洁。我的内心有种说不出的感动。贫穷不可怕，可怕的是怕贫穷。如果当初刘高良怕了，选择了逃避，又哪来今天的幸福生活呢！

刘大哥，你家7个人就你一人不分白天黑夜地忙，不累吗？女儿的丈夫为什么不帮忙呢？我大声问。他嘿嘿一笑。累是累，但不累哪来的好日子呢。女婿家老母亲80多岁了，家里离不开他。我还年轻，这点活累不死人。何况现在还有很多好心人关心着我和这个家呢！他说着指了指墙壁上的白瓷砖，这是某某单位资助的。从乡到村各级干部经常到家里来慰问，组织部有专门负责扶贫的责任人，他们对这个家的关心和帮助，是我无法报答的。我只能更加努力才不负党的好政策，只有把这个家经营好才对得起那些帮助我的人。

1200多棵果树在刘高良的打理下，长得生机勃勃，年年果实累累，一年的收入足以让他和家人笑得灿烂。他说现在日子越来越好，天天都可以吃上肉，这是以前做梦都想不到的。知足了，知足了，不想死了哦。如果头疼的老毛病犯了，我就跑到成都医院输几天液，住院费报销后自己出不了好多。经历了这么多的苦难，刘高良说起儿女的病和自己的经历已经释然，他云淡风轻的语气里有着对命运的敬畏。他活出了自己独有的精气神，展示一个真正男子汉

的蜕变。

  我再次抬头望着眼前的刘高良，本就高大的他在我心里越发高大，他的脊梁挺得更直。我想：中国脊梁，一定是由千千万万个像刘高良这样的普通人的脊梁共同支撑起来的。

橘橙熟了

橘橙熟了的时候,小城来了许多外地人。有行色匆匆的小商小贩,在人山人海的农贸市场选好自己看中的橘橙就走,怕迟了卖不上好价钱;有远道而来订购大宗货品的老板,他们穿梭在乡间小道,看着远山近地的黄澄澄的橘橙,脸上露出满意的笑容,心里盘算着今年又可以赚得盆满钵满了;也有拖家带口专程自驾来体验亲子活动摘水果的省城人、乐山人、眉山人等。果农们脸上笑开了花,家家户户早已盖上了小洋楼。

每当看到这些,我总会想起一个年过八旬的老人,想起他在水果母本园修枝的身影,想起他为丹棱橘橙种植业做出的点点滴滴。

此刻,老人就坐在我身旁,坐在老人另一侧的是他的老伴吴阿姨。听说老人生病了,我专程来看望,顺便听老人讲讲他和丹棱橘橙的故事。老人略显憔悴的脸上写满沧桑,声音有些沙哑。可是,当我把话题转到橘橙时,他两眼放光,声音明显响亮起来。他就是被誉为丹棱"橘橙之父"的谭后根老人!我喊他谭老。谭老不是丹棱人,他和吴阿姨是山城重庆人,从小青梅竹马,大学同窗,共同的爱好促使他们成为恋人。毕业后吴阿姨分配到丹棱农业局,谭老则分配在省农业厅。一个在边远的小城,一个在条件好的省城。为了爱情,谭老一直往返于丹棱和省城之间。当时交通闭塞,从省城到丹棱来回一趟就要大半天。来的次数多了,谭老和吴阿姨的感情越来越深,两人对丹棱的感情也越来越深。那时丹棱的落后以及乡村的贫穷让谭老寝食难安,他想用自己所学之长帮助丹棱的农村发展。

1971年,谭老亲自为丹棱选定了一批良种水果苗。在运送水果苗回丹棱的途中发生了车祸,造成谭老脑颅底骨折、脑出血和脑震荡,留下了严重的后遗症。但车祸无法阻挡谭老对丹棱的情感。1973年,他执意从省农业厅调到丹棱县农业局。

听谭老说起他到丹棱来的往事,我想起了小时候和同学们到街上骗吃橘子的事。那时候橘子对我们来说是奢侈品,谭老听说后陷入沉思。那时是太穷了,我就是因为丹棱穷才到这里的。有一年我去梅湾村调研,看到村民买1斤盐巴,要用4个鸡蛋去换。我就在想,梅湾村的土壤和气候条件能不能大面积种植水果呢?如果能,既能让村民脱贫致富,又能以点代面带动全县农村富起来。谭老一边沉思一边说起让他终生难忘的一件事——

1974年,他和几个同事到中国柑橘研究所买分配的果树苗,各县1000株。可是,轮到丹棱时,果树苗不仅数量不够,质量又差,粗细不匀,价格还贵。他找农场场长理论,谁知场长说:丹棱芝麻大点,地图上都找不到,你还想多要。哼,你不要,就丢在那里自己走嘛。他气得不行,心想:小县穷就受气?当时暗下决心,回去非把小县的柑橘搞出名堂来不可。

现在,不需要再在地图上去找丹棱,很多人自己就找过来了。谭老越说越激动,声音也高了许多:哈哈,那个场长激发了我的

斗志!

回来后，谭老和一个熟知丹棱情况的退休干部一起背上背包，拄根路杖，开始对全县水果产业现状的调研。4个多月，两人翻山越岭，走遍丹棱的山山水水，终于完成了一份详尽的调研报告。当时全县各类果树总计才9万株，水果总产量不到10万斤，而且品质差，根本没有产生经济效益。调查报告同时指出，丹棱县水土、气候等适宜发展水果产业，特别适合橘橙类水果。

调查报告引起了当时县领导的高度重视，他们给谭老提供了良好的科研平台。特别是改革开放后，谭老如鱼得水，先从橘橙品种改良开始，淘劣选优。

橘橙从单一的柑橘发展到现在的几个水果品牌，凝聚了谭老等水果专家的辛勤付出！20多年的时间，脐橙从1974年全县400斤，到1998年发展到上亿斤。这大大改变了当地农村的产业结构，提高了农民的经济收入。就在脐橙产量和质量不断提高的时候，脐橙的价格却不断下降。果农们看到辛苦种植的水果卖不出去，欲哭无泪。谭老看在眼里，急在心头。为了让果农真正持续增收，谭老又经多方走访和反复调研，终于优选出不知火和春见等晚熟杂交橘橙良种。

谭老边说边招呼我吃桌上的水果：快尝尝这新品种。水果又脆又甜。我边吃边感慨，几十年来，丹棱水果业的发展让丹棱的农民成了真正的有钱人。

任清园饭店有许多员工家在城市附近，他们边打工边经营着家里的果树，果树收入远远超过打工挣的钱。唉，王丽，明年干脆我去给你家里打工算了。我打趣。哈哈，燕孃走哇！包果果200元一天。王丽口气大得惊人。

一年四季，家里水果不断，今天这个员工拿一筐，明天那个员工送一箱，吃到不想吃。想起40多年前去街上骗吃的情景，不禁感慨万千！谭老等水果专家及果农们早已把丹棱的荒山荒地变得绿意盎然！不知火让丹棱名扬天下，让人们记住了北纬30度的味觉！今天，丹棱橘橙总面积超16万亩，总产量20多万吨，产值已有20多亿元。水果不仅让农民们鼓了腰包，更暖了心！

走出谭老的家，来到正街，爱媛已经上市，黄澄澄的果子让整个水果市场变得更加红火，让小城的天空格外温暖！

 老街记忆

古村情缘

午后，我和几个朋友站在鹰嘴岩上，明晃晃的太阳穿过松林，落在两个手拿相机的人的脸上。他们长枪短炮，对着山下的村落一阵狂拍，咔嚓咔嚓的声音，持续不断。他们或站立或半跪，有时干脆匍匐在地，恨不得把村落的角角落落统统装进相机。

我一边喊在附近摘清明蒿的朋友：快来看呀，好美哦！一边提醒两个摆弄相机的朋友：朝后退，再退一点，前面危险，滚下去怕就真的成仙了。

说完这些话，我被自己惊住了。许多年前，这句话我在同样的地点也说过。是的，是20年前，也是一个春天的午后。我正忙着，突然棱子带了两个搞摄影的朋友来饭店，拖着我就上车，说去一个神秘的地方。笑话，我土生土长的丹棱人，还有哪里是我不知道的呢？我说等换身衣服再走，棱子不容，催着师傅快开车。

我们一行4人从县城出发，沿山路而行。停车后，我们顺着山坡往下走，越走越惊喜。半山坡上橘树成林，挂满了漂亮的果子。棱子忍不住摘下两个把玩。刚过一道田坎，后面便追过来一个大娘：你们城里人偷橘柑。朋友们吓得拔腿就跑。我穿着高跟鞋不方

便，急中生智，掏出一把糖果拦着大娘：来来来，大娘吃糖吃糖，我们不是有意摘你的果子，只怪太诱人了。大娘转怒为喜，道：不是舍不得你们吃，现在还没到采果的时候。后来，朴实的大娘还为我们介绍，说对面的山是鹰嘴岩。

  古村离城不远，又仿佛很远。走在古老的青石板路上，恍若步入世外桃源。那些石梯坡上古老的民居，那些从巨石缝中冒出的枝丫，那株状如千年夫妻的银杏树，那条弯弯曲曲的盐铁古道，那座几百年来岿然不动的石拱桥，组成一幅旧年的画，在我眼前一一呈现。

  就这样，我穿着那件千鸟格的旗袍，脚蹬高跟鞋，和穿着长裙的棱子漫步，引来无数村民的眼光。恐怕人家会想，这是哪里来的两个妖精，跑来山沟沟显摆。

  赵桥比现在的要荒凉，桥洞上挂满了藤蔓，从桥洞这边望过去颇有些剪影的味道，像一幅天然的山水画。站在桥头望对岸，盐铁古道消失在密林深处。千百年来，也不知有多少痴情女子站在这里，抑或与我的足印恰好重叠，她们不言不语，等待着远方的马蹄声。我问大山我是谁，为何此景似曾相识。大山无言，唯有山风吹乱了我的头发。

  在朋友的镜头前，我和棱子成了模特。我们在桥上，在田间，在谷草垛前，留下了不少记忆。

  当然得去寻那条盐铁古道。古老的石板已经风化残损，布满苔藓。棱子拉着我，一边走一边为我打气加油。而我心里却在想：我那早年守寡的外婆，是怎样用一双三寸金莲一步一摇地沿着这条古道，翻山越岭去讨一家人的生活？

  鹰嘴岩高数十丈，下面的古村落炊烟袅袅。两个挎着相机的朋

老街记忆

友两眼发光。魏哥说：燕子，这就是你们丹棱神秘的地方，不假吧？我还来不及回答，他们就举起相机一阵狂拍，或站或跪。有个朋友激动得扑倒在地，差点滚下山，吓得我大喊大叫：前面危险，滚下去怕就真的成仙了！

燕子，拉我一把！谢红伸过手来，把我从20年前的回忆里拉了回来。

20年了，一样的蓝天白云，一样的山山水水，甚至一样的情境。不一样的是，赵桥村已经成为幸福古村。那些石梯上古老的民居，已变成民宿，家家户户开起了农家乐。那些房前屋后的冬瓜南瓜，田间地头乱跑的土鸡，石缝中长出的青菜萝卜，还有那些村民自磨的豆花和腌制的老腊肉，已然成了美味佳肴，吃得城里人呼儿嗨哟。

我不知道幸福古村名字的由来，但我知道幸福早已四处弥漫。前几年，丹棱作协和东坡区作协联谊采风，首选地便是幸福古村。

几条彩色公路从半山腰蜿蜒而下，与千年石板路相接，让古村既有现代气息又不失古韵。时值春天，桃红李白争奇斗艳，豌豆花、胡豆花、七里香也来凑热闹，花海掩映下，幸福古村像极了春天的花仙子。作协的美女帅哥们在民宿的石梯上，在天井的石缸前，在挂着的玉米棒子旁嬉闹、照相，纷纷在朋友圈晒图。

来的人越来越多，有着旗袍打小伞的，有戴墨镜穿奇装异服的，成了古村落的另一道风景线。村民们已经没有了20年前那种惊奇的眼光，更不会对城里人的服装评头论足。

入夜，我铺开一张白纸，写下"龙抬头"三个字，下面是一些或长或短的句子：

小树秋花

是什么风把你吹醒
你一抬头
赵桥村就成了幸福古村
墙边的玉米棒子就笑了
那些古老的农具就活过来了
……

毛根朋友

说起毛根朋友,我一下就想到了志平,可我搜肠刮肚都想不起她童年时的样子。

真的记不得我和她是啥时候成为朋友的。我们都姓王,一样的瘦瘦弱弱。瘦弱的她是文静的,而我却大大咧咧。我们这两个性格风马牛不相及的人,因一个小花园而结下友谊,最后竟然成了一生的朋友。

初二时,我第一次走进志平的家。从肉市场穿过去,绕过巷道,右拐后直走,再从巷道进入小院。院子呈长方形,里面住着两家人,前面是阿根哥家,后面是志平家。院子中间有个大大的天井。假山、石缸、花盆,把天井堆得满满的,像一个小花园,云淡风轻地独自美着。我惊异这小花园似曾相识,原来竟和小南街养昙花的熊爸爸家有异曲同工之妙,一样的优雅,只是这份优雅里多了些许淡淡的忧伤,有书香门第的遗风。

两家人姓王,同祖辈,最早的确是书香门第,祖上出过举人。听老人说,他们的曾祖父过世时,风水先生选了块风水宝地,挖地建坟墓。下棺前,一师傅见墓地里鼓起个包,怕棺材下去放不平整，一跃而下，锄头一挥，全部人都傻眼了，鼓起的土包里，一对红鲤鱼见风就死。风水大师气得跳起来，指着那师傅的鼻子"你、你、你"半天说不出话来，最后才自言自语：王家怕是要三代后才能续上祖先的文脉哦……

志平家里五口人，有父母和姐姐哥哥。她父亲是二轻局下属五金厂的副厂长，身材微胖，喜欢美食，买菜做饭最拿手，且和我父亲一样是川戏发烧友。他上班敲铁皮时都不忘哼戏，钉锤一上一下，像是在打鼓，节奏感十足；傍晚，躺在天井边竹摇椅里，手握茶壶，身体随收音机里飘出的声音摇摇晃晃，日子滋润得如同活神仙。他朋友多，都是些舞文弄墨的、打金钱板的、唱戏的。她母亲是居委会主任，看上去高高瘦瘦，温温柔柔，干起工作来却雷厉风行。她整天忙忙碌碌，张家长李家短她要过问，吵嘴打架要她解决。家里人实在不明白，月薪 3 元钱，她比哪个都有干劲。只可惜，辛苦了半辈子，还没有好好享受生活便匆匆离开人世，那年志平刚 16 岁。记得母亲出殡那天，志平有些恍惚，她哭红的眼睛里藏着对死亡的恐惧。

自从第一次去了志平家后，我便经常找各种理由去。雨天坐在高板凳上，望天井的上空翻云覆雨，听雨从屋檐聚集到天井里的滴答声，看石缸里惊恐的小鱼冒出头又急匆匆潜下去；晴天坐在石头上，摘几朵指甲花在手心里揉碎，敷在指甲上，得意扬扬地问志平好不好看，志平总说：就你臭美。

阿根哥留长发，喜欢音乐，文艺范儿十足。他有一帮爱好音乐的朋友，时不时要在小花园搞个音乐派对，其中有拉二胡的、拉手风琴的、唱歌的，一派其乐融融的氛围。我是个"音盲"，看到这样的聚会往往很惊讶。后来阿根哥和两个朋友一起进入米易文工

团,之后调回眉山,现在已经是眉山萨克斯之王了。

阿根哥的母亲吴阿姨,是我见过的最低调、最隐忍、最能干,把苦难踩在脚下,把优雅刻进骨子里的女人。志平喊她婶。志平在这样的环境里长大,聪慧优雅,身上自带文艺范儿。

不久,好像是县招待所扩建,志平一家搬到了我家的隔壁。她母亲去世后,姐姐从乡下招工到成都工作,志平高中毕业后在丹棱镇幼儿园当老师,而我在饮食服务公司上班。邻居间串门更方便,我们越走越近。志平的新家是长条条一通,前面是她哥的配锁摊子,中间是几间寝室,最里面是厨房和一个小天井。天井上摆了几盆花,没有了先前天井下小花园的灵性,但干净得纤尘不染。

志平的能干是出了名的。原以为她瘦瘦弱弱,纤纤玉手,十指不沾阳春水,后来才知道,她这个家里的幺女,做家务里里外外可是一把好手。有一天我去她家,在外面纳凉的王爸爸笑着说,志平在里屋打扫卫生。我进去一看傻眼了,一盆水放在旁边,志平手握毛刷,居然跪在天井里刷石板。喂喂喂,快起来,把膝盖跪出毛病得不偿失。志平笑笑说:哪有那么娇气。刷完石板,洗洗手,她洗菜切菜,淘米煮饭,干净利落,如她的书法一样,行云流水。我经常为她打抱不平:你们家整反了。你哥是男子,他凭啥什么家务都不做?整天安逸,睡吊床、拉二胡,握住话筒一首接一首唱得喉咙冒烟,比你爸还享受。志平笑眯眯地说:哥做不来家务。后来,王爸爸走了。志平像个大姐姐一样,照顾着哥哥姐姐。她女儿和侄儿侄女婴儿时期的衣服、围裙、帽子全是她一针一线缝制的,手艺好到让人目瞪口呆。我的父亲最心疼志平,他不止一次说,哪个男人祖坟上冒了青烟,能娶到志平这样能干的好媳妇。

志平喜欢写字,从小师从丹棱书法大师孙邦熙老先生。老先生是王爸爸的朋友，文才皆佳，命运多舛却笑看人生。志平天资聪颖，不但学到了先生的风骨，还将先生的书法发扬光大。记得孙老先生在文化馆办书法班时，我和志平一起去过。先生清瘦，一两小酒下肚，两眼放光，口若悬河皆是学识，幽默风趣，是一个可爱的老人。我学了两节课找不到感觉，志平神情专注，还帮先生辅导年幼的学子。我自知不是当书法家的料，告诫自己别再浪费纸张。

一次，志平在天井挥毫泼墨，一首李煜的《虞美人·春花秋月何时了》写得笔走龙蛇，看得我惊心动魄。我为南唐后主李煜的命运流泪感叹，又为这绝代之词而按捺不住内心的狂喜。志平写完，我已把词背熟。从此，我喜欢上了古诗词。

我们有了更多的龙门阵。早上相约看日出，站在南门桥上，看滚烫的红染遍天际。到了晚上，我们坐在三轮车上，来来回回把小城逛够。夜色越来越浓，感叹词一个接一个，理想、爱情、希望如梦幻般灿烂，我们仿佛躺在棉花糖里，从头甜到脚。

后来我们长大成人，有了各自的生活。我去重庆读书，到南方打工，每次离开最舍不得的都是志平，最盼望的信件也是志平的。每每在异乡读到志平寄来的信，看到她写的一手好字，我当晚的梦一定是五彩的。

生活没有想象中那么美好，也不是一首动听的歌。在不幸和痛苦中，我们的友谊像一剂良药，医治着我们彼此伤痕累累的心。我们不甘平庸，不甘屈服，我们去抗争，去努力。岁月流逝，我们依旧美好如初……

我和志平最终有了各自的幸福生活，有了带花园的房子。志平和老伴秦老师把曾经的屋顶花园、杏缘居，以及现在的耕园打理得生机勃勃。花园里四季花开不断，蔬菜、水果应有尽有。每次麻友

去她家，哇哇的惊叹声不绝于耳。耕园成了我们的打卡地。年年去摘樱桃、赏花，重头戏还是品尝志平的拿手菜——花生米烧鸡。

前几年志平的女儿如愿走进心仪的学府，她的侄儿侄女也纷纷考上大学。王家隔了三代后，终于续上了祖上的文脉。

小树秋花

等 待

　　养了几年的昙花终于给了我惊喜。在漫长的等待中，有过怀疑，有过失望。几年来，它光长叶子不开花，枝干越长越高，高过我的身高。给它浇水时总要问：昙花啊，你几时才能开花？你不开花，怎对得起送我花的人哦！

　　那年，在参加老年书画院活动中认识了李老师。她年近七旬，谈吐不俗，举止大方。只是感觉她的穿着跟气温有点不搭，大热天，还围着围巾。后来才知道，她生病已久，特别怕风。龙门阵中，她讲自家的昙花开得怎样怎样美，说着拿出手机里的照片给我看，那花如洁白的裙子，瞬间吸引了我，让我想起往事。

　　小南街中段熊爸爸家有株昙花。熊爸爸一家人为人和善，女儿像妈妈长得漂亮，儿子像爸爸生得潇洒。家里经营一家文具店铺，笔墨纸砚样样俱全。小店铺给当时热闹非凡、烟熏火燎的小南街平添了一股淡淡的书香味。我们兄妹读书时的学习用品几乎都来自这间小店铺。

　　从店铺隔壁的巷门进去别有洞天。天井里有座假山，假山上长满苔藓和小树枝；有口大石缸，缸里红色的鱼游来游去；四边盆盆

 老街记忆

罐罐里种满了各种花,其中有一株高大的昙花。天井前面是堂屋,中间摆放着木雕太师椅,周围木板墙上挂着家里人的老照片。我和熊家小女儿雅群是小学同学,去过她家一次,惊喜熊家布置的优雅和书卷气。

记得是一个盛夏的傍晚,我和几个小伙伴相约去小食店外藏猫猫。走在黑黢黢的街上,看到熊家门口挤满了人,有的坐在石凳上,有的站在街边。走近才知道大家在等着看熊爸爸家的昙花开放。啥子昙花,好稀奇哦?我问坐在石凳上的李婆婆。不晓得,听说今晚要开,你看来了好多人。李婆婆抬起蒲扇指了指前面的人说道。突然,人群一阵拥挤,大家纷纷让出一条路,只见抱着照相机的中年男子匆匆走进熊爸爸的家。据说是专门进去等着拍花开放的过程。天更黑了,珍珍说:走喂燕群,三三她们还在等我们逮猫呢。我跟着珍珍就走了。

疯跑一阵累了,回家倒头就睡,一觉醒来天已大亮。昙花还没来得及入眼就谢了。早上吃饭时,平时不喜欢花的父亲说了句让我惊掉下巴的话:熊爸爸家的昙花开得就像月光美人!

就这样,我与月光美人擦肩而过。后来,但凡昙花开时,小城人都奔走相告,第二天昙花一定是街头巷尾龙门阵的主角。也不知道为什么我总是错过一年又一年的花期,这成了我人生中一个小小的遗憾。

李老师见我看照片看得入迷,笑道:我送你一株,很好养的。当时我只当是玩笑话。几天后,吧台服务员说有人送我一株花。我拿到油纸袋装着的昙花时,有点失望,心想:就这么几片长长的叶子,能开出月光美人?拿回家后,我丢在阳台上,连油纸袋都懒得打开。不久,听说送我昙花的李老师因病走了。噩耗传来惊得我一

激灵,她的音容笑貌仿佛还在我眼前,怎么就天人永隔了呢?突然觉得生命无常,冥冥之中还有什么安排。回家后,我赶快找来雕花花盆,让先生买了上好的养花土,小心翼翼地把油纸袋解开,将昙花移栽进盆里,开始了几年耐心的等待。

它一直都是只长叶不开花,叶片越长越长,花枝越长越高。很多次看到叶边上冒出的新芽,以为是花苞,几天后发现还是一片嫩叶。

时间一天天流逝,先生每天早晚为它浇水,经常为它施肥,把长得长、弯弯绕绕的枝叶架到隔壁大树上。有天早上我还在睡梦中,先生在阳台上惊喜地喊:燕群快来看,花要开了!我咕哝一句,到处都是花,大惊小怪。说着侧过身去准备继续睡。先生又说:是你喜欢的昙花要开了,3朵。啥子呢,昙花?我翻身下床跑到阳台上,绿叶边缘果然冒出几朵小小的紫色花苞。昙花的叶子瘦长瘦长的,呈卵形,叶片厚实,摸上去肉嘟嘟的;也有呈齿形的,花苞就是从齿形边缘冒出来的。我戴着老花镜,想捏着花苞仔细看看。先生拦着:别碰,这花娇贵,怕捏掉了。其实,花苞没那么娇气,先生走后,我用手捏过,没掉。

一连几天,我们每天早晚都去看它。10多天了,花苞还是那么小。在我快要失去耐心时它开足马力,枝干渐渐变粗,花苞开始长大,慢慢可以看到紫色花苞里面包裹着的洁白。又过10多天,枝干突然弯曲呈弓形,使托着的花苞昂扬向上。再过两天,枝干又直直地伸向前方。这是昙花绽放的前兆。夜晚,我一直守候在旁,想录下花苞舒展成一个"绝世美人"的过程,可它们始终昂着头,不肯打开花朵。夜已深,瞌睡虫爬出来,我想眯一会儿再看,谁知一眯眼的工夫它们已经花枝招展了,花瓣洁白如绸缎,细细的花蕊闪

烁其中。月光如水，照亮昙花，像极了父亲口中的月光美人。

只可惜，第二天早上，月光美人就收了腰身，垂下了头；两天之后便掉到地上，魂归故里。如果不是那晚我用手机拍下它们的丰盈身姿，也许没有人知道它们来过。它们努力生长，不与百花争艳，偏偏要在夜深人静时，独自美丽。我不知道这算不算孤芳自赏，算不算一种品德；我也不知道自己多年的付出和等待，到底值不值得。

昙花的生命是短暂的，它没有眼泪，没有悲伤，似乎在告诉我人生的真谛——活过、美丽过就是最好！我不再为昙花一现而悲伤，也不再偏执地思考值不值得。虽然我错过了它绽放的瞬间，但天堂里的李老师一定看到了，天堂里的父亲也一定看到了。这已足够。

后来昙花越开越多，1朵、2朵直到9朵。它们竞相给我惊喜，让等待变成一场场盛宴。

毛路趣事

等　车

　　1986年暑假后，我和夏姐返校。她带上3岁多的儿子毛路。毛路长得乖巧，一双水汪汪的大眼睛扑闪扑闪的。

　　在候车大厅，夏姐去办事，把毛路托付给我。之前对我爱搭不理的他突然像变了个人，左一声燕群孃孃右一声燕群孃孃，呆萌呆萌的样子，甜甜的声音拉得长长的，把我的心都融化了。我牵着他：路娃快坐下，挨着孃孃睡一会儿，等下车上人多，不好睡。毛路摆摆手。不睡不睡，我要等妈妈。说着朝候车大厅门外不停张望。

　　夏姐还没来。毛路感觉有点不妙，他控制住情绪，不停给我摆龙门阵。燕群孃孃你长得好看，像电影明星——不对，比电影明星刘晓庆还漂亮。我一听"刘晓庆"三个字大吃一惊，小小年纪就能说出明星的名字。我赶紧说：燕群孃孃不美，身体还不好，经常生病。我伸出手：你看嘛，瘦得跟竹竿一样。你就是美嘛，人家说西施病了瘦了才美。哎哟喂，你还晓得西施啊，路娃。我摸了摸他的

头继续说,你脑袋里装的啥哦,这么聪明。

几十分钟过去了,毛路想尽办法逗我开心,以此掩饰内心的不安。毛路!不久,后面传来夏姐的声音。毛路侧头一望,抛开我飞奔过去,扑在夏姐怀里。之后,他一刻不离妈妈,小手把妈妈抓得紧紧的,根本不再理我,完全忘了我给他削苹果吃,听他摆龙门的事。哼,还电影明星,还西施,这时燕群孃孃在他心头怕是连东施都不如。这小人精。

爬　山

毛路在学校引起的轰动,绝不亚于各路明星。他走到哪都是惊叹:这娃儿怎么长得那么帅哦!女同学问:路娃,你妈怀你时吃的啥,快告诉阿姨。男同学说:今后老子有这样的儿子就满足了。关键是,毛路不怕生,别人问他什么,他都能对答如流。

周末去爬歌乐山,歌乐山海拔 680 多米。爬到半路上,夏姐同学李静问:路娃累不累,爬得动不?毛路好奇地盯着她,甩出一句:累不累又有啥子关系嘛,累还是要爬,不累还是要爬。言下之意是,你问我又不肯背我,还不如不问。

防小偷

我们上课去了,毛路独自在宿舍,夏姐喊他看童话书。下午放学,回去打不开门。毛路,毛路!夏姐喊了两声,没人应答,急得使劲一推,室内哐当哐当一阵乱响。进门一看,瓷碗脸盆摆一地。夏姐正要发火,毛路在床上睡眼惺忪地望着大家,充满自豪地说:

妈妈，这办法好，小偷进不来。原来大家走后，整个宿舍楼清风雅静。他怕小偷进去偷妈妈的东西，赶紧把门关上。不放心，把写字桌推来抵住门，又把脸盆翻扣到桌子上，再把瓷碗放到脸盆上。忙完估计是累了，倒头便睡。我们都惊讶他的细心。夏姐一把抱住儿子，心疼得直掉泪。

放　风

那时候，小城很少有人种桂花。县财政局有几棵老桂花树，开花时，风一吹，整条大南街都飘散着香味。有天晚上，夏姐穿着风衣，藏了剪刀，假装带毛路去财政局宿舍找人。走到桂花树附近时对毛路说：你去前面门口等妈妈，我进去找领导说点事，有人来你就大声咳嗽。说完悄悄朝桂花树跑去，钻进树丛咔嚓咔嚓一阵猛剪，然后把花枝藏在风衣里，急匆匆地走出来，拉着毛路就走。待毛路看到花枝时才回过神来，恨得牙痒痒：妈妈，你太过分了，你自己偷花就算了，还要让我当帮凶，在门外给你放风。

舀　饭

乐山刘老师来，夏姐家宴请，我作陪。那时，她家住在县政府宿舍楼，很窄。饭桌上坐着5个人，恰好我坐在电饭煲旁边。吃饭时，大家说说笑笑。大明说，刘老师是稀客，别客气。刘老师说菜好吃，米饭香。我看他饭快吃完时赶紧给他添了一勺。一会儿，夏姐递过碗来：燕群再帮我舀点。我看毛路狠狠盯了夏姐一眼。不久大明说：燕群帮我一下，我正要去接碗。毛路一下站起来，咚的一

声把筷子杵在桌子上。人家燕群孃孃是客人,你们有手有脚,不晓得自己去舀。空气一下子紧张起来,我忙说:都是一家人,你爸妈做饭,我舀饭应该的。主要是我坐在这位置,顺手。毛路坚决不干,大明只得自己转过来舀了满满一碗饭。

作　文

毛路不仅数学好,作文也好,而且作文经常被老师当范文来念。一次,毛路写了篇作文,老师在课堂上念时,同学们都用异样的眼光看他。毛路太傻了,把妈妈偷东西的事都写出来。听说他妈妈是百货公司经理,漂亮得很,怎么可能偷根针?同学们议论纷纷,有些还回家给自己爸妈说了。这件事很快传到夏姐的耳朵里,夏姐一看作文,气得直跺脚。好个毛路,你编筐筐要有竹子嘛。我啥时候偷过钩花针?细节写得有鼻子有眼,关键是还把我偷针时的心理活动、情绪起伏描写得惟妙惟肖,编得比真的还真。这下安逸了哇,大家都以为你妈妈是个小偷。

毛路委屈得很。那天你在老奶奶摊子上,拿起几根钩花针翻过来倒过去看了又看,就是不给钱。哪个晓得你想搞啥子鬼名堂。夏姐哭笑不得,那是在比大小。最后她警告毛路,今后不准乱写,写的作文必须先给她看。

买　票

20世纪90年代初,小城刮起一阵跳舞风。一天傍晚,夏姐带着毛路来我家喊我去跳舞。我说现在穷得叮当响,哪有钱去跳舞哦。夏姐凑到耳边说：毛路的爷爷奶奶搬到文化馆了，我们假装去看他们，不买票。

　　来到文化馆外，到处挤满了人。里面霓虹灯闪烁，音乐缠绵，让人不由得想去跳一曲。人们排着队依次进去。夏姐拉着我，一步一步向前移。走到门口，检票员认得夏姐便放她进去了。夏姐说我是和她一起的。检票员正要放行时，毛路一下子跑过来，伸手把我拦着不让进，大声说：妈妈，爷爷奶奶在里面住，你不买票就算了，燕群孃孃是你请来的客人，你就该给她买票。走开走开。我们去看你爷爷奶奶，又不去跳舞，你拦到干啥？说着去拖毛路。谁知，毛路把手一扬，仰起脸道：你以为我不晓得你先前说的悄悄话。后面排队的人一阵骚动。我进退两难，脸红到耳根。夏姐没法，只得掏钱买了票，毛路这才放行。

老街记忆

朋友夏姐

20世纪80年代初,我在乐山市财贸学校培训时认识了夏菊茹。我喊她夏姐。她气质优雅、美貌如花,高冷范儿十足,给人拒人于千里之外的感觉。培训3个月,我们几乎没有来往。后来我们双双考上重庆二商校,成了同班同学,才有了交集。

夏姐聪明好学,很快在班上脱颖而出。老师和同学都喜欢她。那时我性格内向,整天沉浸在自己的世界伤春悲秋,不喜欢与人交往。虽然我们是老乡,但遇见也只是淡淡地点头问好。

开学不久,学校举办知识竞赛。夏姐作为班干部,负责组织竞赛活动。由于同学们来自全省各地,大家互不了解,她找不齐人,硬把我这个老乡拉上。后来她给朋友说:我当初根本不看好燕群,只是让她凑个数而已。谁知竞赛当天,她在场上表现出色,让我们班拿了二等奖,这让我对她刮目相看。

之后我们搭伙吃饭,吃饭时摆龙门阵,摆着摆着我们对彼此有了一些了解,以至于最后成为无话不说的朋友。

她的身世十分凄凉。因为成分问题,她母亲独自生活在乡下。小时候想母亲了,她常常独自一人偷偷去乡下探望。她不懂为什么

父亲明明深爱着母亲，却偏偏要把母亲一个人丢在乡下。

夏姐的母亲出生在大户人家，从小聪明伶俐，长大后知书达理，琴棋书画样样精通。她曾是眉师校的一朵花，是男人心中的女神。很早听吴老先生说起过夏姐的母亲，他用了一个词——惊为天人！夏姐母亲的前夫在新中国成立前曾任小学校长兼仁美乡乡长，新中国成立后死于非命。她经人介绍改嫁给当工人的夏大叔，之后有了夏姐。怎奈在那个时代，夏姐的母亲为了保护女儿不受自己牵连，不得不离开夫家，去乡下孤独求生。夏姐不仅是父亲的掌上明珠，从小也备受同父异母的哥姐疼爱。但这些都代替不了母爱，她在对母亲的思念中越来越沉默。她怕受伤，便用冷漠的盔甲将自己包裹起来。至此，我才懂得了她高冷的原因。

夏姐继承了她母亲的基因，不仅人长得漂亮，而且能歌善舞。当时学校经常组织舞会，她是跳舞皇后。学校的男生们都想请她跳舞。说起跳舞，还有一段故事。夏姐读书时已经结婚生子，老公是一个部门的领导，人长得特帅，喜欢京剧，《智取威虎山》是他的拿手戏。他就是现在大名鼎鼎的毛哥舞团团长。两人的儿子毛路当时3岁多，乖萌乖萌，聪明伶俐，人见人爱。有一次，夏姐带儿子来学校耍，舞会上，他看见叔叔们排队请妈妈跳舞，不干了，双臂张开拦在妈妈面前，谁请妈妈跳舞他就踢谁，俨然是妈妈的小保镖。

我不会跳舞，夏姐就拉着我跳。她当男伴，手把手教会我。后来，在我人生的至暗时期，在众多人都躲着我的时候，夏姐不顾流言蜚语，拉着我出入各种舞场，她说就当跳舞是锻炼身体。

两年多的学校生活，我们结下了深厚的友谊。我们一起学习，一起跑步，一起吃饭，一起爬山捡菌子，一起逃学去游泳，一起偷

摘学校种的黄花。夏姐喜欢花是出了名的,人称"花痴"。

有一次,我们去北培公园游玩,走着走着,她突然停下来喊道:燕群快闻,有花香。我深吸一口气,一股淡淡的清香扑鼻而来。走,去看看。她拉住我,顺着花香找过去,在很远的地方果真有一株高大的黄桷兰树,树上开满了朵朵小白花,遍地花瓣。她又惊又喜,拿出手巾一瓣一瓣地捡,恨不得把花瓣统统捡完。

还有一次,我们在校园散步,无意间走到食堂背后。望着地里一片黄色的花,夏姐的眼睛都直了,她好像发现了新大陆,跳到地里就摘,然后大摇大摆地拿回宿舍,插在瓶子里。第二天,校长在食堂大发雷霆,竟然有人跑到学校食堂外面地里偷黄花。一个"偷"字,把我们吓得半死,我们哪里晓得那是黄花菜?赶紧跑回宿舍,消灭证据。

记忆最深的是晚上打着电筒去看坝坝电影。当时学校明文规定,晚上11点关校门。有一次看电影,两部电影连映。看完第一部已经10点钟。走喂,回去了,一会儿学校关门进不去咋办?我一阵催促,没人搭理。夏姐拉着我的手说:别怕,这么多同学在看,进得去。不一会儿我就和大家沉浸在《茜茜公主》的故事情节里。茜茜的美丽、茜茜的热情、茜茜的爱情以及茜茜的痛苦,让我们一会儿笑一会儿哭。电影看完了,坝坝头的人还久久不愿离开。

看了电影过足瘾,回校的路上大家还意犹未尽,边走边聊,完全忘记了学校门禁之事。一到校门外,紧闭的铁门让大家傻眼了。喂,师傅开门,开门。我们小声喊,生怕惊扰了校长要挨处分。几分钟后,门卫也不理,大家开始翻铁门。几个同学先后爬过铁门翻进去,她们仿佛学过翻门,尽管花样百出,还是进去了。就剩下我和夏姐,她在下面推了我几次,我都抓不住门上的铁条,偶尔抓住了也跳不上去。门内的同学说：燕群使劲嘛，你手长脚长的。我再次鼓足劲，夏姐依旧在下面推我，我终于抓住铁条翻进去了。剩下夏姐，她三下五除二翻过来。大家赶紧悄悄溜走。

毕业前夕，我不幸患病住院。夏姐一有空就来医院陪伴我。有一次她和几个同学来，刚进病房就大声喊：燕群起来、起来，出去走走，别老窝在床上。你看人家企管班的宋礼生潇洒得很，生病输液，一听说吃火锅，拔了针头就走。

临近毕业考试，我心急如焚，心想考不及格，拿不到毕业证，回去怎么给单位交代哦。夏姐看到我情绪低落，安慰我放宽心，考试的事交给她。周末，夏姐匆匆跑来医院，道：燕群搞定了哦。我不解地问：啥子搞定了？她哈哈大笑说毕业考试搞定了。原来，昨晚在校园舞会上，一向高冷的她居然放下身段，主动邀请老师跳舞。跳完舞她请求老师为我补课，以求我顺利拿到毕业证。她还在说什么，我已经听不清，抱着她哭成了泪人。

毕业后，我往返在各大医院。一年后病情稳定，需要喝中药调理。那时的我经济拮据，夏姐时常资助我。此时，她已是百货公司的经理，带领一群美女叱咤风云。繁忙的工作之余，她还陪我散步、跳舞。最终在她的鼓励下，在父母和家人的关爱下，我的身体慢慢康复，并于1990年生下女儿。

我生女儿是夏姐和家人、朋友陪着的。剖宫产后不想进食，尽管家里煮了鱼丸子炖了鸡，一样没有胃口。几天后夏姐拿着一把栀子花苞来看我。她将栀子花苞一束一束插在盛满水的瓶里。燕群，你看这花苞没有水就不会开放，你不吃东西哪来奶水？没有奶水女儿怎么长得好？不久，一瓶栀子绽放，洁白如玉，花香弥漫。我喜出望外，给女儿取了一个好听的名字——唐诗蕾。

夏姐除了关心我而外,还特别关心我的女儿,视诗蕾为亲生女。后来,我们一起参加巽崖文学社,一起外出采风,一起上省城参加笔会。在文学社,夏姐的文学才华得到施展。10多年间,她先后出版几本散文集,成为丹棱县最早的省作协会员,最终由夏菊茹成长为知名作家夏叶。她不仅文章写得好,牌也打得精,我的麻将都是她教会的。据说她在眉山工作时,打遍天下无敌手。有诗为证:丹棱有夏叶,棋牌乃一绝。出章不言语,只闻西风烈。夏叶护夏花,花开天地灭。这是朋友雪夫写的。

为了儿子毛路,夏姐开过饭店,卖过灯具,干过编辑,经营过度假村,最后选择经营她最喜欢的书店。夏姐的确能干,她和毛哥一起努力,把书店经营得风生水起。毛路留学美国,博士毕业后留美任教授。毛哥和夏姐功成身退后华丽转身,成立了毛哥舞团,由最初的几个人发展到几百人。他们从城市跳到山村,从广场跳到地坝,跳出了风格,跳出了风度,跳出了精气神,成为丹棱一道亮丽的风景线!

前不久,作为闺密,我在夏姐65岁生日宴会上,朗诵了一首写给她的感恩诗。感恩遇见!我一生的朋友,永远的姐姐。

后　记

　　光阴流逝，记忆常青。丹棱这巴掌大的小城，又瘦又长的小南街，是我年轻时执意要离开，离开后又魂牵梦萦的地方。小城老店、老街小人物、古老的石墩桥、穿城而过的沧浪河，时常在我的脑海里浮现，涓涓细流汇聚在我的笔下。乡愁以这样的形式呈现，于是有了出版《老街记忆》这本散文集的意愿。

　　记忆是个体的，每个人的记忆都是自己成长的真实影像。从有记忆开始到现在，我念念不忘的可能是别人心里最不起眼的零碎杂事。

　　小城、老街、石板路、木板房、屋檐水、小青瓦、豆腐店、影剧院、小人书店、工农兵食堂，以及忽明忽暗的街灯、街沿边石凳上摇蒲扇的老人……这些时代的印记成为我梦里的常客。人就是如此奇妙，年龄越大对过往的记忆越清晰。

　　我出生在小城，在小南街长大。长大后得知祖先是逃荒而来的异乡客。家里没有族谱，根在哪里？我常常独自对着星空发出天问。如今用这些文字，记录下我经历的或者听来的故事，权当是对祖先的一个交代。

感谢朋友们的支持和鼓励,让这些文字得以成书出版。

丹 菱
2023 年冬于丹棱